A RESERVA DA PADARIA

MORGAN UTLEY

Tradução por
ANA BEATRIZ FERNANDES MENEGUETTI

Às irmãs da minha vida. Às minhas irmãs, Kirstin e Halee, que são as melhores irmãs e as melhores amigas que uma garota poderia pedir. À mãe e à tia Kylee, que foram os maiores exemplos como irmãs e que eu admiro constantemente. Para as minhas cunhadas, Mary e Brooklyn, que me aceitaram como sua nova irmã de braços abertos e eu sou muito grata por elas.

ra uma manhã nublada e cinza quando acordei em meu antigo quarto ao som do despertador disparando a um volume muito alto. Depois de alguns minutos deitada na cama, debatendo se eu deveria ou não me levantar, levanto da cama para me preparar para a faculdade. Por sorte, lembrei de trazer um par extra de roupa íntima. No fim de semana passado, quando fiquei na casa de minha mãe, esqueci um par e tive que procurar em algumas gavetas velhas.

Encontrei um velho par de roupas íntimas pequenas e cor-de-rosa com bolinhas para usar. Tenho quase certeza de que eram do ensino médio. Não pude ir ao meu apartamento antes da aula para me trocar, então tive que usá-las o dia todo. Devido ao tamanho, fiquei desconfortável e tive que fazer visitas frequentes ao banheiro para tentar ajustá-las e torná-las mais confortáveis. Prometi a mim mesma que nunca mais esqueceria a roupa íntima e que jogaria fora minhas velhas peças da próxima vez que estivesse na casa de minha mãe.

Tirei algumas roupas da minha mochila para trocar de roupa. Joguei meu cabelo loiro ondulado e selvagem em um rabo de cavalo alto, desci as escadas e decidi fazer alguns estudos de última hora antes da aula. Abri meu laptop, peguei meus livros e notas e comecei a trabalhar em uma dissertação para minha aula de negócios.

"Rosie, você virá à padaria hoje? Tenho um grande pedido de cupcake que preciso terminar, e vou precisar de ajuda para terminar," perguntou minha mãe enquanto colocava a bolsa sobre o ombro e pegava suas chaves.

Eu estava tão absorta em minha escrita que não tinha ouvido minha mãe descer as escadas e praticamente pulei do meu assento. "Nossa mãe, um pequeno aviso da próxima vez!" Eu arquejei e coloquei minha mão sobre meu coração para tentar impedir que ele batesse tão rápido.

"Desculpe, querida, eu não pensei que ia te assustar!" Ela riu e abriu um armário da cozinha para pegar uma barra de proteínas.

"Claro," respondi sarcasticamente e depois mudei meu tom para que ela soubesse que eu não estava provocando-a. "Eu só tenho algumas aulas esta manhã, e preciso estudar um pouco, e depois vou até lá. Sabe de uma coisa, vou almoçar e estudar em casa, e depois vou para a padaria," decidi e me levantei do banco de bar em frente ao balcão da cozinha e reuni minhas coisas.

"Obrigada, querida. Acho que sua irmã também irá. Ela disse que tinha uma prova esta manhã e que depois ia almoçar com Jake. Esses dois, eu lhe digo. Acho que estou ouvindo sinos de casamento," cantou minha mãe.

Ela era uma mulher bonita, com cabelos loiros encaracolados e olhos avelãs que frequentemente tinha olheiras ao seu redor por ter se levantado cedo para abrir a padaria. Apesar de parecer sempre cansada, ela tinha mais energia do que eu tinha em meu mindinho. Ao crescer, eu me sentia como se estivesse lutando para acompanhá-la, ao invés do contrário.

"Lá vem." Eu revirei meus olhos e a segui pela porta dos fundos para subir em nossos carros.

"Finalmente posso fazer o bolo de casamento dos meus sonhos para ela! Um bolo branco com rosas de pasta de goma rosa em cascata na lateral. Oh, e vai ser um bolo de chocolate com cobertura de morango e morangos frescos no centro!" Ela divagou enquanto ambas abrimos as portas do carro e colocamos nossas bolsas nos assentos dos passageiros.

"Você tem certeza de que é isso que Lily quer? Pensei que ela sempre quis um bolo de funfetti com cobertura de fondant escorrendo pela frente do bolo?" Eu perguntei e sorri para ela, pensando se ela tinha percebido minha insinuação de provocação.

"Ela quer!" Ela sibilou e fez uma careta para mim.

Eu encolhi os ombros, "Nunca se sabe! Aquela garota muda de ideia o tempo todo."

"É verdade!" Ela chamou, "Tenho que ir trabalhar. Diga a Lily para me ligar, eu quero ouvir como foi o encontro dela com Jake. Não tive notícias dela durante todo o fim de semana!"

"Está bem, eu vou. Te amo!" Eu disse de volta e subi no meu carro e dirigi até a faculdade.

Meu último comentário foi verdadeiro. Lily havia mudado sua especialização provavelmente três vezes nos últimos dois anos e, no momento, havia decidido se tornar professora, de modo que ela vinha tendo muitas aulas de educação. Mas como ela havia mudado sua especialização tantas vezes, ela tinha um monte de aulas inúteis que não teriam utilidade para o seu diploma. Ela teve aulas de pintura quando queria se tornar uma artista, aulas de contabilidade quando pensava em se tornar uma contadora, e até mesmo aulas de química quando pensava em ser uma médica. O que, tenho que dizer, não durou muito, porque ela não era tão boa em química.

Por enquanto, Lily estava decidida a se tornar uma

professora de ensino primário. Ela gostava muito da ideia de brincar com crianças o dia todo e ter umas longas férias de verão. Ao contrário de minha irmã, eu sempre soube o que *eu* queria fazer: Eu queria me tornar padeira e me graduar em negócios para ajudar minha mãe a administrar seu pequeno negócio.

Durante anos, eu vi minha mãe se levantar cedo, ir à padaria e fazer dezenas de cupcakes e cookies, e decorar os bolos mais bonitos. Ela sempre dizia que era sua saída criativa, que ela podia comer e nunca se aborrecer. Cada cliente era único e sempre queria algo diferente, nada era sempre o mesmo. Era sua paixão e ela a amava, e eu cresci amando isso também.

Uma vez que entrei no ensino médio, comecei a me levantar cedo com minha mãe e a ajudar a preparar as coisas para a abertura. Depois eu ia para a faculdade e logo após a faculdade voltava para a padaria. Minha mãe trabalhava constantemente na padaria e tentava obter seu diploma de bacharelado. Ela era a mulher mais trabalhadora que eu já conheci. Durante meu primeiro ano, ela se formou e conseguiu encontrar um emprego em tempo integral que podia fazer em casa. Seu horário de trabalho lhe permitia continuar a dirigir sua padaria e contratar mais ajuda, o que me incluiu.

Depois de terminar o ensino médio, consegui ganhar uma bolsa de estudos que pagou minha escolaridade, e me mudei de casa e comecei a frequentar a Universidade Truman perto de casa. Minha irmã e eu tínhamos visto minha mãe lutar financeiramente durante anos depois que meu pai partiu. Decidi que queria sair de casa o mais rápido possível para aliviar parte do fardo dela, para que ela pudesse pôr em dia as contas e a vida.

No momento em que minha irmã terminou o ensino médio, ela decidiu morar comigo, para que pudéssemos dividir o aluguel. Isso deixou minha mãe sozinha em uma casa muito silenciosa, o que às vezes a deixava deprimida. Minha irmã e eu decidimos ir visitar de vez em quando, e passar um tempo com nossa mãe.

Neste fim de semana, Lily não veio para casa da mamãe comigo, porque ela e seu namorado de longa data, Jake, tinham um encontro especial planejado todo o dia de sábado, e então ela tinha muito estudo para pôr em dia. Jake estava sempre em nosso apartamento, o que não ajudava os hábitos de estudo de Lily. Quando ela reprovou em algumas aulas em seu primeiro semestre, ela fez um voto para si mesma de não ficar acordada até tarde, e arranjar tempo para estudar. Neste semestre, ela estava se saindo um pouco melhor, mas geralmente terminava brincando de pôr os estudos em dia nos fins de semana ou sempre que Jake estava ocupado fazendo algo sem Lily. Isto acontecia em raras ocasiões, mas quando acontecia, Lily conseguia fazer muita coisa.

Minha mãe e eu tínhamos debatido se Jake ia ou não fazer a pergunta neste fim de semana e esperávamos notícias dela, mas ela nunca nos ligou. Eu estava tentada a ligar para ela e ver o que estava acontecendo, mas pensei melhor sobre isso. Ela e Jake provavelmente estavam aproveitando o tempo juntos sem que eu esteja na sala.

Lily namorava Jake desde seu segundo ano do ensino médio. Eles se conheceram na equipe de natação e imediatamente se deram bem, e estavam juntos desde então. No entanto, nem sempre tinham sido arco-íris e borboletas com seu relacionamento. Tinha havido muitas dores do crescimento por terem passado pelo colegial e o drama que o acompanhava, decidindo qual faculdade frequentar, se permaneceriam ou não juntos, e o simples e velho drama de relacionamento que de vez em quando se apresentava. Entretanto, através da montanha-russa de seu relacionamento, eles ainda estavam juntos e amavam mais um ao outro por isso.

Eu pensava que Lily e Jake eram o casal mais bonito

do planeta. Eu esperava secretamente que Jake tivesse feito a pergunta a Lily em seu encontro especial, mas ela teria ligado se isso tivesse acontecido. Ela o amava tanto, ela mal sabia o que fazer consigo mesma. Ela estava constantemente falando sobre o garoto e eu muitas vezes me perguntava se eles alguma vez iriam se amarrar. É verdade, Lily tinha apenas vinte anos e alguns diriam que eles eram muito jovens, mas na minha opinião "quando você sabe, você sabe".

Eu nunca tive a oportunidade de sentir esse tipo de amor. Eu não namorei muito no colegial e minha vida ficou envolvida com a padaria e ajudando minha mãe. Meu pai nos deixou quando eu tinha oito anos e Lily tinha apenas seis. Nossa mãe não nos contou muito sobre o porquê de ele ter partido, apenas que ele não queria mais ser pai e queria viver uma vida livre de responsabilidades. O que eu sabia é que isso partiu o coração de minha mãe. Ela era uma mãe que ficava em casa e não trabalhava desde que eu nasci. No momento em que ele partiu, ela sabia que teria que trabalhar muito para poder tomar conta de nós.

Ela encontrou um emprego em tempo integral trabalhando em uma mercearia no departamento de padaria, e após alguns anos praticando como rechear e decorar bolos e desenvolvendo suas próprias receitas, ela abriu seu próprio negócio paralelo para fazer um pouco de dinheiro extra. Tudo isso aconteceu enquanto frequentava a faculdade noturna para ganhar seu diploma de bacharelado, para não mencionar, tentando criar duas filhas sozinha. É por isso que me comprometi a trabalhar tanto na padaria.

Prometi a mim mesma que receberia uma educação, para que não importasse o que fosse, eu tivesse algo em que me apoiar, em vez de tentar encaixá-lo mais tarde na vida. Eu queria estar preparada para a vida e suas surpresas inesperadas o melhor que pudesse. Escolhi um relacionamento com o trabalho e a faculdade, em vez de pessoas humanas de verdade. O que era um sacrifício que eu estava disposta a fazer por enquanto. Uma vez que eu terminasse a faculdade e encontrasse um emprego, *então* eu reavaliaria a vida e partiria dali. Portanto, de certa forma, nunca me dei a oportunidade de me apaixonar porque coloquei outras prioridades em primeiro lugar.

Lily não tinha a mesma visão que eu, o que às vezes se tornava frustrante. Para ela tudo se resumia a meninos, o status de popularidade e estar envolvida em atividades extracurriculares como esportes, coral e participar de todos os eventos esportivos do ensino médio. Uma vez que Jake entrou em sua vida, isso só piorou. Sua vida se tornou tudo sobre Jake. É verdade que ela ainda trabalhava na padaria algumas vezes por semana, mas eu podia dizer que ela tinha sua atenção em outra coisa. Ela se iluminou um pouco depois do ensino médio, e percebeu que a família e os relacionamentos eram mais importantes do que se ela tivesse ido ao jogo de futebol durante o fim de semana. Mas, ainda assim, sua vida girava em torno da diversão e dos meninos, e a minha estava focada na preparação para um futuro. Nenhuma estava necessariamente errada ou certa, apenas diferentes... mesmo se eu achasse que a minha estava certa.

CAPÍTULO 2

$\mathcal{M}$inhas duas primeiras aulas foram absolutamente enfadonhas. Assisti uma aula de química que tinha um laboratório para seguir e parecia durar para sempre. Por sorte, eu tinha um parceiro procurando entrar na faculdade de medicina e sempre se saía bem nos laboratórios. Eu, nem tanto assim. Senti que nunca contribuía com nada para o trabalho, mas meu parceiro estava tão concentrado em obter boas notas para suas aplicações, que parecia não se importar que eu estivesse ali parada parecendo uma idiota. A aula seguinte foi de cálculo e eu acabei fazendo um teste surpresa, e fiquei grata por ter decidido estudar durante o fim de semana. Caso contrário, eu poderia ter reprovado nele. Após minhas aulas, voltei ao meu apartamento para estudar para um teste que estava surgindo em uma de minhas aulas de negócios.

Entrei no apartamento e imediatamente encontrei minha irmã no sofá com um monte de lenços de papel e um saco de M&M's em tamanho de festa em seu colo, enquanto assistia *Sintonia de Amor* na TV.

"Uh, mana? Você está bem?" Caminhei e soltei minhas bolsas no chão e olhei para ela.

Seu rosto estava todo vermelho e manchado. Seu

cabelo loiro encaracolado estava em um coque desarrumado que tinha o cabelo saindo para fora em todas as direções, e ela estava usando calças de treino folgadas. Ela olhou para mim e as lágrimas começaram a brotar em seus olhos. Eu envolvi meus braços em torno dela, tentando dar o melhor de mim para confortá-la.

Ela se encostou em mim e começou a chorar no meu ombro. Eu peguei a caixa de lenços de papel e os coloquei no meu colo para que fossem facilmente acessíveis a ela, em vez de usar minha camisa.

Lily agarrou um lenço de papel e continuou a debulhar-se em lágrimas e assoar o nariz durante os cinco minutos seguintes. Finalmente, ela soluçou, "Jake e eu terminamos".

"O quê?" Eu gritei e senti Lily balançar a cabeça.

"Sim. Durante nosso encontro especial no sábado. Tivemos uma discussão estúpida sobre seus pais e uma coisa levou a outra. Eu disse: 'Bem, talvez você não devesse estar comigo, se eu te faço tão infeliz', e ele disse: 'Talvez eu não devesse'. Então ele me trouxe para casa e não tive mais notícias dele desde então," lamentou ela e começou a chorar ainda mais do que antes.

"Parece que vocês dois se irritaram e ambos disseram coisas que não queriam dizer. Tenho certeza de que vocês vão resolver isso," eu disse encorajadoramente.

Lily balançou a cabeça. "Normalmente, quando brigamos, ele já teria vindo até aqui e nós faríamos as pazes. Mas eu tentei ligar para ele e mandar mensagens de texto e não obtive resposta! Desta vez, *realmente* acabou! Eu estraguei tudo!"

"Tenho certeza de que não é esse o caso... talvez ele esteja ocupado ou apenas precise de tempo para esfriar a cabeça. Dê um pouquinho de tempo e tudo ficará bem. Tenho certeza de que ele vai ligar eventualmente," eu insisti. "Vocês dois estão juntos há muito tempo para desistir agora."

"Você acha?" Ela olhou para mim com olhos inchados e vermelhos, ainda cheios de lágrimas. "Você realmente acha que ele vai ligar?"

"Sim. Eu acho que tudo vai ficar bem," eu insisti e a abracei com mais força. "Por que você não vai tomar banho, e eu limpo esta bagunça?"

"Certo, isso provavelmente é uma boa ideia. Eu não tomo banho desde a manhã de sábado," admitiu Lily e foi para o banheiro.

"Sim, eu posso dizer," eu brinquei e sorri.

Ela se virou e me deu um olhar. Pena que ela não foi muito intimidadora comigo também.

Eu podia dizer que ela já estava começando a se sentir um pouco melhor. Enquanto ela estava ocupada desperdiçando toda a nossa água quente, eu limpei todos os seus lenços de papel, guardei os doces e limpei a mesa de café com lenços umedecidos desinfetantes. Uma vez terminada a limpeza, fiz um smoothie para minha irmã, porque achei que ela não tinha comido nada saudável durante todo o fim de semana, e coloquei o que tinha sobrado para mim. Limpei a bagunça, junto com o resto da cozinha e todos os lenços de papel de Lily. Sentindo-me um pouco mais relaxada agora que o apartamento estava arrumado, sentei no sofá e pude começar a estudar para o meu próximo teste.

Minha irmã não saiu do chuveiro por cerca de uma hora. Quando ela encontrou seu caminho para a cozinha, eu a segui e fiquei de pé. Entreguei-lhe o smoothie e ela sorriu, "Obrigada, mana".

"É para isso que servem as irmãs." Eu devolvi um sorriso e encontrei meu caminho de volta ao sofá e continuei estudando.

Lily veio e sentou ao meu lado, e voltou a ligar seu filme. "Sabe, eu nunca pensei que nós iríamos nos separar de fato. Tivemos tantas brigas nos últimos anos, tantos argumentos, que nunca pensei que chegaríamos a esse ponto e terminaríamos a relação. Isso me deixou de queixo caído. Eu realmente pensei que ele era o cara certo, Rose."

"Sabe de uma coisa? Eu ainda acho que ele é. Apenas dê um tempo," eu sorri e segurei sua mão e ela continuou a ver seu filme enquanto eu tentava estudar.

Eu estava errada.

Uma semana se passou, e ela não ouviu nada. Ela ficou perto de seu telefone, verificando-o constantemente, resistindo ao impulso de ligar ou enviar-lhe uma mensagem de texto primeiro, mas não teve sorte. Ela acabou faltando em alguns dias de aula, porque estava muito perturbada para ir. No fim de semana, ela tinha transformado o sofá em sua cama, e se recusou a se levantar. Nossa mãe acabou vindo e ficando conosco, porque sabia que Lily não teria coragem de deixar o apartamento.

Na semana seguinte ela foi à aula, principalmente porque tinha que fazer uma prova, mas era uma completa zumbi. Ela não lavava o cabelo há dias; os cachos loiros dela estavam espetados por toda a cabeça. Ela tinha sacos roxos escuros debaixo dos olhos por não dormir, e seu rosto estava pálido e magro por não comer muito. Para acrescentar a seu olhar triste, ela usava calças de moletom folgadas com tinta e camisas velhas do colegial que tinham buracos. Era difícil vê-la ficar tão deprimida, mas ela não queria que falássemos com ela sobre Jake. Eu também me sentia mal, porque tinha tanta certeza de que Jake iria ligar, e tinha dito a Lily para não se preocupar.

Pelo lado positivo, ela vinha mais vezes na padaria e ajudava a mamãe e eu, e sempre fechava com a gente. Ela insistia que queria ajudar, mas no fundo eu sabia que era porque ela não queria estar sozinha em casa. Eu também não a podia culpar. Ela estava com Jake há muito tempo, e acho que ela esperava que ele a pediria em casamento em breve.

Já haviam se passado três semanas desde a separação e estávamos todas sentadas no sofá de nossa mãe, assistindo a outro filme romântico. Desta vez, era o *"Mensagem para Você"*. Um dos meus favoritos.

"Os caras podem ser tão imbecis. É sempre o jogo deles, sempre para fazer a mulher parecer uma idiota. Eu não suporto isso!" Lily proclamou e jogou pipoca na TV.

"Muito bem!" Mamãe pegou o controle remoto e desligou a televisão. "Você tem que sair dessa fossa!" Declarou ela. "Sinto muito que você e Jake terminaram e sinto muito que você teve seu coração partido, de verdade, eu sinto. Mas minha querida, ou você precisa começar a seguir em frente ou consertar as coisas com Jake. Já se passaram três semanas. Estou errada, Rosie?" Ela se virou para olhar para mim, esperando que eu participasse da conversa, mas eu balancei a cabeça e levantei os braços.

"De jeito nenhum, deixe-me fora disto," Eu disse, não querendo me envolver.

"Por que não? Você concorda?" Lily disparou contra mim e eu abri minha boca em choque.

"O quê? Não, bem, talvez..."

"Inacreditável!" Lily levantou-se e começou a cruzar seus braços. "Há quanto tempo vocês estão se sentindo assim?"

"Não importa!" Mamãe disse com firmeza e se levantou ao seu lado. "É difícil ver você assim, Lil. Você está tão infeliz e todos podem ver. Nós só queremos que você se sinta melhor. Se você ama Jake, então que se dane, vá atrás dele! Mas se ambos concordaram em terminar, então é hora de seguir em frente e encontrar alguma felicidade."

"Eu não quero ir atrás dele. Se ele me quer, ele sabe

onde me encontrar. Não é como se eu tivesse me mudado ou mudado meu número." Lily explodiu e começou a andar de um lado para o outro na sala de estar.

"Bem, se é isso que você quer fazer, querida," disse ela com cautela. Claramente, essa não era a resposta que ela esperava que Lily fornecesse.

"Eu quero. Você está certa, eu só preciso ser feliz e seguir em frente. Eu posso fazer isso. Eu não preciso de um homem na minha vida para me fazer feliz! Sou uma mulher forte, independente e confiante, que não precisa de um homem ao seu lado! Eu posso me sair bem sozinha," ela se queixou.

"É isso mesmo, você é!" Mamãe a encorajou.

"Se Jake realmente me amasse, ele estaria aqui, agora mesmo. Mas como ele não está, não vou perder meu tempo esperando que ele me ligue ou apareça! Ele não vale meu tempo! Tenho outras coisas para fazer em minha vida e não vou desperdiçá-las esperando por alguém que é capaz de me jogar fora tão facilmente," continuou Lily.

"É isso aí, garota!" Eu provoquei e minha mãe me deu um olhar que dizia: "Sério?"

"Eu *posso* fazer isso," disse ela novamente.

"Sim, você pode! Agora, vá tomar um banho e lave o cabelo." Mamãe apontou para cima da escada, na direção do banheiro e Lily parecia ter sido pega desprevenida.

"Espera, o quê?" Perguntou ela, intrigada.

"Garota, eu sei que você não lava o cabelo direito há algum tempo, então vá tomar um bom e longo banho quente," disse mamãe.

"Ensaboar, enxaguar e repetir," eu dei uma risadinha e desta vez ambas olharam para mim.

"Realmente, você não está ajudando," ela assobiou e Lily bufou.

"Está tudo bem, mãe." Lily me dispensou. "Ela só

está tentando aliviar o clima. Eu vou tomar banho. Feliz?"

"Extremamente," ela sorriu e viu Lily subir as escadas. Uma vez fora de vista, minha mãe se virou para olhar para mim. "Você não poderia ter dito nada para me apoiar?" Ela perguntou sem parar e sentou de volta no sofá ao meu lado.

"Não, mãe. Ela não precisava que nos uníssemos contra ela. Essa é a última coisa de que ela precisa, ela precisa saber que a amamos e que estamos aqui para ela. Não que eu não tenha concordado com você; ela definitivamente tem que parar com toda a lamentação e parecer uma pessoa sem teto. Mas eu não queria fazê-la sentir-se desconfortável," eu expliquei.

"Você só queria que eu fosse o cara mau, para que você pudesse parecer boa," declarou ela.

"Bem, isso foi apenas uma vantagem," eu encolhi os ombros e ri.

"Você é uma pirralha," ela apontou. "Estou feliz que ela tenha decidido seguir em frente. Embora eu não vá mentir, pensei que ela fosse atrás de Jake. Ela é mais forte do que eu lhe dei crédito. Mas, agora, é hora de ela parar de desperdiçar seu tempo com ele. Ela já lhe contou o que aconteceu?"

Eu balancei a cabeça. "Não. Ela apenas disse que houve um mal-entendido e que as coisas foram ditas no calor do momento, e acho que ambos levaram isso a sério."

"Ela também não me disse nada. Acho que não importaria se ela dissesse, porque as ações falam mais alto que as palavras." Eu a vi franzir a sobrancelha lentamente, bem no fundo do pensamento.

"Depois de quatro anos, porém, não entendo. Falta uma peça do quebra-cabeça."

"Bem, mãe, caberá a eles encontrá-la. Se eles quiserem também. Mas parece que eles colocaram o quebra-cabeças de volta na caixa, e desistiram."

"Você não é esperta?," Ela se esquivou e ficou de pé para entrar na cozinha.

Eu ri e a segui para encontrar algumas pipocas para lanchar.

Lily desceu as escadas cerca de uma hora depois, com um ar refrescante e muito mais feliz. Ela estava praticamente saltando para a cozinha e roubou minhas pipocas.

"Está se sentindo melhor, mana?" Eu perguntei e peguei minhas pipocas de volta enquanto ela enfiava um punhado na boca.

"Sim, na verdade, muito melhor. Eu deveria ter feito isso há semanas. Acho que vou voltar para o apartamento. Susie e Kylee querem se encontrar hoje à noite e sair para comer com um grande grupo," disse ela confiante e prosseguiu para pegar minhas pipocas mais uma vez.

"Uau, olhe para você seguindo com a sua vida. Quem está indo?" Eu decidi me render e tirar um punhado de pipoca do saco. A última coisa que eu queria fazer era varrer um saco inteiro de pipoca do chão.

"Acho que o namorado de Susie, um menino que Kylee gosta e algumas outras pessoas. Não tenho certeza. Elas apenas me convidaram," explicou ela e começou a comer um pedaço de pipoca de cada vez, só para me irritar.

"Bom para você, Lily... você vai se divertir. Além disso, aposto que saus amigas sentiram sua falta," disse nossa mãe e terminou a guerra pegando as pipocas e tirando-as dali.

"Eu voltarei com você. Tenho uma prova de química amanhã e preciso estudar. Essa aula está me dando muito trabalho. Prefiro escrever uma dissertação qualquer dia do que tentar descobrir as reações químicas," eu considerei.

Passei por cima da mãe, e lhe dei um abraço. "Amo

você, mãe. Você quer que eu feche para você na segunda-feira?"

"Sim, eu quero. Inscrevi-me em uma aula de pintura com algumas meninas do trabalho," ela me informou e eu fiquei imediatamente com ciúmes.

"Eu quero ir para uma aula de pintura! Esqueça, peça para Lily fechar." Eu tentei empurrar o turno para minha irmã, que imediatamente começou a balançar a cabeça.

"De jeito nenhum! Eu tenho uma prova na terça-feira e estava planejando estudar na segunda-feira à noite. O trabalho é todo seu, Rosie. Você pode se divertir fechando com Brad!"

"Espera, o quê?" Eu gritei. "Brad? O calouro que não parava de comer a massa dos cookies e acabou ficando doente? E que pensou que lavar as mãos só com água era bom o suficiente?"

"Ei, Brad percorreu um longo caminho," disse minha mãe em sua defesa. "Ele está muito melhor agora, e se recusa a fazer a massa de cookie agora, por causa daquele pequeno incidente," ela divulgou. "Além disso, ele ligou e disse que não podia ir, porque ele tem a mesma prova que Lily tem na terça-feira. Portanto, coloquei Troy para fechar com você."

"Sim!" Eu disse alegremente. "Troy é demais."

"Oh, que sorte!" Lily ficou claramente chateada. "Aquele cara é hilariante! Ele é o melhor funcionário! Na verdade eu o tenho em minha aula de biologia e ele é um sarro. Você deveria tê-lo ouvido quando estávamos estudando o corpo humano. Eu estava praticamente rolando no chão de tanto rir." Lily começou a rir da memória.

"Perdedora!" Eu provoquei. "A segunda-feira vai ser divertida, sem mencionar que ele é rápido no fechamento, então estaremos fora de lá em pouco tempo!"

"Especialmente porque Brad está fechando com você

na terça-feira à noite, Lily," mamãe informou a ela e eu comecei a rir enquanto eu via os olhos de Lily crescerem duas vezes e a boca dela se movimentar.

"De jeito nenhum! Eu *não* vou fechar com ele! Você fez isso de propósito!" Ela acusou nossa mãe.

Neste momento, eu estava rindo tanto, que estava me curvando, agarrando meu estômago. Era a coisa mais engraçada que eu tinha ouvido o dia todo, embora Lily achasse que isto não era muito agradável e tentasse me empurrar.

"Vamos, garotas." Lily, vou fechar com você nessa noite, então não se preocupe. Ele precisa de um pouco mais de orientação antes que eu o deixe fechar sem mim. Você acabaria trancando-o no banheiro," brincou ela.

"Ouça..." Lily começou, mas ao invés disso encolheu os ombros. "Sim, provavelmente você está certa. Pelo menos eu estou fechando com você, para que isso não seja tão ruim assim. Onde você vai estar, Rosie?"

"Eu estava planejando ir às compras, já que *alguém* tem comido toda a comida, e dificilmente se recusou a sair do apartamento, exceto para ir à faculdade," eu insinuei e a cabeça de Lily encolheu de volta.

"Ah, sim, estamos sem muitas coisas. Você vai pegar mais iogurte? Talvez eu tenha comido todos os seus." Ela começou a sair rapidamente pela porta, em uma tentativa de fugir.

"Você está brincando comigo? Acabei de comprá-los há alguns dias. É só isso que você tem comido?" Eu gritei atrás dela e ouvi mamãe rindo atrás de mim.

"Tenho saudades de vocês, garotas, quando estão fora." Ela beijou minha bochecha. "É melhor você correr atrás dela ou ela vai deixá-la."

"Ela será a minha morte," murmurei e segui minha irmã podre pela porta.

CAPÍTULO 3

*L*ily deixou a casa pouco depois de chegarmos para fugir com seus amigos, o que me permitiu estudar em paz e sossego. Depois de conversar com mamãe, decidimos que ela parecia estar muito melhor e percebemos que estava perdendo tempo lamentando. Ela estava um pouco hesitante ao sair de casa e teve dificuldade para decidir o que vestir, mas assim que Susie e Kylee chegaram, ela colocou um rosto feliz e seguiu seu caminho.

Consegui terminar todos os meus estudos e fiquei em dia com meus deveres de casa, de modo que não ficaria totalmente atolada durante o resto da semana.

No dia seguinte, fiz meu teste e graças ao meu parceiro, consegui passar na parte de laboratório. Mal podia esperar para terminar este semestre, então nunca mais teria que fazer outra aula de ciências. O resto do dia voou e pude ficar em dia com meus estudos para minhas outras aulas. Achei que minha irmã estava em casa, porque era lá que ela preferia estudar, então eu fiquei na biblioteca. Uma vez que decidi que meu cérebro já estava farto, fui até a padaria para encontrar Troy.

"E aí, Rosie?" Ele saudou alegremente quando entrei na padaria.

"Oi, Troy!" Eu disse com entusiasmo e acenei como uma menina da escola.

A padaria era uma pequena loja, com muita personalidade. Minha mãe adorava a cor rosa, por isso as paredes eram listradas com grossas faixas rosa claro e branco. Havia dois conjuntos de mesas e cadeiras rosa quente, grandes o suficiente para acomodar três pessoas e uma enorme itrine que oferecia cupcakes de sabores diferentes, cookies e pães doces.

Hoje, ela apresentava cinco cupcakes diferentes: lima-coco, framboesa com chocolate amargo, limão-blueberry, baunilha, baunilha-e-chocolate Oreo. Também estavam disponíveis snickerdoodles e cookies com gotas de chocolate e pães doces de laranja. Ela gostava de colocar um bolo de vez em quando para variar um pouco as coisas. Ela também tinha um enorme livro de bolos que ela havia preparado anteriormente que ficava no balcão, para que as pessoas pudessem ter ideias para seus próprios bolos.

Ela adorava fazer bolos. Ela adorava que nenhum bolo personalizado fosse sempre o mesmo, a menos que o cliente pedisse isso. Atrás do balcão havia um enorme quadro que listava todos os preços e na parte de trás era onde podiam ser encontradas infinitas quantidades de açúcar, farinha e outros ingredientes. Ela também tinha lá atrás minha batedeira favorita de vinte quartos, onde eu podia fazer dezenas de cookies num piscar de olhos.

Eu andei ao redor do balcão e dei um grande abraço a Troy. "Ei, quanto tempo sem nos ver! Como foi na Costa Rica?"

Troy tinha estudado no exterior na Costa Rica para a faculdade e tinha estado ausente por um semestre inteiro. Minha mãe estava entusiasmada ao saber que ele estava de volta e queria continuar trabalhando para ela.

"Oh, cara, foi incrível! Era lindo e eu pude aprender muito espanhol. Como você tem estado?"

Puxei um avental rosa e o amarrei em volta da cintura: "Tenho estado bem. Apenas tentando acompanhar o trabalho escolar e manter minha bolsa de estudos. A química está me dando uma dor na bunda."

"Ouvi dizer que essa aula não é divertida. Tenho pavor de participar. Ouvi dizer que Jake e Lily se separaram," perguntou ele discretamente.

"Sim, eles terminaram há cerca de três semanas," acenei com a cabeça e comecei a fazer um inventário de tudo.

"Caramba! Eu nunca pensei que eles iriam se separar! Aqueles dois pareciam perfeitos um para o outro." Ele me seguiu enquanto eu fazia o inventário. Não havia muito para ele fazer à noite até fecharmos, porque tudo já estava feito e preparado.

"Eu também não pensava assim. Eles estavam em algum encontro especial no último fim de semana e quando voltei para casa, Lily estava chorando no sofá e me disse que eles terminaram. Eu mal podia acreditar. Pensei que ele ia pedir ela em casamento."

"Oh, cara, ela está bem?"

"Sim, eu acho que ela está muito melhor agora." Eu sorri agradecida "Obrigada por perguntar, Troy. É muito simpático da sua parte estar preocupado."

"Bem, eu vi Jake na outra noite com alguma outra garota e fiquei muito confuso. Imaginei que talvez eles estivessem apenas saindo como amigos, mas...." Ele balançou a cabeça. "Não importa."

"Diga-me."

"Não, você não quer saber." Troy acenou com a mão, querendo descontinuar o assunto. "Apenas saiba que ele é um idiota, e eu deveria tê-lo socado quando o vi."

"Troy, me diga agora," insisti e cruzei os braços, ainda segurando a prancheta.

"Eu vi ele e esta garota se beijando," ele divulgou suavemente. "Eu estava tão confuso. Eu não sabia o que fazer. Pensei em esperar para ver e perguntar o que tinha acontecido. Eu deveria tê-lo esmurrado naquela hora e ali."

"Está tudo bem, Troy. Provavelmente foi uma coisa boa que você não o tenha esmurrado. Parece que foi uma coisa mútua, eu acho. Embora, pareça que Jake estava melhor com a separação do que Lily." Descruzei meus braços e comecei a contar a quantidade de pedaços de chocolate que tínhamos. Quando encontrei um saco aberto de lascas de chocolate ao leite, Troy o arrancou das minhas mãos.

"Vou te dizer. Você namora alguém por quatro anos, e nem um mês depois, ele já está chupando a cara de outra mulher? Não é legal!" Grunhiu Troy e ele começou a comer as lascas de chocolate.

"Não, não é. Lily merece muito melhor do que Jake, se é assim que ele está agindo. E vamos manter isso entre nós, está bem? Eu odiaria que ela ouvisse isso. Ela mal está superando a separação... Sinto que isso faria ela regredir emocionalmente." Eu peguei os pedaços de chocolate de volta.

"Ei! Eu estou comendo de estresse!" Ele brincou e tentou pegá-las de volta.

"O que está havendo com as pessoas tirando as coisas de minhas mãos ultimamente?" Eu ri. "Que tal um cookie? Tenho a sensação de que vamos ter um pouco a mais. Você pode até comer dois, se quiser." Eu coloquei um braço na cintura dele.

"Sim, dois biscoitos soam bem. Três seria melhor," ele sorriu e eu o empurrei brincalhona.

Nós rimos e, quando ele estava prestes a dar uma mordida em um cookie, duas garotas risonhas entraram; ele me deu um olhar amuado e escondeu seu cookie para que ninguém o levasse. Em uma fração de segundos, ele mudou sua expressão para um sorriso e cumprimentou as garotas como se nada tivesse acontecido.

"Bem-vindas, senhoritas. Vocês estão procurando

algo doce?" Ele sorriu, mostrando os dentes e as duas garotas coraram e acenaram com a cabeça, ainda rindo.

Esta era outra razão pela qual minha mãe havia contratado Troy; ele era um cara bonito, bem-humorado e trabalhador, e atraía as mulheres. Ela estava convencida de que ele vendia o maior estoque só pela sua boa aparência.

Ele tinha uma aparência de surfista, com a pele bronzeada que eu assumi que ele tinha recebido da Costa Rica, e cabelo loiro-arenoso, e olhos azuis intensos. Na verdade, tenho quase certeza de que ele me disse que gostava de surfar. De altura média, Troy tinha uma constituição magra e um sorriso muito brincalhão. Ele parecia alguém que estava disposto a fazer qualquer coisa e que se divertiria fazendo isso.

Eu ri das garotas flertando e fui para a sala dos fundos para terminar o inventário. Mamãe havia me enviado uma mensagem de texto mais cedo naquele dia, dizendo que também queria que eu fizesse algumas compras para a padaria, já que eu já havia planejado ir. Isso significava que minha lista estava crescendo ainda mais, mas também me comprometia a não ter que fechar amanhã, e Lily não conseguia sair dessa. Tecnicamente, eu ainda estava no horário, mas, felizmente de uma maneira diferente, sem o Brad.

Enquanto eu estava na geladeira contando manteiga e ovos, ouvi a campainha tocar, o que não me incomodou, porque eu sabia que Troy estaria na frente para atender o cliente. Mas então, nem um momento depois, ele me encontrou na geladeira e me informou que havia um cliente querendo fazer um pedido personalizado.

Mamãe havia instruído o pessoal de que as únicas pessoas autorizadas a receber pedidos personalizados eram ela, Lily e eu. Ela não queria arriscar que alguém errasse o pedido e, como resultado, que minha mãe fizesse algo que o cliente não queria. Os pedidos personalizados eram o grande gerador de dinheiro e ela queria que tudo fosse feito corretamente.

Eu segui Troy até a frente e vi que havia um homem alto parado atrás do balcão, olhando para os cupcakes. Ele estava usando um terno cinza, camisa branca e gravata azul escura, o que fez sobressair seus olhos azuis escuros e chocantes. Ele tinha o cabelo escuro, que tinha sido arrumado com gel para o lado... e eu mencionei que ele era lindo de morrer? Seu queixo era quadrado com uma fenda no queixo. Ele era definitivamente um príncipe encantado dos sonhos.

Eu podia sentir minhas bochechas ficando vermelhas e sabia que eu não deveria ser quem atendesse este cliente. Eu queria correr para o outro lado e deixar Troy cuidar deste, mas achei que isso não daria um bom exemplo. Além disso, ele nunca me deixaria esquecer disso.

Eu limpei a garganta e tentei falar, mas não saíram palavras.

Infelizmente para mim, o homem me ouviu limpar minha garganta e olhou para cima e sorriu: "Olá."

"Olá, bem-vindo as Kriações de Karen. Em que posso ajudá-lo?" A frase soou tão ensaiada que eu senti como se estivesse falando através de um telefone com alto-falante drive-thru. Em minha mente, eu estava me chutando e podia ver Troy sorrindo pelo canto do olho. Ele ia me incomodar por isso.

"Bem, na verdade estou esperando por alguém, mas precisamos encomendar um bolo para um evento. Você tem um folheto onde eu posso ver os custos pelo tamanho, sabor, design e tudo mais?" Ele acenou com seu telefone enquanto falava. Isso o fez parecer um homem de negócios importante que tinha coisas para fazer, mas ele era simpático e não agressivo.

"Sim, Troy, você se importaria de tirar isso de debaixo do balcão e entregá-lo a ele? Preciso ir até lá atrás rapidamente, e logo estarei de volta com você, Sr....?"

"Oh, me chamo Nick."

Eu sorri. "Certo, Nick, logo estarei de volta," repeti e me virei para me esconder no refrigerador.

Alguns minutos depois, a porta do refrigerador se abriu, e Troy entrou para se juntar a mim.

"Rosie, o que você está fazendo?" Perguntou ele e levantou uma sobrancelha.

"Eu só precisava terminar esta última parte do inventário e então eu estarei lá fora para ajudar o cliente," eu expliquei e Troy começou a rir.

"Você está mentindo," ele gritou e eu abri a boca em choque.

"Do que você está falando?" Eu tentei fingir o melhor possível. "Eu *realmente* tenho que verificar quanto estoque temos, para saber o que comprar amanhã."

"Oh, besteira!" Ele me interrompeu. "Eu não a vejo sendo pega desprevenida com um cliente desde que aquela senhora exigiu que um bolo de chocolate fosse feito e entregue dentro de uma hora em um evento. E mesmo assim, você lidou com isso melhor do que agora!" Ele fez um gesto para a frente e começou a rir. "Você acha que ele é bonito, Rose?"

Pude sentir meu rosto queimar e rolei meus olhos. "Não! Eu estava apenas d-distraída e perdi minha l-linha de pensamento," eu gaguejei e Troy começou a rir ainda mais.

"Oh, cara, você tem uma queda por ele. Devo dizer a ele? Devo dizer alguma coisa? Deixá-lo saber que você está solteira?" Ele riu e piscou o olho.

"Não! Não se atreva!" Antes que eu pudesse dizer mais alguma coisa, a campainha da porta da frente tocou e nós dois saímos imediatamente do refrigerador e voltamos para a frente.

Na área de espera, estava uma mulher exótica, alta e magra, com cabelos espessos marrons escuros. Ela parecia ser uma atriz de Bollywood, ela era tão bonita. Ela foi até Nick e lhe deu um beijo na bochecha, enquanto segurava um telefone na mão. Ela estava usando um blazer vermelho rubi com uma saia lápis preta para exibir pernas extremamente compridas, e stilettos pretos para completar todo o visual. Eu poderia jurar que ela tinha acabado de sair de uma reunião de negócios. Ela imediatamente me fez sentir como uma maltrapilha de 60 centímetros de altura.

Eles caminharam juntos até o balcão e eu coloquei o melhor sorriso possível. "Olá, como posso ajudá-los?"

Troy ficou ao meu lado, limpando os balcões, parecendo estar ocupado, mas eu sabia que ele estava bisbilhotando.

"Olá, meu nome é Alisha," disse ela com um sotaque indiano. "Estamos querendo pedir um bolo para nosso casamento em três meses. Você tem alguma disponibilidade para o dia 6 de junho?" Perguntou ela enquanto jogava o cabelo para trás sobre o ombro.

Eu podia fisicamente sentir meu coração afundar no chão. Ele estava comprometido. Não havia nenhuma maneira de eu poder entreter pensamentos com este cara. Ele era praticamente um homem casado. Tentando esconder minha decepção, forcei um sorriso no meu rosto e olhei para o casal feliz. Minha mente poderia saber que Nick estava com outra pessoa, mas meu coração certamente não sabia. Quando olhei para Nick, notei que ele estava me encarando, sorrindo. De repente, percebi que tinha que me concentrar na minha respiração e ter certeza de que estava recebendo oxigênio.

"Deixe-me verificar o calendário." Estiquei a mão debaixo do balcão para pegá-lo e passei para frente até junho, rezando silenciosamente para que estivesse preenchido, mas para minha consternação, estava completamente aberto. "Parece que temos esse fim de semana disponível. Você gostaria de marcar um teste de bolo?"

"Sim, isso seria perfeito. Que tal quinta-feira? Será tempo suficiente?" Perguntou ela.

"Sim," eu disse trêmula. "Isso deve ser tempo suficiente."

"Perfeito. Quero experimentar o bolo branco com cobertura de baunilha, o bolo de chocolate com cobertura de chocolate, o bolo branco com recheio de framboesa e cobertura de baunilha, o bolo de limão com cobertura de limão, o bolo de chocolate com cobertura de morango e recheio de morango, e o bolo de cenoura com cobertura de creme de queijo. Você anotou tudo?" Ela estalou.

"Sim." Eu li de volta seus pedidos de bolo.

"Perfeito. Estaremos aqui às seis horas na quinta-feira," ela me informou e sorriu. "Muito obrigada." Ela girou e saiu pela porta da frente.

"Obrigado," Nick sorriu. "Foi um prazer conhecê-la." Ele seguiu sua noiva até a porta.

"Não, obrigada *você*," murmurei e listei meu novo cliente favorito.

RECEITA DE SNICKERDOODLE

½ xícara manteiga salgada derretida
½ xícara de gordura vegetal
1 ½ xícara de açúcar
2 ovos à temperatura ambiente
1 colher de chá de baunilha
2 ¾ xícara de farinha de trigo
2 colheres de chá de creme de tártaro
1 colher de chá de bicarbonato de sódio
¼ colher de chá de sal
¼ xícara de açúcar extra
2 colheres de chá de canela

1. Pré-aqueça o forno a 350 graus.
2. Misture a manteiga salgada, gordura vegetal e açúcar até ficar leve e fofo.
3. Acrescentar ovos em temperatura ambiente e baunilha até que estejam completamente misturados.
4. Adicione creme de tártaro, sal, bicarbonato de sódio e farinha, e misture até incorporar. Não exagere na mistura.
5. Misture açúcar extra e canela em uma tigela separada.
6. Formar a massa em bolas de 2,5 centímetros e prensar a massa em açúcar e canela em um dos lados. Coloque os biscoitos com açúcar e canela de um lado para cima, em uma bandeja de biscoitos.
7. Assar por 10 minutos. Aproveite!

CAPÍTULO 4

"*Bem*, ela era um deleite, não era?" Perguntou Troy, mas eu permaneci em silêncio e continuei escrevendo a ordem. "Você está bem?" Perguntou ele enquanto caminhava para ficar ao meu lado.

"Sim, por que não estaria?" Eu encolhi os ombros.

Ele colocou um braço ao meu redor e eu inclinei minha cabeça para ele. "Sinto muito," ele sussurrou no meu cabelo.

"Está tudo bem. Não é nada de mais. Eu só o achei bonito. Tanto faz. Mas devemos nos preparar para começar a fechar."

O resto da noite foi lenta. Tornou o fechamento muito fácil, e pudemos sair um pouco mais cedo, o que eu agradeci. No caminho para casa, liguei para minha mãe para informá-la sobre o teste do bolo e ela ficou muito feliz. Ela adorava fazer bolos de casamento e poder fazer parte do dia especial de outra pessoa. Entretanto, quando ela me pediu para ajudar com a degustação, comecei a protestar.

"Mãe, você não pode pedir a Lily para te ajudar? Eu fiz o último teste do bolo."

"Depois de trabalhar com Ben, ela não vai querer fazer um teste de bolo. Além disso, se a noiva soar tão arrogante como você a descreveu, ela não vai chegar nem perto. Além disso, eu pensei que você gostava de fazer casamentos..." Ela questionou.

"Eu só pensei em deixar Lily ter a chance, só isso. Além disso, tenho trabalhado muito e queria ter uma noite de folga." Tentei inventar uma desculpa boa o suficiente para ela me deixar em paz, mas sabia que ela não me deixaria.

"Lily acabou de me dizer que ela tem algumas provas na sexta-feira e que precisava da quinta-feira para estudar. Sinto muito, querida, vou precisar de sua ajuda. Você pode ter o resto do fim de semana de folga se quiser," ela ofereceu, soando um pouco culpada.

Ela nunca quis nos forçar a trabalhar e nos tratar como funcionárias de fato. Ela sabia que na maioria das vezes nós trabalhávamos para ajudá-la, mesmo que ela ainda nos pagasse. Mas eu precisava superar a mim mesma e esta pequena paixão, e ajudar mamãe. Eu sabia que ela não teria pedido se realmente não precisasse.

"Está bem, mãe, eu posso fazer isso. Eu te ajudarei. Mas só se você conseguir que Troy ajude também naquela noite! Foi muito divertido trabalhar com ele hoje," eu contra-ataquei e ela riu.

"Muito bem, farei com que ele saiba que vou tê-lo trabalhando na quinta-feira. Obrigada por fechar esta noite, querida. Eu me diverti tanto pintando na aula de hoje à noite! Teremos que fazer isso uma destas semanas, quando Lily puder fechar. Tenha uma boa noite. Te amo!"

"Também te amo." Eu terminei a chamada. "Ela vai ser a minha morte," sussurrei para mim mesma e continuei dirigindo para casa.

Quando entrei, encontrei Lily e suas amigas, Susie e Kylee, sentadas no sofá, vendo um filme.

"Oh, ei mana, como vai você?" Lily perguntou.

"Bem. Reservei um teste de bolo hoje para um

possível bolo de casamento em junho." Tirei um copo do armário e o enchi com água.

"Aposto que a mãe estava entusiasmada com isso. Ela adora fazer bolos de casamento." Ela colocou um chips na boca.

"Sim, ela definitivamente estava. Mas a noiva parece ser desagradável. Eu não estou entusiasmada com isso," admiti e tomei um gole de água. "O que as senhoras estão fazendo? Pensei que tinham que estudar."

"Eu estudei, mas meu cérebro começou a sentir que estava se transformando em papa, então tive que fazer uma pausa," explicou Lily, comendo outro chips.

"Ela realmente só estudou por uma hora, e depois desistiu," declarou Susie.

"Isso me soa familiar," eu ri. "Como você espera passar em alguma de suas aulas se você não estudar?"

"Chama-se improvisar," Kylee riu e pegou o pacote de chips de Lily.

"Sim, ela vai tentar se esforçar o mínimo possível e quase não vai estudar," disse Susie e pegou um punhado de chips.

"Tanto faz!" Lily gritou: "Eu estudo o suficiente. Se eu estudo demais, fico confusa. Tenho que fazer intervalos!"

"Estudar por uma hora e depois passar o resto da noite deitada não é uma pausa." Kylee riu e entregou o saco de chips de volta para Lily. "É uma coisa boa estudar antes de sair com você; caso contrário, nunca me formaria na faculdade."

"Você está dizendo que eu sou uma má influência?"

"Oh, não," Susie interveio. "Nós não estamos dizendo isso. Você é tão divertida, que preferimos ficar com você do que estudar."

"Sim, nós sabíamos que você nos distrairia de qualquer forma, por isso tentamos planejar nosso tempo de estudo mais cedo, antes de vê-la. Quero dizer, sério, você pode nos culpar? Você é bonita, animada e hilariante." Kylee ofereceu um sorriso bobo.

"Vocês estão fingindo," Lily fungou e nós três começamos a rir.

"Vamos, mana, nós sabemos que você não gosta de estudar ou fazer os deveres de casa. Não é uma coisa ruim; ninguém realmente gosta disso. Você pode culpar Kylee e Susie por fazerem isso antes que eles venham?" Tentei consolar minha irmã sobrecarregada de trabalho, que eu achava que estava sendo muito dramática.

"Acho que não. Eu preferiria apenas sair com os amigos e me divertir do que estudar as velhas palestras chatas," admitiu Lily e começou a se acalmar.

"Foi o que eu pensei. Agora, falando sério, você tem certeza de que está pronta para a sua prova amanhã? Você não acha que deveria estudar um pouco mais?" Eu perguntei com cautela, sabendo que ela estava emocional.

"Ugh, tudo bem." Lily pegou o controle remoto e desligou o filme. "Vou estudar mais um pouco."

"E, com isso, acho que devemos partir." Susie ficou de pé e Kylee se levantou, pairando atrás dela.

"De acordo. Eu não quero estudar mais do que o necessário." Kylee bocejou e seguiu Susie até a porta.

"Vocês são tão prestativas," disse Lily sarcasticamente.

"É por isso que você nos ama," cantou Susie e acenou.

"E porque você nunca se livrará de nós," Kylee entrou em cena.

"Sim, sim, sim." Lily acenou para elas. "Boa noite, palermas."

"Boa noite!" Elas responderam e fecharam a porta atrás delas.

Eu rio. "Sempre esqueço o quanto gosto dessas duas."

"Sim, elas são muito divertidas de se ter por perto," murmurou ela acidamente.

"Oh, vamos lá, Lil. Você sabe que precisa estudar e deveria tê-lo feito mais cedo. Caso contrário, você deveria ter trabalhado apenas esta noite. Troy foi uma diversão. Ele definitivamente fez a noite passar rápido. Agora, você tem que estudar até tarde e trabalhar com Brad amanhã. Que sorte a sua." Eu sorri e chutei meus sapatos.

"Você sabe, às vezes você não é muito legal," disse Lily sem rodeios e abriu seu laptop.

"Nunca disse que era," respondi e entrei no meu quarto.

Tirei minhas roupas que cheiravam a geleia e cookies, vesti calças velhas de ginástica e uma camisa folgada, e deitei na cama. Pensei em Nick e em como ele parecia ser amável. O sorriso dele era tão fácil e sem esforço, que iluminava toda a sala. Ele era o homem mais bonito que eu já havia conhecido. Então, uma vez que sua noiva entrou, não pude deixar de me perguntar por que no mundo ele iria querer se casar com uma "pirralha" como ela. Ouvi dizer que os opostos se atraem... mas não a esse extremo. Eu não podia imaginar trabalhar com uma noiva assim e, francamente, não tinha vontade de fazer isso.

Eu ia precisar de toda a força que pudesse reunir para tentar sobreviver ao teste do bolo deles... e rezei para que ela não gostasse de nossos bolos.

CAPÍTULO 5

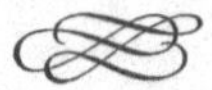

No dia seguinte, fui à mercearia, como havia planejado. Como teríamos a degustação do bolo em alguns dias, tinha que me certificar de que tínhamos muitos ingredientes para fazer o pedido. Além de ter conseguido o nosso estoque normal de volta às quantidades habituais, e adicionando minhas próprias compras na mercearia à lista, eu tinha muito o que comprar.

Fui tentada a ligar para minha mãe e ver se ela queria vir comigo, mas eu sabia que, se eu fizesse isso, Lily se recusaria a ficar sozinha com Brad. Apesar de mamãe estar lá mais do que qualquer outra coisa para apoio moral, eu sabia que Lily estaria rabugenta quando chegasse em casa, então eu fiz uma nota mental para pegar sacos de chips para ela. Eu me sentia como uma facilitadora completa, então peguei chips de banana também para ver se talvez ela tentasse uma opção mais saudável. No entanto, eu sabia que a probabilidade disso era muito pequena.

Minha irmã tinha o metabolismo de um menino de dezesseis anos de idade. Ela era muito mais magra do que eu, mas ninguém jamais adivinharia que ela era magra pela maneira como comia. Ela comia donuts e muffins no café da manhã, muitos carboidratos no almoço que consistia de grandes sanduíches ou pizza, e quando chegava em casa, ela comia muito e muitos chips. A única vez que ela comia de forma saudável era quando alguém cozinhava para ela, o que significava eu. Eu insistia para que ela comesse algo de substância, então tentava alimentá-la com muitos vegetais e proteínas magras para o jantar.

Nas primeiras semanas em que decidi tomar a iniciativa por seus maus hábitos alimentares, ela percebeu o que eu estava fazendo e reclamou sobre a comida que eu estava fazendo. Ela insistia que seria mais fácil pedir comida para comer e que os legumes não tinham um sabor bom. Entretanto, quando comecei a assustá-la com a ideia da diabetes, ela se calou e comeu o que eu fiz.

Já eu, sempre tive que trabalhar para manter meu corpo. Crescendo trabalhando na padaria, passei definitivamente por uma fase rechonchuda. Depois, no colegial, percebi que não queria ser gorda e ter maus hábitos alimentares. Eu sabia que se queria ser padeira para o resto da minha vida, eu precisava encontrar um equilíbrio saudável. Então, comecei a contar minhas calorias, tentei comer legumes a cada refeição e me limitei a apenas algumas guloseimas por semana. Não só isso, mas convenci minha mãe a me deixar correr. Eu não era de forma alguma a mais rápida, mas a corrida e o treinamento consistente ajudaram a perder peso. Mesmo agora, tentava correr uma vez por semana ou ir no ginásio da faculdade uma ou duas vezes, na tentativa de ter algum tônus muscular. Mas por mais que eu tentasse, minha irmã era sempre mais magra do que eu e não havia nada que eu pudesse fazer a respeito disso. A genética era uma parte cruel da vida.

Virei para descer o corredor com as muitas opções de chips e me deparei literalmente com um carrinho que vinha da direção oposta.

"Oh, desculpe-me, eu não quis..." Eu perdi minha voz.

A pessoa à minha frente entrou em foco e eu percebi que estava diante de Nick, o homem bonito que eu havia conhecido na noite anterior.

"Rosie, certo?" Ele riu e se apoiou em seu carrinho, sorrindo de orelha a orelha.

"Certo, e você é o Nick?" Eu me fiz de boba, mas não acho que ele tenha comprado.

"Sim, é engraçado esbarrar em você aqui. Parece que você tem um bastante compras."

Ele olhou meu carrinho; ele estava praticamente transbordando de todos os itens.

"Estou fazendo algumas compras para a padaria, e um pouco de compras pessoais," eu expliquei e pude sentir minhas bochechas coradas.

"Bem, isso é bom. Eu estava preocupado que você fosse colocar espinafres e tomates no meu bolo," ele provocou e deu um meio sorriso.

Eu ri e balancei a cabeça. "Não, definitivamente não. Mas as framboesas e os morangos estão definitivamente indo para lá."

"Isso é bom. Ei, agora que a vejo aqui, eu estava realmente me perguntando se poderia acrescentar outro pedido de bolo para a degustação..." ele perguntou timidamente, o que eu achei simplesmente adorável.

"Claro, o que você gostaria de acrescentar?" Puxei meu telefone para fazer uma anotação.

"Eu adoro chocolate e menta. É uma das minhas combinações favoritas, e eu adoraria experimentar... e ver se Alisha gostaria. Ela diz que a menta é 'muito lúdica' para um casamento, mas eu acho que seria um sabor divertido de acrescentar."

"Eu adoro chocolate e menta! Os cookies de menta das escoteiras são meus favoritos! Eu poderia comer uma caixa inteira, sem problemas," disse eu, bastante fervilhante.

Ele começou, rindo da minha excitação. "Eu também! Minha irmã era uma escoteira e as trazia para casa por mim." Ele sorriu com a memória. "Tínhamos tantos problemas quando minha mãe nos encontrava rodeados de caixas de cookies. Ela acabava tendo que comprar as caixas extras que comíamos. Na minha opinião, elas valiam cada centavo."

"Oh, sem dúvida. Minha mãe faz um cupcake de chocolate e menta que me lembra o sabor de uma menta fina. É delicioso. Vou ter que encontrar essa receita e usá-la para o teste do seu bolo. Acho que você vai adorar." Eu sorri.

Ele acenou com a cabeça em aprovação: "Muito bem, parece ótimo! Agora, estou realmente ansioso por este teste de bolo."

"Bom. Cada um merece ter seu próprio toque em seu bolo de casamento." Eu sorri e ele sorriu de volta, o que fez meu coração bater loucamente.

Ficamos parados olhando um para o outro, sorrindo como dois patetas no meio do corredor. Provavelmente parecemos uns idiotas.

Alguém passou por nós e Nick foi o primeiro a sair de lá. Ele limpou sua garganta e colocou sua mão na parte de trás do pescoço. "Bem, muito obrigado por acrescentar isso... Eu sei que você já tinha uma lista e tanto."

"Não é um problema. Como eu disse, todos merecem seu próprio bolo especial, especialmente no dia do casamento." Eu comecei a me sentir estúpida pelo quão brega isso soou.

"Eu realmente aprecio isso. Acho que então nos vemos na quinta-feira." Ele sorriu e deslocou seu carrinho ao meu redor.

"Nos vemos em breve!" Eu acenei.

Quando ele não estava mais à vista, eu bati em minha testa e coloquei minha cabeça no carrinho. Cara, eu soei tão brega; eu era mais brega que a mussarela no meu carrinho. Ele provavelmente pensou que eu era uma completa idiota, com um apetite voraz, dado o carrinho cheio.

Eu balancei a cabeça. "Quem se importa? Ele está comprometido," disse a mim mesma e embrulhei minhas compras da padaria. Apesar de ter ido embora com um carinho cheio de comida, nunca me senti tão vazia como depois de vê-lo ir embora. O que havia de errado comigo?

Os últimos dois dias passaram muito rápido. Mamãe me colocou na padaria preparando os bolos e recheios para que ela se reunisse na quinta-feira de manhã. Por causa do teste dos bolos e de todo o trabalho preparatório que tive que fazer, não consegui estudar tanto quanto eu queria e mal passei na prova. Mas com minha mãe ocupada com seu outro trabalho, ela precisava que eu ajudasse.

Uma vez, Lily tentou assar vários bolos ao mesmo tempo e acabou queimando *todos os* bolos. Ela tinha melhorado muito desde então, mas minha mãe ainda estava preocupada com a possibilidade de que ela cometesse algum erro, especialmente com um enorme potencial de pedidos personalizados, e com um bolo de casamento. Os casamentos sempre significaram um grande dia de pagamento.

Na quarta-feira à noite, mamãe parou para verificar meu progresso e testou todos os recheios para ter certeza de que tudo estava perfeito.

"Mmm, querida, você fica melhor com essa geleia de morango toda vez," ela me elogiou. "Alguém deve ter te ensinado muito bem." Ela sorriu e experimentou a geleia de framboesa.

"Três chances de adivinhar quem." Eu ri e a vi desmaiar brincalhonamente sobre a geleia de framboesa.

"Isto está me fazendo querer um sanduíche de manteiga de amendoim e geleia. Eu ainda não jantei.

Temos pão em algum lugar por aqui?" Ela olhou ao redor da sala.

"Acho que não temos." Fui até a despensa para ver se encontrava algum. "Desculpe, mãe. Mas não é uma má ideia. Devíamos guardar um pouco de pão por aqui."

"Sim, talvez coloque isso na lista para quando você for à loja da próxima vez. Já temos manteiga de amendoim e geleia aqui... mas vale ter pão para quando alguém estiver com fome. É melhor do que mastigar cookies a noite toda do jeito que Brad fez ontem à noite." Ela balançou a cabeça e jogou a colher no lava-louça.

Eu ri com o pensamento de Lily trabalhando com Brad. "Como foi isso?"

"Bem, ele errou cinco pedidos diferentes, deixou cair três cupcakes e depois procedeu a comê-los do chão na frente de um cliente. E, então, ele tropeçou acidentalmente com um cupcake na mão e ele pousou no cabelo de Lily." Ela gargalhou da memória e foi olhar os bolos.

Esta era uma música doce para meus ouvidos e eu ri de fato, ri tanto que agarrei o balcão para me apoiar. "Por favor, me diga que você conseguiu o vídeo disso na câmera de segurança, porque eu preciso ver isso," eu gargalhei. (Eu não era realmente uma pessoa má, mas isso me soou como uma doce justiça).

"Bem, sua irmã não achou muita graça. Ela insistiu que tinha que ir para casa para tomar banho e me deixou para fechar com Brad, o que levou o dobro do tempo de sempre," reclamou mamãe e começou a colocar os bolos e recheios de volta na geladeira.

"Isso explica porque ela estava em casa antes de mim." Perguntei a ela como tinha sido o trabalho, mas ela não disse muito. Ela provavelmente não queria que eu descobrisse. É verdade, acho que não posso culpar

Lily, porque eu teria tirado muito sarro dela," admiti e comecei a ajudá-la a levar as coisas para a geladeira.

"Lembre-se de ser gentil com sua irmã. Ela acabou de passar por aquela separação difícil com Jake. Seu coração está um pouco mais terno agora do que de costume," minha mãe repreendeu e eu revirei os olhos quando ela não podia me ver.

"Mãe, já faz um mês. Ela parece estar bem e não teve nenhuma recaída na última semana. Além disso, acho que ela vai a uma festa neste fim de semana com Kylee e Susie."

"Talvez ela esteja apenas fingindo estar bem? Nós não sabemos o que está passando pela cabeça daquela garota. Eu me preocupo com ela. Eu sei que eu queria que ela seguisse em frente e esquecesse Jake, mas uma festa parece um pouco rápida. Talvez você devesse ir com elas," sugeriu ela e eu fiquei boquiaberta.

"De jeito nenhum. Você sabe que eu não vou a festas. Eu odeio festas!" Naveguei até a frente para ver se alguma das guloseimas precisava ser reabastecida.

Ela seguiu atrás e se encostou ao balcão. "Eu sei que sim e não a culpo. Eu não iria a essas festas universitárias se alguém me pagasse, mas preciso ter um par de olhos a mais nela. Só até eu ter certeza de que ela já superou isso de uma vez por todas."

"Mãe, ela tem vinte anos; ela não precisa mais de uma babá," eu argumentei e me virei para encontrar um olhar preocupado em seu rosto.

Ela parecia mais cansada do que de costume, o que não fazia nenhum sentido. Ela tinha bolsas roxas debaixo dos olhos e seu cabelo estava um pouco mais bagunçado do que de costume, como se não tivesse lavado o cabelo há vários dias.

"Eu sei, mas isso não significa que ela não precise ser cuidada. Por favor, considere ir," ela suplicou com olhos verdes e cansados.

"Tudo bem, vou considerar, mas isso não significa

que vou," respondi e caminhei até a sala dos fundos para pegar mais cupcakes.

"Querida, por que você não vai para casa?" Mamãe sugeriu.

"O quê?" Fiquei confusa com a pergunta dela.

"Eu sei que você tem trabalhado muito e tenho pedido muito de você, então por que eu não fecho esta noite e você vai para casa e relaxa?" Ela tirou os cupcakes das minhas mãos.

"Você tem certeza, mãe? Eu não me importo de ajudar." Agora me senti mal por me queixar de ajudar Lily e estar frustrada por não ter tido tempo suficiente de estudo para a minha prova.

"Sim, e depois da degustação do bolo amanhã, vou lhe dar o resto do fim de semana de folga," disse-me ela e voltou para a frente da padaria.

"Por quê? Eu não me importo de trabalhar, mãe. Eu gosto de te ajudar."

"Eu sei que sim, querida, mas posso dizer que você está cansada. Esta semana, eu te fiz fazer coisas todos os dias para a padaria e ainda preciso de você aqui amanhã. Isso é muito. Além disso, tenho certeza de que você tem alguns estudos para pôr em dia. Especialmente se você decidir ir à festa com sua irmã este fim de semana," disse ela com um sorriso tímido.

"Você é persistente, *mãe*, eu lhe darei isso. Mas, você está certa. Tenho que estudar um pouco para me atualizar, quer eu vá ou não àquela festa," fiz questão de esclarecer enquanto tirava meu avental.

"Pense nisso, amor. Eu realmente apreciaria muito," ela reiterou e me puxou para um abraço. "Obrigada por tudo o que você faz, Rosie."

"De nada, mãe. Amo você. E obrigada por fechar. Eu realmente agradeço. O Troy vem amanhã para o teste do bolo, certo?" Eu queria ter certeza de que tinha um pouco de apoio moral, porque Troy sabia o que havia ocorrido alguns dias antes.

"Sim, ele disse que poderia abrir. Na verdade, quando eu lhe disse que ele ia ajudar no teste do bolo e que você ia estar lá, ele parecia muito ansioso. Você sabe por quê?" Ela levantou uma sobrancelha, como se soubesse que estava acontecendo algo.

"Eu não sei. Talvez ele goste de ver as pessoas saboreando bolos? Eu não sei." Eu encolhi os ombros e saí pela porta. "Tchau. Até amanhã."

"Amo você. Boa noite!" Ela disse atrás de mim.

Eu estava fora da porta antes que ela pudesse fazer qualquer pergunta que eu pudesse, ou não, querer responder.

CAPÍTULO 6

Graças à minha mãe, consegui ficar em dia com vários trabalhos. Também ajudou que Lily não estivesse no apartamento quando cheguei em casa, por isso, eliminei um monte de tarefas. Eu estava em dia com os deveres e pronta para o fim de semana, a menos que meus professores decidissem jogar algo mais em mim nos dois dias seguintes, o que eu rezei para que eles não fizessem.

Lily entrou pela porta da frente por volta das dez horas, enquanto eu estava espalhada no sofá, vendo Netflix.

"Onde você estava?" Perguntei, genuinamente curiosa. A Srta. Borboleta Social sempre tinha que estar fazendo algo com alguém.

"Só na Kylee e Susie. Elas realmente decidiram me ajudar em alguns problemas matemáticos e depois mais alguns amigos foram até lá e nós jogamos alguns jogos," ela me disse e tentou passar rapidamente.

"Espere, amigos como *garotos*?" Eu chamei atrás dela e ela congelou no lugar.

"Talvez," ela guinchou e se virou para me enfrentar.

"Estes são os rapazes que Kylee e Susie ou você estão interessadas?" Eu perguntei e percebi que estava sorrindo.

"Ambos? Eu acho. Eu não sei. Nós os conhecemos ontem na loja de iogurte, e eles pareciam ser caras muito legais e frequentam a nossa faculdade... e nos convidaram para uma festa nesta sexta-feira. Então Kylee, sendo Kylee, convidou esses garotos para conhecê-los melhor antes de realmente decidirmos ir a essa festa." A voz de Lily estava cada vez menor, a ponto de eu ter que me esforçar para ouvir a última palavra.

"Espere, espere, espere. Kylee convidou completos estranhos para o apartamento dela? Ela é louca?" Eu gritei e desliguei a TV.

"Sim, ela fez e sim, ela é," confirmou Lily e olhou fixamente para seus pés.

"Você sabe como isso é perigoso? Qualquer coisa poderia ter acontecido com vocês hoje à noite. Não posso acreditar que vocês foram até lá. Tiveram sorte de nada ter acontecido." Eu apontei meu dedo para ela e respirei fundo para tentar controlar minha raiva.

"Rose, você pode se acalmar? Pareciam ser caras muito legais e perguntamos a algumas das outras garotas de nossas aulas e descobrimos que eram realmente caras legais. Tudo isso é bom. E, embora eu tenha irritado você, de fato decidimos ir para a festa." Ela fez uma cara presunçosa para mim e se virou e entrou em seu quarto.

"Você está louca," eu retorqui e coloquei uma almofada no meu rosto.

"Estou fazendo o que você e mamãe me disseram para fazer, lembra-se? Seguir em frente! Encontrar minha felicidade! Me divertir!" Ela bateu a porta, como se estivesse fazendo isso com um efeito dramático.

"Você poderia ter tido um pouco mais de cuidado, e talvez usado essa sua cabeça grande! Você tem certeza de que ir a esta festa é uma ideia tão boa? Há muitas outras pessoas que você conhece que vão a esta festa? Você sabe onde é?"

Esperei que ela reaparecesse de seu quarto.

Ela abriu a porta e marchou até a sala de estar, parou no sofá onde eu estava sentada. "Sim, é uma boa ideia. Eu lhe disse, estou pronta para seguir em frente... e estou cansada de olhar para estas mesmas paredes todos os dias. Eu quero me divertir. E sim, há algumas pessoas que eu conheço que vão a esta festa, e você também. A maioria das pessoas que eu conheço são alunos de sua classe: Brittany, Jessica, Marvin e Brody. Todos eles vão estar lá. Até Troy vai estar lá. Quando foi a última vez que você saiu e fez algo divertido, Rose? Você vai se tornar uma eremita e nunca ter uma vida social? Me desculpa se eu optei por não fazer isso," ela gritou, cruzando seus braços. "Eu vou a esta festa. Já sei que mamãe lhe pediu para ir e ficar de olho em mim. E aposto que já sei qual foi a resposta a isso!"

"Sinto muito se não tenho vontade de tomar conta de minha irmã dramática, emocional e mimada em uma festa para a qual não fui convidada e não tenho vontade de ir," eu disparei nela e vi seu rosto ficar com alguns tons mais avermelhados.

"Sinta-se à vontade! Divirta-se estando aqui sozinha neste fim de semana. Mamãe está servindo algum evento algumas horas fora da cidade e está levando Monique e Veronica. Então, você não terá ninguém. Apenas o silêncio vazio deste apartamento," ela estalou. "Vou para a cama. Boa noite!"

Ela bateu com a porta atrás dela. Eu não me dei ao trabalho de dizer boa noite; eu estava muito chateada.

Ela havia ficado completamente fora de linha. É verdade que eu não tinha sido muito melhor e a tinha chamado de algumas coisas que não eram necessárias, mas ela tinha me empurrado. Minha irmã e eu não discutimos muito. Claro que brigamos e nos provocamos uma à outra frequentemente éramos irmãs, mas as brigas não aconteciam normalmente. No entanto, quando acontecia, geralmente passávamos por isso muito rapidamente. Veríamos quanto tempo levaríamos desta vez.

Finalmente chegou a quinta-feira e eu observei o relógio o dia todo. Troy me enviou uma mensagem durante minha aula de história, perguntando se eu estava mentalmente preparada para ver o "Sr. Bonitão" hoje à noite. Quando li a mensagem, inadvertidamente, bufei e recebi olhares não impressionados de colegas de classe.

Respondi que não havia necessidade de me preocupar com meu estado mental e que eu ia ficar bem. Logo após terminar minhas aulas e fazer alguns estudos de última hora sobre coisas nas quais não estava muito confiante, caminhei até a padaria. O que ficava a apenas alguns quarteirões da universidade. Já eram cerca de quatro da tarde quando cheguei.

Eu encontrei minha mãe andando de um lado para o outro como uma galinha com a cabeça cortada. "Mãe, você está bem?"

"Estou apenas tentando garantir que tudo esteja perfeito para esta degustação de bolo. Decidi fazer bolos bonitos de dez centímetros e decorá-los de diferentes maneiras para dar à noiva uma ideia de como eu posso decorar o bolo de casamento," disse ela, agarrando mais sacos de confeiteiro.

"Então, basicamente, você criou muito mais trabalho para si mesma do que precisava fazer," eu comentei e guardei minhas coisas lá atrás.

"Sim, praticamente. Mas, eu realmente quero acertar esta degustação. Esses bolos de casamento trazem um bom dinheiro e tenho a sensação de que esta pode ser uma grande encomenda." Ela arfou suavemente por correr e começou a ornamentar o que parecia ser o bolo de chocolate e morango.

"Você precisa de alguma ajuda, mãe?" Eu perguntei, provisoriamente, enquanto olhava para oito bolos empilhados, esperando para serem decorados.

"Sim, você poderia, por favor, começar a ornamentar rosas? Algumas brancas e cor-de-rosa, em tamanhos diferentes. Faça algumas grandes abertas e um par de botões, e depois coloque-as no refrigerador, para que quando eu estiver pronta para colocá-las, elas fiquem bonitas e congeladas."

"Eu posso fazer isso. Quando Troy..." Fui cortada pelo som do sino tocando na frente e subi para ver Troy entrar. "Falando no diabo."

"Você está falando de mim, problema?" Ele sorriu e me deu um grande abraço.

"A quem você está chamando de problema?" Eu questionei. "Se alguém está em apuros, esse alguém seria *você*. Você não está tramando nada de bom!"

"Você provavelmente está certa, mas eu, pelo menos, não sou aquele que está totalmente caidinho pelo noivo," ele murmurou no meu ouvido e eu bati no braço dele.

"Cale a boca. Minha mãe está lá atrás." Eu sussurrei. "E eu não estou caidinha pelo noivo. Simplesmente achei que ele era bonitinho, e preencheu seu terno muito bem, só isso."

Troy começou a rir e balançou a cabeça. "Você está totalmente apaixonada. É pena que ele esteja comprometido e esteja prestes a se casar em três meses."

"Troy, é você?" Minha mãe chamou de trás.

"Sim, Karen. O primeiro e único!" Troy estendeu seus braços enquanto caminhava para trás.

"Graças a Deus," eu disse calmamente e Troy acenou para mim brincando enquanto eu entrava no fundo.

"Tem estado ocupado hoje na frente?" Perguntou ele, segurando um avental para vestir.

"Não, na verdade, não. Quero dizer, tem sido bom, mas as quintas-feiras não costumam ser dias ocupados, pelo que tenho sido grata, porque precisei me concentrar nestes bolos," disse minha mãe, subindo ao meu lado.

"Espere, você tirou dia de folga do trabalho hoje?" Eu perguntei.

"Mais ou menos, não realmente. Acordei cedo para trabalhar nas coisas, depois vim até aqui para abrir e comecei a trabalhar nos bolos... e, então, uma vez que tinha todos os bolos empilhados e alisados, os coloquei na geladeira e trabalhei um pouco mais. Dessa forma, não precisei necessariamente tirar um dia pessoal. Você poderia começar a trabalhar nessas flores, por favor? Eles estarão aqui em menos de duas horas." Ela estava claramente começando a entrar em pânico.

"Você sabe," eu disse, pegando um saco de ornamentação, "você já ficou em cima da hora antes, mas não assim." Comecei a tirar as rosas e a colocá-las em uma bandeja de papel.

"Eu sei, eu sei. Eu até pedi para você fazer todos os recheios e bolos. Eu deveria ter montado eles mais cedo," gemeu ela enquanto ornamentava.

"Vai ficar tudo bem, mãe. Vamos fazer isso e todos eles vão ficar lindos. E Nick e Alisha vão amá-los, está bem?" Eu disse animadamente.

Ela respirou fundo e se afastou dos bolos para limpar a testa com as costas da mão. "Eu sei... você está certa. Eu preciso relaxar e continuar trabalhando, e não reclamar."

"E, para sua sorte, você tem anos de experiência e uma mão firme. Você pode ornamentar tudo isso em pouco tempo e todos nós sabemos que vai ficar incrível, Karen," disse Troy em um tom mais sério do que seu habitual brincalhão e feliz ao colocar uma mão nas costas dela. *"Você consegue fazer isso!"*

"Aw, obrigada, Troy!" Ela lhe deu um abraço de um só braço, cuidando para não o tocar com a mão.

"Puxa saco," eu tossi e Troy bateu um braço em mim, como se ele estivesse tentando me bater de longe.

"Bem, eu acho que você é muito doce," disse minha mãe. "Pelo menos, alguém por aqui é," brincou ela e virou a cabeça para olhar para mim.

Troy começou a se levantar, pensando que era a piada mais hilariante que ele já havia ouvido.

"Vocês são todos hilários, realmente," eu disse sarcasticamente e coloquei uma bandeja cheia de rosas no refrigerador.

Por sorte, o som do sino chamou Troy para a frente e minha mãe e eu ficamos sozinhas trabalhando nos bolos. Trabalhamos em silêncio, olhando ansiosamente o relógio passar. Dentro de uma hora, terminei três bandejas de rosas de creme de manteiga, e as coloquei no refrigerador, assim como ela terminou de fazer laços de creme de manteiga e trabalho de treliça ornamentada nos bolos.

Ela colocou os bolos na geladeira por alguns minutos para permitir o congelamento e depois inspecionou as rosas que eu havia ornamentado. "Você está ficando cada vez melhor, Rosie," ela me elogiou. "Em breve, não precisarei nem trabalhar e você poderá simplesmente fazer tudo."

"Mas você realmente me deixaria fazer isso? Acho que você é um pouco controladora demais para fazer isso," eu brinquei e ela riu em resposta.

"Você provavelmente está certa, mas eu estou falando sério." Ela colocou as rosas de creme de manteiga de volta no freezer e sentou-se em uma cadeira. "Você se saiu muito bem. Acho que o casal vai ficar muito impressionado."

"Obrigada, mãe. Espero que sim," respirei fundo e peguei uma cadeira ao lado dela. "Aquela mulher parece ser um verdadeiro deleite," murmurei.

Eu não tinha nenhum desejo de vê-la entrar

novamente por aquelas portas. Felizmente, minha mãe ia fazer a maior parte da conversa e eu só tinha que tirar os bolos e colocar o sorriso mais falso possível no meu rosto.

"Oh, querida, não deixe que ela atinja você. Além disso, você deve saber que as mulheres se tornam mais loucas quando se trata de seus casamentos. Elas querem que tudo seja absolutamente perfeito. Confie em mim, você será da mesma forma. Apenas me faça um favor, e não me escolha para fazer seu bolo de noiva." Ela riu alegremente e colocou uma mão na minha perna. "Estou brincando, querida. Se você pedir a outra pessoa, eu vou te caçar. Você sabe como eu queria muito fazer seu bolo de casamento, se você alguma vez se casar."

"Lá vem ela," eu gemi e me inclinei para trás.

"Quando foi a última vez que você esteve em um encontro? Pensei que sua irmã ia se casar antes de você com Jake, mas agora que isso acabou..." Ela faz uma pausa para reunir seus pensamentos. "Não, ela provavelmente ainda vai se casar antes de você."

"Qual é o problema, mãe? Então, não tenho um encontro há algum tempo e não tenho casamento no meu radar, mas quem se importa? Tenho me concentrado apenas em terminar a faculdade e a padaria. Além disso, já tenho o suficiente com o drama de Lily. Eu não poderia imaginar se eu também estivesse namorando alguém e lidando com esse drama." Eu revirei os olhos, pensando no dia anterior, quando estávamos brigando. Ela tinha sido realmente difícil.

"Sim, mas eu sinto que você se sente só. Quero dizer, eu sei que você não está deprimida nem nada, mas só quero saber que um dia você será amada e cuidada e terá uma família." Minha mãe se inclinou para frente e olhou para mim com sinceridade. "Você faz muito por mim e por sua irmã, mas me preocupa que você não esteja se colocando em primeiro lugar, se é que está. Eu quero que você seja feliz. Quero que você namore e se apaixone, e que se concentre em você mesma por uma vez. Mas há momentos em que me preocupo seriamente que você vai acabar sozinha." Ela se levantou para tirar os bolos e as rosas.

"Mãe, eu odeio ter esta conversa," admiti. "Eu simplesmente não tenho namorado muito. Não tem havido ninguém que realmente me chamou a atenção e acho que não tenho procurado muito. Lily já namorou o suficiente por nós duas."

"Seja gentil com sua irmã," ela advertiu. "Sei que agora você está concentrada em outras coisas, mas poderia começar a abrir um pouco os olhos?" Ela quase soou como se estivesse suplicando quando começou a colocar rosas nos bolos.

Eu abanei a cabeça em descrença. Ela não tinha ideia. Se ela soubesse que eu estava temendo ver Nick, porque eu achava que ele era o Sr. Delicioso, ela se exasperaria e me acharia completamente louca. Eu realmente não namorava há anos. Tive um namorado de curta duração no meu primeiro ano, que peguei me traindo debaixo da arquibancada depois de um jogo de futebol com uma das amigas de Lily, e saí em alguns encontros aleatórios no meu primeiro ano de faculdade. Mas, fora isso, realmente não estava em minha mente. Eu estava perfeitamente satisfeita em ir à faculdade, trabalhar e assistir filmes românticos na Netflix.

"Claro, mãe, vou ficar de olhos abertos," prometi enquanto olhava ao redor da sala com os olhos meio fechados.

Ela começou a rir e balançou a cabeça. "Seu sarcasmo me mata às vezes."

"Sim, mas é quem eu sou." Dei um sorriso brega e me levantei para olhar para o relógio. "São 5:45, mãe. Você está quase pronta?"

"Sim, só preciso ornamentar um par de folhas. Você

não pode fazer rosas ornamentadas e não ter folhas," ela escarneceu.

"Isso não é realista," dissemos juntas e mamãe fez uma careta para mim.

Depois de cinco minutos dela adicionando mais folhas aos bolos e examinando-os uma e outra vez, ela finalmente relaxou e sorriu. "Muito bem, eles estão prontos."

"Eles são lindos, mãe. Eles vão adorar," eu elogiei.

"Obrigada, querida. Espero que sim."

"Bem, vamos descobrir logo, porque eles estão entrando agora mesmo," anunciou Troy e endireitou seu avental.

Senti meu coração começar imediatamente a bater mais rápido, minhas palmas das mãos começaram a suar e meu rosto ficou corado. Eu estava uma bagunça. "Pare com isso," eu disse a mim mesma. "Ele é apenas mais um cliente, então *relaxe*."

"O que foi isso, querida?" Perguntou minha mãe enquanto colocava os bolos na geladeira para deixar o creme de manteiga assentar uma última vez.

"Nada." Eu balancei a mão para evitar o assunto. "Estou apenas falando comigo mesma."

Troy me se inclinou para perto de mim e sussurrou ao meu ouvido: "Mais como um discurso motivacional, Rose?"

Bati no peito dele brincalhonamente e ele voltou para a frente, preparando-se para cumprimentar o feliz casal de noivos. Decidi ir ao banheiro e inspecionar minha aparência.

Rapidamente penteei meus cabelos loiros ondulados e inspecionei a maquiagem que tinha colocado esta manhã. Normalmente eu não usava muita maquiagem porque achava que não tinha ninguém para impressionar, e só ia a três lugares diferentes, ocasionalmente quatro: a faculdade, padaria, meu apartamento e a mercearia. Eu não via a utilidade de usá-la. Hoje, porém, eu tinha decidido que era melhor me arrumar um pouco.

Poucos segundos depois de terminar minha auto inspeção, a campainha tocou, e ouvi a voz abafada de Troy dizer: "Olá! Bem-vindos de volta às Kriações de Karen!"

Saí do banheiro e fiquei no canto do corredor, só para estar perto o suficiente para ouvir claramente a conversa deles, mas não consegui.

"Olá, prazer em vê-la novamente," ouvi Nick dizer. Sua voz era aveludada e profunda, e me fez querer ouvi-la mais.

"Sim, olá," Alisha estalou. "Os bolos estão prontos?"

"Eles com certeza estão," ouvi mamãe responder. "Como vocês dois estão hoje? Meu nome é Karen e sou a dona da padaria."

"É um prazer conhecê-la, Karen." Nick falou novamente. "Meu nome é Nick e esta é minha noiva, Alisha. Estamos aqui para o teste do bolo."

"Maravilhoso," disse ela alegremente. "Por que vocês dois não se sentam em uma mesa e eu trarei os bolos para fora." Eu a ouvi bater palmas uma vez e depois o som de seus pés se aproximando de mim.

Decidi apresentar-me e sair da segurança do canto.

"Oh, aí está você!" Disse ela, aliviada. "Eu estava me perguntando onde você estava. Aquele homem lá em cima, Nick?" Ela apontou para a frente: "Ele é um cara bonito; ele me pegou totalmente desprevenida. Na verdade, eu esqueci o que queria dizer por um segundo. Mas você estava certa sobre a noiva; ela é interessante.

Isto deve ser divertido." Ela ofereceu um sorriso positivo.

"Sim, bem, não leve isso para o lado pessoal. Parece que ela é sempre assim," murmurei e segui mamãe até o refrigerador.

"Você pode pegar um par de bolos e levá-los para fora, por favor? E depois pegue uma faca e dois pratos com garfos, por favor," ela pediu e levou um par dos bolos.

"Claro, mãe," eu respondi quando Troy entrou no refrigerador.

"Posso ajudar em algo, Karen?" Perguntou ele com um sorriso presunçoso. Ele estava tentando me provocar.

"Puxa saco," eu falei para ele e ele sufocou uma risada.

"Você poderia pegar um par de bolos para mim, Troy? Muito obrigada; você é muito doce." Minha mãe adorava Troy.

"Eu só gosto de ajudar," disse ele, como se fosse um fato, e eu continuei a fingir vomitar nas costas da mãe.

Troy bufou segurando uma risada e pegou dois bolos, como lhe disseram, e enfiou sua língua para fora, mostrando-a para mim. Eu revirei meus olhos em resposta e seguimos minha mãe até a frente, onde o feliz casal estava sentado.

Vi o rosto de Alisha iluminado, uma mudança em relação à sua careta habitual. O rosto de Nick parecia igualmente impressionado e uma vez que ele me viu, piscou o olho para mim. Espere, ele piscou o olho *para mim.*

Troy voltou-se para mim, para ver se eu tinha notado, e eu me senti corar.

Colocamos os bolos sobre a mesa e eu me virei imediatamente para pegar os garfos e os pratos. Quando voltei, entreguei-os a Nick e Alisha e naveguei atrás do balcão até onde Troy estava, e vi minha mãe fazer sua mágica.

Troy se curvou para que ele ficasse perto da minha orelha. "Será que eu realmente o vi piscar o olho para você?"

Olhei para ele e acenei com a cabeça, e ele sorriu enquanto balançava a cabeça. Ele se abaixou até meu ouvido mais uma vez para dizer apenas quatro palavras: "Você é um problema."

Eu bufei e olhei para a mesa, e notei que Nick estava olhando para nós. Ele deve ter estado observando nossa interação e sua expressão facial quase como se estivesse, bem, irritado. Alisha estava alheia e não notou nada; ela estava muito ocupada dando olhares apaixonados para os bolos.

"Estes são ainda melhores do que eu pensava," exclamou ela com um clássico olhar: 'Eu vou-até-elogiar-você-mas-ofender-você-ao-mesmo-tempo. "Eu amo absolutamente as rosas, mas em vez de creme de manteiga, eu preferiria ter rosas em pasta de goma para fazê-las parecer mais como se fossem rosas de verdade. A paleta de cores é perfeita, tudo para o casamento vai ser um belo rosa blush e uma cor de marfim. Acho que meu bolo favorito é este, com o laço comestível enrolado em torno dele e o topo cheio de flores. Posso imaginar este sendo o topo do nosso bolo. Não é verdade, querido?" Ela se virou para o Nick, levando-o a voltar ao presente.

"Uh, Sim, é meu favorito também," ele concordou e me olhou de relance.

Eu tentei ficar imóvel e manter minha expressão ilegível, mas não ajudou que Troy também tivesse notado que ele tinha olhado para mim e começado a bater na minha coxa, debaixo do balcão.

"Sabe de uma coisa, Nicky?"

Foi aqui que minha expressão em branco estalou e

eu olhei para baixo com um sorriso, e tentei manter minha compostura. O apelido era demais.

"Eu amo tanto tudo isso. Acho que cada técnica deveria ser representada em algum lugar na ornamentação do bolo, o trabalho de treliça, laços, miçangas, rosas, stenciling. Todas elas deveriam estar lá! Mas eu estou confusa. Por que há oito bolos aqui? Pensei que só tinha pedido sete?"

"Oh, bem, minha filha Rosie viu Nick na mercearia e ele pediu um bolo de chocolate e menta. Ele disse que era seu favorito e queria vê-lo como uma opção," minha mãe explicou suavemente. Meu estômago deu uma reviravolta nervosa quando vi Alisha olhar para mim com confusão e aborrecimento, e então se virou para Nick.

Nick, entretanto, parecia calmo, frio e recolhido, como se não fosse grande coisa. "Pensei que poderia ser uma adição divertida. Tudo bem para você?"

"Acho que não custa experimentar todas as opções," admitiu ela, mas percebi que ela não gostou de estar por fora.

"Há um ditado por aqui que diz que nunca se pode comer bolo demais," disse minha mãe alegremente, tentando cortar a tensão. "Vamos começar?" Ela olhou para Alisha, esperando sua resposta, obviamente assegurando que Alisha ainda era quem estava no controle.

"Sim," ela respondeu curtamente.

"Perfeito. Vamos começar por esse. Vamos experimentar o bom bolo branco com creme de manteiga de baunilha." Ela apontou para o primeiro bolo.

Ambos inseriram seus garfos nos lados do bolo e deram uma mordida. Imediatamente, seus olhos se iluminaram, e qualquer "desacordo" que tivessem tido antes não se refletia mais em seus rostos.

"Uau, Karen, isso é delicioso," ela elogiou minha mãe e foi dar outra dentada.

"Não há nada de chato nesse bolo," concordou Nick, o que fez com que Alisha olhasse de lado para ele.

"Chato? Isso é o que você diz sobre este bolo?" Ela questionou e levantou uma sobrancelha. Surpresa, surpresa, ela ficou aborrecida novamente.

"Eu não quis ofender. Quando você tem todos estes sabores realmente deliciosos empilhados contra um bolo de baunilha simples, você realmente não espera que ele impressione você, mas este é o melhor que eu já comi," explicou Nick e deu outra dentada.

"Obrigada, Nick, é muito gentil da sua parte," disse mamãe educadamente, tentando aliviar o desconforto na sala.

"Ou algo assim," murmurou Alisha.

Nick olhou para ela, claramente irritado, mas não disse nada. Ele olhou para mim por um segundo, mas não estava claro o que ele estava tentando dizer através de sua expressão facial.

Então Alisha falou novamente. "Devemos seguir em frente?"

"Sim, vamos fazer! O próximo está próximo da mesma coisa, exceto que está cheio de geleia de framboesa caseira," minha mãe explicou orgulhosamente.

A campainha da porta da frente tocou e um grupo de jovens jogadores de futebol entrou e me distraiu da degustação do bolo. O nível de barulho era bem alto, com muita conversa e risos das garotas, então eu não conseguia ouvir nada com Nick, Alisha, ou minha mãe.

Troy e eu atendemos todo o time de futebol e nos certificamos de conseguir a todas as guloseimas de sua preferência. O treinador veio, claramente exausto, mas feliz em pagar para suas meninas. Então todas elas saíram, com cada garota acenando e dizendo obrigada. Levou cerca de vinte minutos para passar por todas as garotas, então quando Troy e eu voltamos nossa atenção para a degustação do bolo, o casal já estava quase terminando.

"Este aqui é o bolo de cenoura, com cobertura de cream-cheese." Minha mãe apontou para o penúltimo bolo. "Eu adoro ter este na Páscoa." Ela tentou fazer conversa, mas nenhum deles mordeu a isca.

"É delicioso, mas, de certa forma, acho que você está certa. Isto não seria muito bom para um bolo de casamento," Alisha determinou com um leve franzir de sobrancelha e pousou seu garfo.

"Acho que o bolo de cenoura pode ser comido em todas as ocasiões. Especialmente se for *este* bolo de cenoura." Nick apontou com seu garfo e deu outra dentada.

"Bem, é um não da minha parte. Deixe-me adivinhar, o último é o de chocolate com menta." Alisha disse com clareza e pegou seu garfo de novo.

"Sim! Eu estava esperando para experimentar este," disse Nick entusiasmado.

"Sim, é Alisha," confirmou minha mãe. "É um bolo de chocolate com creme de manteiga de menta e, como surpresa, com cookies finos de menta esmagados entre as camadas. Um passarinho me disse que você adorava cookies finos de menta e insistiu para que eu os incorporasse ao bolo."

A cabeça de Nick virou instantaneamente para olhar para mim e me deu um enorme sorriso. Eu lhe dei um pequeno sorriso em troca, mas ele desapareceu rapidamente depois de ver os lábios de Alisha apertando bem juntos. Eu podia dizer que ela não estava feliz comigo e que não queria experimentar este bolo. Mas ela queria parecer ter classe, por isso, ela forçou uma pequena amostra.

Por outro lado, um Nick muito entusiasmado pegou uma grande garfada da delicia de menta e chocolate. Eu não conseguia decidir qual reação observar, então tentei prestar atenção a ambas. Os olhos de Nick brilharam e ele parecia satisfeito com o que havia acabado de provar tanto, que foi dar outra dentada assim que engoliu a primeira. Alisha olhou ressentida para o bolo; ela já havia se decidido, mas, uma vez provado, ela pareceu agradavelmente surpresa.

"Karen! Este é meu bolo favorito de sempre. Tem tudo o que um amante da menta como eu poderia querer. Bolo de chocolate úmido, cobertura fofa de menta e um pouco de textura crocante dos cookies finos de menta. É como uma festa na minha boca e eu amo isso! Isto é o que eu quero para o casamento. Todos vão adorar este bolo." Ele se voltou para Alisha, que parecia indiferente.

Ela encolheu os ombros e empurrou o bolo. "Admito que é um bom bolo. Mas acho que gostei mais do bolo branco, do recheio de framboesa e do creme de manteiga de baunilha. Acho que isso é mais adequado para um bolo de casamento."

"Não há como ser mais adequado, porque um casamento, de certa forma, é uma representação de *nós*. É nosso dia e podemos fazer e ter o que quisermos," ressaltou Nick.

Alisha virou sua cabeça para longe de Nick e olhou para minha pobre mãe, que parecia uma intermediária no meio deles. "Karen, muito obrigada por estes lindos bolos. Eles são uma obra de arte e cada um deles tinha um sabor divino. Acho que temos algumas coisas a considerar e voltaremos a falar com você na próxima semana."

"Não há problema. Deixe-me pegar uma caixa para que você leve o resto destes para casa. Talvez vocês possam ter a ajuda de suas famílias para decidir e deixar que eles deem uma espiada," ela ofereceu.

Rapidamente, peguei algumas caixas debaixo do balcão e as entreguei a minha mãe, e observei ela encaixotá-los.

"Acho que não vou dividir esse bolo de chocolate e menta," admitiu Nick.

"Tudo bem. Acho que ninguém mais vai querer ele," disse Alisha, asperamente, o que impediu qualquer outra conversa sobre o bolo de chocolate e menta. "Karen," Alisha estendeu a mão, "obrigada mais uma vez, e estarei em contato." Ela deu uma volta e saiu pela porta sem seu noivo.

"Sinto muito por isso, pessoal. Eu não queria colocar ninguém em uma situação desconfortável," Nick pediu desculpas, parecendo culpado.

"Oh, Nick, você não fez," minha mãe lhe assegurou e colocou sua mão levemente no braço dele. "Um daqueles sabores de bolo deveria ter sido algo que *você* queria experimentar. É o seu casamento também, mas isso não é da minha conta. Isso é entre você e Alisha."

"Sim..." Ele deu a volta, olhando para a saída. "Esse vai ser o meu próximo obstáculo. Agradeço muito a vocês que estão fazendo estes bolos, todos eles eram deliciosos. Vai ser difícil escolher apenas um."

"De nada." Minha mãe andou até ele e lhe deu um abraço. Ela era uma abraçadora, o que costumava me incomodar, mas era sua linguagem de amor e sua maneira de fazer as pessoas se sentirem confortáveis. Definitivamente não era minha. "Você me diz o que vocês dois decidirem, está bem? Lembre-se: é para um dia feliz e não para um dia muito estressante."

Minha mãe sempre ofereceu conselhos e sugestões, mesmo quando eles não eram necessariamente solicitados. Felizmente, ela geralmente se mostrava atenciosa e gentil, por isso não costumava ter problemas por oferecer opiniões.

"Obrigado, Karen." Ele a abraçou de volta e pegou as caixas de bolo. "Definitivamente lhe diremos o que decidirmos."

"Tenha um bom dia, Nick." Ela acenou.

"Você também, Karen. Adeus, Rosie." Ele sorriu para

mim e depois acenou na direção de Troy como uma forma de dizer adeus.

"Vejo vocês mais tarde." Eu o vi sair da padaria.

"Bem, isso foi embaraçoso," disse Troy e eu acenei com a cabeça em concordância.

Nick e Alisha estavam claramente em desacordo, e não pareciam se importar com a forma como eles estavam se saindo na frente de completos estranhos. Isso me fez pensar como eles agiam um com o outro quando estavam sozinhos. Eu não podia imaginar os dois tão felizes... certamente não suficientemente felizes para se casarem e passarem uma vida inteira juntos.

"Essas são duas pessoas que querem coisas completamente diferentes. Nos casamentos, você tem que se comprometer e, quando uma pessoa não está disposta a isso, isso dificulta." Suspirando, minha mãe continuou: "Ter opiniões diferentes é uma coisa boa. Você ainda quer ser sua própria pessoa, mas ser *muito* diferente pode tornar as coisas mais difíceis do que deveria ser. Faz você se perguntar se vai durar... e se você ama essa pessoa o suficiente para estar disposto a fazer qualquer coisa para chegar até o fim. Vejo tantos casais entrando aqui pedindo bolos de casamento, então eu posso interagir e observar um pouco. Alguns estão obviamente mais apaixonados do que outros. É difícil ver os que não estão tão apaixonados, porque, no fundo, você sabe que a probabilidade de que funcione não é grande."

Ela terminou seu discurso e caminhou até a parte de trás da padaria para fazer a limpeza. Ela claramente não estava se referindo a outros casais e seus potenciais casamentos, mas estava pensando em seu próprio passado. Era difícil vê-la ainda perturbada por suas decisões passadas e mesmo agora lidando com elas internamente.

Eu olhei para Troy que estava me dando um olhar engraçado. "O quê?" Perguntei com desconfiança.

"Sua mãe fez um movimento mais rápido do que você," ele riu.

"Eu nunca iria fazer um movimento," respondi. "Ele está prestes a se casar e ama Alisha."

"Você viu a maneira como ele estava olhando para você?" Troy perguntou.

"Sim, eu vi aquele piscar de olhos," disse mamãe ao voltar para limpar a mesa onde eles tinham estado sentados.

"Mãe," eu gemi, mas ela estendeu uma mão.

"Não importa. Ele vai se casar, então vamos parar de falar sobre isso. Ele provavelmente estava apenas sendo amigável de qualquer maneira," decidiu ela.

Depois que minha mãe terminou de limpar tudo, ela deixou Troy e eu para fecharmos esta noite; isso deixou tempo para Troy e eu conversarmos a sós.

"Bem, essa foi uma noite interessante, não acha?" Perguntou Troy, limpando os balcões.

"Sim, definitivamente inesperada," eu concordei.

"Juro, senti um arrepio na espinha quando Alisha entrou," admitiu ele e começou a esvaziar a caixa dos cupcakes que sobraram.

Eu bufei. "Ela não tem a presença mais feliz, não é?"

"Não sei como Nick a tolera. Ela estava sendo completamente rude e desmoralizante com ele na frente de completos estranhos. Você pode imaginar como ela é má com ele quando eles *não estão* perto de pessoas?"

"Mas ele tem que saber no que está se metendo. Ele propôs a ela, afinal."

"Talvez ele não tenha se dado conta disso? Além disso, ele pensa que está apaixonado por essa garota. Se ele estava tão apaixonado por ela, por que ele tem olhos errantes?" Perguntou Troy.

"Você não acha que isso é um pouco preocupante? Mesmo que de alguma forma, por magia, funcionasse conosco... e se ele tivesse olhos errantes enquanto estivéssemos juntos... em direção a outra pessoa?" Eu contra-ataquei e comecei a limpar o chão.

"Ou talvez ele tenha olhos errantes porque está começando a perceber que está com uma mulher louca e furiosa? Não temos a menor ideia. Só espero que ele perceba isso logo, porque ninguém quer se casar com isso. Ela nem queria que ele tivesse um bolo de que gostasse, só para experimentar."

"Talvez haja mais nela do que ser uma aberração controladora? Talvez ele tenha visto que há algo de bom nela e a ame por isso?"

"Rosie." Troy respirou fundo. "Talvez ele esteja começando a ser um pouco realista e percebendo que quando se casar, ele vai se casar com o bom, o mau e o feio."

Abri minha boca para discutir, mas qual seria a utilidade? Ele tinha feito uma boa observação e eu não tinha um bom argumento. Havia definitivamente o "bom, mau e feio" flutuando naquela relação e eles teriam que descobrir isso. Eu levantei as mãos para cima em rendição,

Troy ergueu o punho no ar.

Eu ri, revirando os olhos e comecei a limpar todas as superfícies, certificando-me de que a padaria estivesse preparada para o turno da manhã.

Esse foi facilmente o teste de bolo mais embaraçoso que eu já havia testemunhado, e eu havia feito a maioria deles com mamãe. Se havia tanta tensão entre os dois em relação ao casamento, será que eles realmente sabiam o que estavam fazendo? Ou será que o amor ser cego estava desempenhando um papel importante? Era terrível que eu estivesse tendo esperanças... só um pouquinho?

RECEITA DE BOLO DE CHOCOLATE

3 xícaras de açúcar
3 xícaras de farinha de trigo
1 ½ xícara de cacau em pó
1 colher de sopa de bicarbonato de sódio
1 ½ colheres de sopa de fermento em pó
1 ½ colheres de sopa de sal
4 ovos à temperatura ambiente
1 ½ xícara de leitelho à temperatura ambiente (pode ser substituído por 1 ½ xícara de leite e 1 colher de sopa de suco de limão ou vinagre, mas deixe-o descansar 10 minutos antes de usar)
1 ½ xícaras de água quente
½ xícara de óleo
2 colheres de sopa de extrato de baunilha

1. Misturar açúcar, farinha, cacau em pó, bicarbonato de sódio, fermento em pó e sal.
2. Adicione ovos, leitelho, água quente, óleo e baunilha e misture uniformemente.
3. Separe a massa em três formas de 20 centímetros. Coloque cerca de um terço da massa em cada forma.
4. Asse por cerca de 35 minutos. Teste com palito no centro dos bolos e veja se ele sai limpo.
5. Após cerca de 5-10 minutos, virar os bolos e deixe esfriar em uma grade de arame.
6. Empilhe e congele o bolo com a cobertura de creme de manteiga fornecida abaixo, ou com sua cobertura favorita!

COBERTURA DE CREME DE MANTEIGA DE CHOCOLATE

1 xícara de manteiga derretida

4 ½ xícaras de açúcar em pó peneirado
4 colheres de sopa de cacau
1 colher de chá de baunilha
2 colheres de sopa de creme de leite
3-4 colheres de sopa de leite

1. Bata a manteiga derretida até ficar fofo.
2. Adicionar açúcar em pó e cacau até misturar.
3. Misture a baunilha e creme de leite.
4. Adicione lentamente o leite. Não adicione todo o leite ao mesmo tempo, caso contrário, sua cobertura se separará. Continue adicionando o leite até que a cobertura esteja lisa e cremosa.

CAPÍTULO 8

No dia seguinte, mamãe recebeu um telefonema de Alisha, dizendo que queria que ela fizesse o bolo de casamento. Elas marcaram um encontro na semana seguinte para se reunirem sobre os detalhes do bolo, e Alisha fez questão de apontar que Nick não viria. Aparentemente, ele não se importou com o aspecto do bolo, ele só queria ter certeza de que o bolo era gostoso. Acho que isso significava que o bolo não seria uma grande representação do casal de noivos, e apenas de Alisha. Eu estava começando a pensar que este seria o tema de todo o casamento.

Depois da faculdade, cheguei em casa para encontrar minha irmã no banheiro se preparando para a festa. Fiquei na porta e a vi se maquiar.

"Devemos fazer as pazes agora ou ficar chateadas por mais alguns dias?" Eu provoquei e esperei por ela para responder.

"Acho que ainda não estou pronta para perdoar você," disse ela asperamente e continuou aplicando a base em seu já belo rosto.

"E se eu lhe dissesse que decidi ir a essa festa?" Perguntei e ela parou de aplicar sua maquiagem.

"Você está falando sério?"

Eu encolhi os ombros, fingindo estar muito

interessada nas minhas unhas. "Por que não? Eu não tenho nada melhor para fazer. Eu poderia ficar em casa e assistir a muitos episódios de *Gilmore Girls*, ou poderia vê-la enlouquecer em alguma festa. E como esta semana já tive a minha dose de *Gilmore Girls*, decidi que ir a esta festa não seria tão ruim assim. Além disso, tenho algumas provas na segunda-feira e não posso ir à casa da mamãe neste fim de semana, então não posso me distrair muito. Preciso passar a maior parte do meu fim de semana trancada nesse apartamento. Mas passar uma hora ou duas, dando ao meu cérebro uma pausa para ver as pessoas agirem como idiotas, não deve atrapalhar muito o meu desempenho nas provas."

"A mamãe sabe que você vai?" Perguntou ela, voltando totalmente sua atenção para mim. Ela me encarou com admiração, não processando completamente o que eu estava dizendo. Acho que ela não acreditou completamente em mim quando eu disse que ia para a festa.

"Sim. Quando ela me ligou e me disse que Alisha queria que ela fizesse o bolo de casamento, eu decidi que eu iria à festa. Além disso, ela havia me dito que queria que eu pensasse em ir. Sabe, para ficar de olho em você e sair mais e conhecer novas pessoas. Eu simplesmente lhe disse que havia pensado no assunto e decidido ir," expliquei à minha irmãzinha, que ainda estava boquiaberta. "Lily, relaxe. Eu não vou ficar por muito tempo."

"Não me importa que você vá, só não posso acreditar que você esteja indo. Isto é uma loucura. O que provocou isto? Acho que você nunca foi a uma festa..." Ela se afastou, tentando lembrar se eu já tinha ido.

Sem dúvida, ela chegaria à conclusão que eu nunca tinha; eu pessoalmente pensava que eram uma perda de tempo, mas claramente eu estava sozinha nesta opinião.

"Não, não fui. E só porque eu vou a esta, não

significa que eu vá sempre. Só estou tentando algo novo. É tudo," eu insisti e entrei em meu quarto para escolher algo para vestir.

Desta vez, Lily entrou na minha porta e ficou lá me vendo passar pelo meu armário. "Troy me falou sobre o teste do bolo," ela disse de forma presunçosa. Acho que esta foi sua maneira de me perdoar.

"Oh, sim?" Tentei parecer indiferente. "O que ele lhe disse?"

"Que o noivo está totalmente interessado em você," ela riu, entrou e deitou na minha cama. "Fale-me sobre ele. Ele é bonito? Como um sonho? Rico? Bem-sucedido? Inteligente? Atlético? Musculoso?"

"Lily, relaxe. Eu realmente não sei muito sobre o cara. Bem, eu acho que sei que ele é bonito. Acho que eu diria como um sonho e, pelo que parece, sim, ele deve ser musculoso." Eu ergui um casaco de couro e uma jaqueta jeans, tentando decidir entre os dois.

"A jaqueta jeans. Use-a com seu jeans preto slim e botas cinza," disse Lily, mandando em mim.

Em vez de discutir, eu a escutei. Ela geralmente tinha razão quando se tratava de escolher as roupas. "Obrigada," eu disse, colocando o traje na minha cama ao lado dela.

"Troy disse que ele não conseguia manter os olhos longe de você e que essa Alisha era uma noivazilla. Ele disse que ela foi completamente rude com ele na frente de vocês três o tempo todo, e que foi super constrangedor. E eu acho que ele piscou o olho para você? Isso é verdade?" Ela praticamente guinchou como um porquinho.

"Sim, é tudo verdade, mas isso não importa. Ele vai se casar, Lil," eu a lembrei.

"Ei, ele não está fora do mercado até que ele diga 'sim'. E parece que eles não vão chegar tão longe de qualquer maneira," ela tentou raciocinar, mas eu balancei minha cabeça.

"Eu não vou fazer nada, Lily. Além disso, provavelmente nunca mais o verei, até o casamento de qualquer maneira. Está tudo nas mãos da mamãe agora. Há mais peixe no mar. Mais peixes disponíveis também, que não estão com outro peixe."

"Sim, mas ninguém quer se casar com uma víbora. Isso é só pedir problemas," ela sorriu e saiu, comigo ali parada, desejando que as pessoas não fossem tão atrevidas em compartilhar suas opiniões.

Lily e eu terminamos de nos vestir, e ela me ajudou com meu cabelo e minha maquiagem. Ela decidiu fazer um coque ondulado-bagunçado e olhos esfumaçados. Eu estava hesitante sobre a sombra de olhos mais escura, mas Lily insistiu que você sempre poderia usar tons mais escuros para a noite e sair impune.

Kylee e Susie vieram antes de sairmos para a festa e ficaram surpresas de me ver vestida e pronta para ir também.

"Lily, sua irmã vai *mesmo* a esta festa?" Eu ouvi Kylee sussurrar para Lily.

"Sim, eu vou, Kylee," eu respondi antes que Lily pudesse. "Eu vou a essa festa. Só não espere que eu fique muito tempo. Especialmente se a comida for uma porcaria. E se a comida for uma porcaria, vou embora mais cedo do que planejei. Onde fica esse lugar afinal?"

"Está sendo dada por alguém de sua classe, mas ouvi dizer que pode haver alguns juniores lá," Susie riu entusiasmada.

"Como vocês foram convidadas?" Eu perguntei.

"Minha irmã mais velha é uma júnior e ela nos deixa entrar... sem mencionar que agora temos você," explicou Kylee e cruzou os braços. "Aparentemente, a maior parte dos veteranos foram convidados."

"Bem, espero que eu conte como a maioria dos veteranos. Que horas são?" Eu me perguntava se deveria tirar meu telefone do meu bolso, mas Susie fez isso antes de mim, pois seu telefone estava na mão dela.

"Chegou a hora de ir. Kylee, você quer dirigir?" Susie perguntou enquanto se dirigia para a porta.

"Bem, não. Eu vou dirigindo. Eu vi como vocês, palhaças, dirigem e não há como eu entrar no carro com vocês a menos que *eu* dirija," eu as informei e elas pareceram chocadas com o quanto eu estava sendo direta, mas eu não pude evitar. Eu tinha visto Kylee passar por cima dos meios-fios e dirigir tão perto dos carros, que eles praticamente se tocaram. Susie era uma tola que mandava mensagens e dirigia, e Lily nunca aprendeu a ficar nas entrelinhas da estrada; ela gostava de dirigir bem no meio.

"Por mim tudo bem." Kylee encolheu os ombros. "Isso vai me poupar um pouco de gasolina."

"Onde fica essa festa, afinal?"

"Está em uma casa fora dos limites da cidade. Ouvi dizer que é como uma mansão," disse-me Susie entusiasmada.

"Com sorte, haverá de fato uma sala de estar." Lily balançou sua bolsa sobre o ombro. "Estou pronta. A propósito, provavelmente devemos levar dois carros porque Rosie vai sair super cedo."

"Oh, isso é um bom ponto. Então vou apenas seguir vocês," eu disse a Susie e Kylee, e elas acenaram com a cabeça em concordância.

"Ótimo, vamos lá!" Kylee abriu a porta e fez um movimento para que todas saíssem.

As três garotas decidiram ir juntas no carro do Kylee, o que me deixou sozinha no meu. Muito francamente, eu estava grata, porque às vezes Susie e Kylee podiam ser demais. Além disso, elas provavelmente estavam tentando descobrir quem iria estar nesta festa e mandando mensagens de texto para um monte de garotos. Elas eram loucas por garotos. Minha irmã não tinha sido tão louca por garotos por causa de toda a situação com Jake, mas ela estava lentamente se acostumando com a ideia de namorar novamente. Ela definitivamente estava se acostumando com a ideia de namorar novamente.

Eu segui Kylee e me certifiquei de lhe dar bastante espaço, caso ela tivesse que bater nos freios por seguir o carro na frente muito de perto. Primeiro, atravessamos a cidade, onde a vi quase acertar um sinal de pare, uma caixa de correio e um garoto cruzando a estrada em sua moto. Uma vez que começamos a sair lentamente dos limites da cidade, as estradas eram mais largas, o que lhe deu mais espaço para dirigir. Isto, no entanto, não a impediu de atropelar um bando de codornas.

A casa não demorou muito para chegar e chamar o lugar de "mansão" era um eufemismo. A casa era uma casa de três andares, branca pálido com guarnição preta; um enorme alpendre envolto por toda a casa e tinha outro alpendre no segundo andar. Havia uma enorme garagem de quatro carros ao lado da casa e uma enorme oficina na parte de trás. É desnecessário dizer que a casa parecia suficientemente grande para abrigar quatro famílias.

Já havia muitos carros estacionados e parecia que estavam tendo alguém estacionando diretamente ao lado da casa em um campo. Fiz o que o atendente me mandou, e estacionei ao lado de Kylee. Saltei do carro e encontrei as garotas atrás do carro de Kylee.

"Rosie, você vê como esta casa é grande?" Lily perguntou, com os olhos famintos, a respeito da casa.

"Oh, essa coisa minúscula? Não, devo tê-la perdido ao subir a entrada," eu disse sarcasticamente e ela revirou seus olhos para mim.

"É a casa mais bonita que eu já vi," disse Susie sonhando. "Eles têm até luzes forrando a entrada e o caminho, e há flores por toda parte." Você notou a fonte na entrada redonda?"

"Não, eu estava ocupada dirigindo e me certificando

de não dirigir em uma vala, o que Kylee por pouco não viu, embora eu tenha visto algumas coisas que ela não perdeu. Você tem um bando de pássaros na frente de sua grelha agora?" Eu provoquei.

Kylee caminhou para a frente e começou a rir. "Há uma presa embaixo do meu carro. Vou ter que ver se meu pai consegue tirar isso depois. Eu não vou tocar nela."

"Estou surpresa que não haja mais presas ali. Você viu a que velocidade ela estava indo?" Susie olhou para Lily e as duas começaram a rir.

Revirei meus olhos e comecei a caminhar em direção à casa. "Vocês me assustam. É por isso que eu me recuso a andar naquele carro com vocês. Aquelas pobres codornas não tiveram nenhuma chance."

As três riram novamente e à medida que nos aproximávamos da casa, notei a fonte que Susie havia mencionado antes. Era linda; tinha um caminho de pedra que levava as pessoas a ela, com luzes brilhando sobre ela, e rosas perfeitamente aparadas de todas as cores ao seu redor. Parecia que o paisagismo era cuidado regularmente, porque eu não notei uma erva daninha. A grama tinha sido cortada e aparada recentemente, e os arbustos também tinham sido aparados com perfeição. Era um pátio lindo, e eu estava entusiasmada em ver o resto da casa.

Subimos até a porta, onde duas outras garotas estavam de pé e riam de alguma coisa. Susie bateu na porta. Sem hesitar, a porta se abriu e revelou uma empregada que nos apontou na direção onde a música estava tocando e ressoavam gargalhadas.

Caminhamos por um longo corredor, que se abria para um antro chique com sofás e cadeiras. Havia uma mesa enorme, cheia de cada lanche e de todas as guloseimas imagináveis. A parede traseira estava coberta por portas francesas que se abriam para o pátio traseiro, onde a maior parte da festa estava reunida.

Havia um grupo de pessoas da minha classe que eu reconhécia, mas não tinha interesse em falar com elas. Eu me senti imediatamente desconfortável e quis ir até a mesa de lanches. Kylee e Susie encontraram seu grupo habitual e correram para conversar com eles. Lily ficou ao meu lado.

"Você vai ficar bem, mana, se eu for me juntar aos meus amigos?" Lily perguntou, preocupada.

"Sim, vejo cookies com gotas de chocolate sobre a mesa de sobremesas, então acho que vou comer compulsivamente." Eu ri nervosamente e sorri encorajadoramente para ela.

"Oh, vamos Rose, tem que haver *alguém* aqui que você também queira conversar," disse ela, exasperada, e acenou para as muitas pessoas rindo e curtindo a festa.

"Não, Lily, *realmente* não há. Quero dizer, estas são pessoas que eu simplesmente conheço, eu não falo com muita gente na escola e oh meu Deus...." Notei alguém sentado no sofá com outros dois caras.

"O quê?" Lily olhou freneticamente ao redor da sala, tentando encontrar onde meus olhos estavam olhando. "O que você viu?"

"Nick está aqui," eu sussurrei, forçando-me a me afastar e não ficar olhando para ele.

"O quê? Onde?"

Eu olhei de volta para o sofá para ter certeza de que estava realmente vendo quem eu pensava que estava vendo, e então olhei para o lado novamente. "Ele é aquele de jeans e camiseta de gola em V branca. Ele está sentado e conversando com outros dois caras no sofá."

Esperei que Lily o encontrasse e ouvi seu suspiro. Olhei para ela e ela estava sorrindo como uma idiota.

"Rosie. Ele é *gostoso*. Como, você sabe, aqueles calendários de bombeiros gostosos que as donas de casa desesperadas recebem? Ele poderia estar em um desses!"

"Ótimo, agora eu nunca vou tirar essa imagem da

minha cabeça," murmurei e coloquei minha mão na testa.

"É realmente uma imagem ruim de se ter?" Ela riu e continuou olhando fixamente para ele. "Você vai falar com ele?"

Eu balancei a cabeça. "De jeito nenhum. Isso seria tão embaraçoso. A última vez que o vi, ele e sua noiva estavam praticamente brigando na frente, de mamãe, Troy e eu! Por falar nisso, ele não deveria estar aqui?"

"Tenho certeza de que ele está em algum lugar. Então, o que você vai fazer? Evitá-lo a noite toda?" Perguntou ela com a sobrancelha arqueada, incapaz de parar de olhar para ele.

"Bem, primeiro você vai parar de olhar para ele e segundo, sim, eu vou. Terceiro, vou mandar uma mensagem para Troy e ver onde ele está. Talvez ele precise de um companheiro, ou companheira," decidi em voz alta, puxando meu telefone e mandando-lhe uma mensagem. "Você vai com seus amigos." Eu acenei com meu telefone na direção deles. "Eu ficarei bem. Estou precisando desesperadamente de um cookie."

"Certo, se você diz. Encontrarei você dentro de pouco tempo. Embora eu duvide que você se afaste dos cookies," ela piscou o olho e eu fiz uma careta para ela.

"Os cookies são meu lugar seguro. Vai, divirta-se," insisti e a vi caminhar até um grupo de calouros muito animados.

Fiz exatamente o que eu disse que ia fazer e peguei um cookie. Encostei-me à parede com ele e fiz uma varredura da sala. Eu não conhecia mais da metade das pessoas aqui e não tinha vontade de me misturar com ninguém. Continuei me encontrando olhando para Nick, que não havia notado minha presença, graças aos céus. Esperava que eu pudesse ficar escondida dele o tempo todo que estivesse lá. Se eu o visse de relance, eu me certificaria de abaixar a cabeça e fingir que olhava para meu celular.

Troy finalmente me mandou uma mensagem de volta, me avisando que ele estava lá fora e que viria me encontrar junto aos refrescos, e para lhe guardar um cookie. Após alguns minutos, eu estava no meu segundo cookie e finalmente vi Troy caminhando na minha direção.

"Esse cookie é meu?" Ele provocou e tentou tirá-lo da minha mão.

Antes que ele conseguisse agarrá-lo, enfiei o resto na boca e ele começou a gargalhar, muito alto. Isto atraiu alguma atenção indesejada, incluindo Nick. Ele olhou em volta para procurar o riso familiar e viu Troy e eu. Ele imediatamente se levantou e começou a vir na nossa direção.

"Um, acho melhor você engolir o biscoito rapidamente," murmurou ele enquanto observava Nick se aproximar de nós.

"Estou tentando," tentei dizer com a boca cheia, mas não fui capaz de proferir palavras.

Ele se virou para olhar para mim e começou a rir: "Aposto que você gostaria de ter compartilhado seu cookie agora!"

Eu estreitei os olhos e cobri a boca para tentar engolir a maldita coisa.

"Ele está se aproximando."

Como se eu não o visse chegando mais perto. Levantei minha mão para assegurar-lhe que quase tinha engolido, então decidi me virar para manter um pouco de minha dignidade. Eu podia sentir Troy batendo meu braço repetidamente, que era sua maneira de me dizer para me apressar. Finalmente, engoli o biscoito e girei rapidamente, e me encontrei cara a cara com Nick, rezando para que eu não tivesse nenhuma migalha de biscoito presa entre meus dentes.

"Ei pessoal, eu não sabia que vocês estariam aqui," Nick nos cumprimentou e estendeu a mão para apertar a mão de Troy.

Troy sacudiu-a e eles sorriram um para o outro. "Como você está?"

"Estou bem. Está gostando da festa?" Perguntou Troy, sorrindo para mim enquanto eu tentava limpar rapidamente as migalhas de cookie que sobraram.

"Sim, parece estar indo bem até agora e ninguém tentou aparecer com nenhuma bebida alcoólica, então isso é sempre um alívio. Sempre que o álcool está envolvido, as brigas e as pessoas agem simplesmente estúpidas. A última coisa que eu preciso é de uma das obras de arte de minha mãe quebrada novamente," ele divagou e a realidade me impressionou.

"*Você* mora aqui?" Perguntei, chocada.

"Sim, eu sei. Esta é a casa dos meus pais. Meus amigos queriam dar uma festa, e meus pais não se importavam desde que não houvesse nenhuma imprudência, e eu tinha a maior casa, então a festa acabou aqui," ele riu e olhou em volta.

"Bem, até agora tudo bem. Eu ainda não vi nenhuma loucura, além de algumas pessoas tentando engasgar com cookies," brincou Troy e riu.

Foi aqui que tomei a iniciativa de bater-lhe no braço e depois sorri para o Nick. "Bem, sua casa é linda, sem mencionar que é absolutamente gigantesca," eu elogiei.

"Obrigado. Você deveria vê-la na primavera, quando as flores estão florescendo; é minha época favorita do ano. Minha mãe gosta de fazer muitas festas de chá no quintal. Na verdade, é lá que o casamento está sendo realizado," informou-nos ele. "Por que eu não os levo lá atrás e os mostro?"

Sacudi a cabeça e tentei jogar com calma. "Oh, nós não queremos te afastar de seus amigos. Podemos voltar para lá e olhar por nós mesmos."

"Aqueles caras?" Ele apontou para o sofá onde estava sentado anteriormente. "Estávamos apenas falando de fantasy baseball. A conversa era enfadonha de qualquer forma, e dois caras estavam se metendo demais e começaram a discutir sobre seus lançadores. Estou perdendo novamente este ano, por isso não tenho interesse em falar sobre isso."

"Eu amo o fantasy baseball! Troquei um dos meus jogadores ontem à noite e ele acabou se machucando. Estou tão frustrado," disse Troy entusiasmado. Tenho certeza de que ele não esperava que eles estivessem falando sobre algo que ambos têm em comum.

"O meu lançador teve um jogo terrível ontem à noite e permitiu muitas corridas. Estou pensando em trocá-lo, mas não há opções muito boas. Talvez você devesse se juntar à nossa liga no próximo ano? É sempre bom misturar tudo e trazer algumas pessoas novas para jogar," Nick ofereceu e puxou seu telefone para ver alguma coisa. "Talvez isso até me ajude."

Troy riu de sua piada. "Isso seria ótimo, obrigado!" Troy olhou para mim e enfiou a língua para fora quando Nick não estava olhando e eu pensei em bater nele novamente, mas então Nick olhou para cima.

"Este planejamento do casamento está me dando uma dor de cabeça," murmurou ele, mandando uma mensagem de volta rapidamente.

"Onde está a futura noiva?" Troy levantou uma sobrancelha.

"Ela saiu com sua mãe hoje à noite, fazendo compras de enfeites de mesa. Ela não tinha vontade de vir à festa," disse-nos Nick.

Uma tensão estranha caiu sobre nossa conversa e ninguém se atreveu a comentar. Parecia demais uma armadilha. Era estranho que ela não estivesse aqui para a festa de Nick.

"Venham, deixe-me mostrar a vocês a parte de trás," Nick finalmente ofereceu, preenchendo o incômodo silêncio.

Eu respirei fundo e sorri, tentando parecer amigável.

"Muito bem, ótimo," disse Troy e me deu um empurrão.

"Fantástico," eu disse simplesmente e segui Nick e Troy pelas portas francesas.

Passei por Lily e seu grupo de amigos, e ela começou a pular animadamente para cima e para baixo. Eu não entendia por que, porque o cara estava prestes a se casar. Não havia motivo para estar entusiasmada e esperando por nada.

O quintal era absolutamente deslumbrante e ofuscou a frente da casa. Havia uma fonte ainda maior, rodeada por um jardim de flores e sebes bem aparadas. Havia salgueiros com todos os ramos cortados a um comprimento uniforme e, na parte de trás, abria-se para um enorme prado de grama verde exuberante. Uma casa de piscina e quadras de tênis foram para o fundo do jardim e o que parecia ser um estábulo ficou à direita da propriedade. Basicamente, a casa tinha tudo que alguém poderia imaginar que uma pessoa rica pudesse ter. Parecia que também havia uma piscina ao ar livre em algum lugar, e as pessoas jogavam nela, mas eu não podia vê-la.

"Este lugar é lindo," eu sussurrei e Nick riu.

"Este é como o melhor quintal de todos os tempos," disse Troy, usando as melhores palavras que ele poderia conceber, soando como uma criança de treze anos de idade.

"Obrigado. Minha mãe se orgulha muito de seu jardim e de suas flores. Ela tem jardineiros que o cuidam diariamente."

"Bem, isso definitivamente compensa. É lindo," eu declarei.

Nick nos levou pelo caminho que percorreu todo o jardim e Troy começou a bombardear Nick com perguntas sobre sua fabulosa vida. Eu estava observando as pessoas em pé, absortas em suas próprias conversas privadas e curtindo o tempo longe da música alta e dos grupos animados dentro dele.

Alguns, entretanto, estavam aproveitando a privacidade do jardim, e isso era constrangedor.

Nick e Troy estavam conversando sobre se ele aproveitava as quadras de tênis com frequência, e eu vi um rosto familiar colado no rosto de outra pessoa. Eles estavam sentados em um banco tipo parque no canto de trás do jardim, onde ninguém mais estava.

"Jake?" Perguntei, na esperança de que não fosse quem eu pensava que fosse.

Nick e Troy pararam de falar, imediatamente curiosos.

O casal se afastou um do outro e meus piores medos foram confirmados quando Jake e eu nos olhamos.

"O que diabos?" Perguntei, mas foi ofuscado por Troy, que estava muito mais zangado do que eu.

"O que você está fazendo aqui, Jake? Você não sabe que Lily está aqui?" Ele estava, claramente chateado.

Nick ficou e eu podia imaginar como ele provavelmente estava confuso.

"Oh, ela está? Bem, por que você não vai em frente e diz a ela que eu disse olá? Agora, se me dá licença, estava ocupado com a Srta. Katherine." Ele riu e a garota riu animada.

"Bem, isso explica tudo," murmurei e comecei a marchar, mas depois Jake se levantou e eu parei.

"Explica o quê? Por que sua irmã é uma puritana completa e não pensou que depois de quatro anos eu merecia alguma coisa depois de ser seu 'precioso namorado'?"

Eu girei muito lentamente, tentando processar o que tinha acabado de ouvir sair da boca de Jake. "Desculpe-me? O que você acabou de chamar minha irmã?"

"Uma puritana. Porque isso é o que ela é. Ela não lhe disse? Eu programei o encontro mais perfeito para ela. Passamos o dia fazendo compras para ela, fazendo uma caminhada, depois fomos ao seu restaurante favorito, e quando ofereci um hotel para ficar comigo naquela noite, ela me disse que não. Dizendo que ela estava tentando proteger sua preciosa flor para quando ela se casasse. Porque, aparentemente, quatro anos preso com ela não são suficientes para que eu finalmente consiga alguma coisa do relacionamento." Sua voz tinha crescido lentamente mais alto a cada palavra e uma multidão tinha começado a coletar.

"Não, ela não me disse nada, mas sabe de uma coisa? Bom para ela. Estou orgulhosa dela, porque ela foi capaz de se defender e te dizer que não. Ela deve ter visto você começar a se revelar e percebeu que você era apenas um porco," eu gritei e percebi que eu estava começando a tremer de raiva.

"Oh? Vindo da freira? Vocês, mulheres Harrison, são todas iguais. Você afasta as pessoas que realmente querem estar com você e estar perto de você. Vocês, mulheres, são egoístas e só pensam em si mesmas," retorquiu ele com um olhar presunçoso que me colocou no limite.

Lentamente, comecei a me aproximar dele, insegura do que estava fazendo, mas parecia agradá-lo, porque ele deu um sorriso malicioso. "Então, só porque ela não quis ir com você para aquele hotel, por causa de uma promessa que ela havia feito a si mesma anos atrás, isso a torna egoísta? E agora você está envolvendo a mim e minha mãe nisto? É isso que você está me dizendo?" Eu tinha quase certeza de que o vapor estava saindo pelos meus ouvidos.

"Sim. Isso faz de todas vocês mulheres manipuladoras, egoístas, puritanas, que morrerão todas sozinhas, porque tudo o que lhes preocupa é a vocês mesmas e sua chamada autovalorização. Bem, vocês podem ir em frente e manter suas pernas cruzadas. De qualquer forma, eu estava entediado. Precisava de alguém com um pouco mais de... excitação." Ele sorriu arrogantemente e colocou um dedo debaixo do queixo de Katherine.

"Bem, se é assim que você realmente se sente." Eu atirei meu joelho na virilha dele e depois lhe dei um soco no nariz com toda a força que pude reunir. Após o impacto, senti a dor passar pela minha mão, mas me recusei a deixar a fraqueza aparecer enquanto via Jake cair de joelhos.

Ele tinha uma mão em sua região inferior e uma mão no nariz, sangue escorrendo entre os dedos.

"Boa sorte para conseguir qualquer excitação agora," eu disse presunçosamente, segurando minha mão. A adrenalina estava desaparecendo e minha mão latejava.

"Sua estúpida..." ele começou a dizer, mas foi cortado por Nick.

"Eu não diria essa próxima palavra se eu fosse você," Nick aconselhou friamente. "Uma vez que você consiga se controlar, quero que saia imediatamente, sem mais problemas. Parece que agora você tem mais do que o suficiente."

Nós três nos viramos e encontramos mais da metade da festa de pé, observando o que aconteceu, inclusive minha irmã.

"Muito bem, pessoal, podem se dispersar, nada para ver aqui! Voltem e aproveitem a festa," declarou Nick e a multidão se dispersou. Ele colocou um braço à minha volta, o que eu achei muito avançado, e me guiou até a casa. "Vamos colocar um pouco de gelo nessa mão. Eu posso imaginar que dói muito."

Eu acenei com a cabeça. "Tenho quase certeza que quebrei ou torci alguma coisa."

Ele riu e esfregou meu braço: "Bem, foi o melhor soco que eu já vi em minha vida."

"Rose, as pessoas vão falar sobre isso durante meses. Eu nunca estive tão orgulhoso! Nunca pensei que você pudesse fazer isso!" Troy disse entusiasmado.

Lily nos interceptou antes de sairmos do jardim e olhou para nós timidamente: "Então, eu acho que agora você sabe."

"Oh, Lil, eu sinto muito. Não posso acreditar no que ele fez com você. Espero que você não tenha ouvido muito disso. Você merece muito melhor do que esse verme," eu lhe assegurei e sorri. "Vai ficar tudo bem."

"Eu não acredito que você simplesmente lhe deu uma joelhada e o socou assim. Isso foi provavelmente a melhor coisa que eu já vi," exclamou Lily.

"E bem merecido," acrescentou Nick. "Nunca se deve falar assim com nenhuma mulher. É claro que ele não tem respeito pelas mulheres. Vou entrar em contato com meus seguranças e garantir que ele seja escoltado para fora do local."

"Você tem seguranças?" Troy começou a jogar vinte perguntas novamente enquanto nós quatro voltávamos para a casa.

Nick nos levou na cozinha, me entregou um pacote de gelo e nos convidou a sentar na cozinha para um pouco de silêncio. Ele nos pediu para esperar até ter certeza de que Jake e sua "amante" tinham ido embora, então Troy, Lily e eu nos sentamos ao redor da mesa e esperamos que ele voltasse.

"Obrigada pelo que você fez," sussurrou Lily. "Eu não queria lhe contar o que aconteceu, porque estava envergonhada. Eu não queria que as pessoas me olhassem como uma puritana. É tão errado querer proteger algo e guardá-lo para apenas um cara? Ele foi tão mau para mim e reagiu terrivelmente quando lhe disse que não ia passar a noite com ele." Ela colocou sua cabeça nas mãos e começou a chorar.

Troy envolveu seus braços ao redor dela e deixou-a chorar em seu peito. "Eu acho muito legal que você esteja esperando por alguém especial. Não deixe ninguém tentar convencê-la do contrário e mudar sua perspectiva."

Eu acenei de acordo: "Ele é apenas um porco que claramente só se preocupa com uma coisa. E, mana, você não precisa ter medo de me dizer nada. Eu nunca vou te julgar e você nunca deve ter vergonha de defender aquilo em que acredita." Eu sorri para ela e ela sorriu de volta.

"Eu sei. Só não posso acreditar que ele apareceu na festa com ela. Quero dizer, que idiota egoísta desrespeitoso!" Ela estava ficando nervosa, mas Troy a silenciou e esfregou as costas dela.

"Está tudo acabado agora. Acho que ele a deixará em paz, especialmente se você tiver a Rosie por perto. Ninguém vai se meter com ela!" Troy começou a rir e nós duas estouramos em gargalhadas.

Ouvimos a porta se abrir e vimos Nick entrar. "Bem, ele se foi. Lamento muito o que aconteceu. Como está sua mão, Rosie?"

"Bem, agora está entorpecida, por isso não se sente muito mal." Estiquei cuidadosamente minha mão e fui capaz de abri-la completamente, sem que ela doesse muito. Decidi que devo ter apenas machucado a mão, o que foi um alívio, porque eu realmente não queria ir para a emergência.

"Ótimo, estou feliz. Há mais alguma coisa que eu possa fazer por você? Posso te trazer um cookie, Rosie?" Nick provocou e eu ri.

"Não, eu acho que estou bem. Vou para casa. Já tive excitação suficiente por um dia," decidi e olhei para Lily, que ainda tinha lágrimas nos olhos.

"Sim, eu acho que vou com ela. Não tenho mais vontade de ficar com outras pessoas. Eu só quero sentar no meu próprio sofá e comer um saco inteiro de batatas fritas," admitiu Lily e Troy riu.

Eu bufei e abanei a cabeça. "Imaginei. Ainda bem que comprei vários sacos no início desta semana."

"Você quer que eu a leve para casa? Nenhuma de vocês parece poder dirigir agora mesmo," ofereceu Nick e antes que eu pudesse negar a oferta, Troy falou mais alto.

"Vou levá-las para casa. Na verdade eu vim com

alguns dos meus colegas de quarto, por isso não trouxe meu carro."

"Obrigada, Troy," Lily fungou e eu sorri.

"Sim, obrigada Troy."

Nós três nos levantamos da mesa e Nick nos seguiu até meu carro. Troy ajudou Lily a entrar, o que eu achei muito doce, e eu lhe entreguei minhas chaves. Antes de eu entrar no carro, Nick limpou sua garganta.

"Eu realmente sinto muito por esta noite."

"Eu também sinto. Eu não deveria tê-lo deixado me atingir. Pelo menos, eu não quebrei algo da sua mãe," eu sorri.

"Só o nariz de Jake e sua masculinidade," brincou Nick.

Eu ri e tirei os cabelos da minha testa. "Sim, eu acho que você está..." Eu vi Nick tirar o pedaço de cabelo que persistia pendurado no meu rosto "certo."

"Posso ter o seu número, só para verificar se sua mão está bem?" Ele sorriu e esperou pela minha resposta.

"Oh, claro," eu concordei e ele inseriu os dígitos enquanto eu fornecia meu número de telefone.

"Vou mandar-lhe uma mensagem agora mesmo, para que você tenha o meu também. Acho que nos veremos por aí." Ele abriu a porta do carro e estendeu a mão para apoio.

Eu subi em meu assento e ele colocou meu cinto de segurança. Houve um segundo quando seu corpo estava tão perto do meu, que eu mal conseguia respirar. "Obrigada, Nick, p-por t-tudo," eu gaguejei.

"Obrigado, por tornar esta noite mais divertida do que jamais teria sido," ele riu e sorriu para mim de uma forma que me tirou o fôlego.

"Eu apoio isso," riu Troy e Lily revirou os olhos.

"Estou feliz por poder ser o entretenimento de todos hoje à noite," disse sarcasticamente.

"Eu também, estou feliz por você ter vindo. Vejo você mais tarde, Rosie." Nick sorriu e fechou a porta, depois Troy começou a recuar do estacionamento, e foi em direção ao nosso apartamento.

Lily girou em seu assento para me olhar com desconfiança: "O que foi isso?" Perguntou ela.

"Não tenho ideia." Eu sorri para mim mesma e olhei pela janela.

Lily não se deu ao trabalho de fazer mais perguntas e decidiu olhar para a frente em seu assento. Eu achei que ela estava um pouco decepcionada com minha resposta, mas era a verdade. Eu não tinha ideia do que estava acontecendo.

Nick me mandou uma mensagem na manhã seguinte, enquanto eu ainda estava deitada na cama, perguntando como eu estava e como estava minha mão. Eu o avisei que eu estava bem e lhe agradeci por sua preocupação. Ele respondeu de volta com um emoji piscando, que eu não tinha ideia de como interpretar e, então, decidi não responder e pulei da cama.

Fui direto para o banheiro para me preparar, e me assustei ao encontrar Lily e Troy dormindo no sofá. Quando todos nós chegamos em casa ontem à noite, eu só falei com eles dois por um minuto e depois fui para meu próprio quarto para dormir. Imaginei que Troy iria para casa depois de nos deixar e se certificar de que estávamos bem. Eu definitivamente não esperava que ele ainda estivesse no meu sofá em um sábado de manhã.

Caminhei em direção ao sofá para observar a cena e vi que Lily tinha a cabeça no colo de Troy, desmaiada, e Troy ainda estava sentado, mas sua cabeça estava encostada na parte de trás do sofá, com a boca aberta. Foi bastante hilariante e me senti tentada a largar algo ali para acordá-lo, mas decidi não fazê-lo. Todos nós tivemos uma noite agitada e eles mereciam dormir.

Voltei para o banheiro me esgueirando e fiz minha rotina matinal habitual, tentando ficar quieta, e depois voltei para o meu quarto para vestir um moletom e uma camiseta. Voltei para ver se algum deles estava acordando, mas sem sorte, então peguei meu laptop e decidi ir à frente em alguns trabalhos de casa no balcão da cozinha.

Na metade de uma tarefa, ouvi um movimento do sofá. Eu me virei e vi Lily lentamente sentando, tentando não acordar Troy, e quando ela me viu observando-a, seus olhos cresceram. Isto deve tê-la tirado do seu atordoamento e ela se levantou rapidamente.

Ela caminhou, balançando a cabeça em descrença e se inclinou sobre o balcão. "Devemos ter adormecido conversando ontem à noite," sussurrou ela.

Eu ri silenciosamente, tentando não fazer muito barulho. "Aparentemente. Até que horas vocês ficaram acordados?"

"Eu acho que eram... duas horas?" Ela não parecia ter certeza.

"Duas da manhã?" Eu gritei silenciosamente. "Chegamos em casa às dez da noite passada. Sobre o que vocês conversaram?"

"Tudo. Jake, eu, você, ele, a faculdade, a família, você e Nick, a padaria, o nosso futuro," ela tagarelou, vendo Troy dormir. "Nós falamos sobre tudo."

"Eu pensei que ele teria saído depois que eu entrei no meu quarto. Eu não tinha ideia de que ele iria ficar tanto tempo. Muito menos, passar a noite! Nunca tivemos um menino que passasse a noite! Mamãe nos mataria se descobrisse." Eu coloquei minha cabeça nas mãos, tentando não pensar muito no que nossa mãe diria.

"É por isso que não vamos dizer a ela. O que ela não sabe, não vai machucá-la. Além disso, não é mais como se vivêssemos em sua casa," Lily tentou raciocinar em um esforço para me fazer sentir melhor, mas não funcionou.

"Exceto que ela nos emprega, e basicamente nos ajuda a pagar nosso aluguel," eu a lembrei e cruzei os braços. "Vai ficar tudo bem. De qualquer forma, foi um acidente. Não é como se vocês tivessem a intenção de adormecer, certo?" Eu levantei uma sobrancelha questionadora.

"Não! Não, não, não, isso foi definitivamente um acidente. Eu me mantenho fiel a meu eu puritano, não até que eu me case." Ela usou o mesmo vocabulário de Jake; isso me fez sentir mal.

"Lily, você não é uma puritana. Jake disse coisas terríveis ontem à noite que simplesmente não eram verdadeiras. Ele estava sendo completamente egoísta e, muito francamente, sendo um menino com apenas uma coisa em mente," expliquei. "Lembra-se do que Troy disse? Ele achou muito legal, você se resguardando, e aposto que muitos outros também acham, ou gostariam de ter achado."

"Eu sei. Não acredito que eu costumava namorar aquele cara. As coisas que ele lhe disse e como ele a tratou ontem à noite foram terríveis. Acho que me desviei de uma bala..."

Ela havia querido tanto casar com o menino há apenas alguns meses. Foi incrível o que você descobria quando a pessoa verdadeiramente se revelava.

"Eu diria que sim. Você consegue imaginar estar casada com isso? Isso tornaria um casamento realmente difícil. Tudo acontece por uma razão," eu disse e sorri.

Ela olhou para baixo, parecendo estar prestes a chorar, e eu lhe dei um tapinha no braço. "Ei, vai ficar tudo bem. Há mais peixes no mar. Além disso, acho que você pode duvidar de alguma vez voltar a ver Jake em uma das festas do Nick."

"Não posso acreditar que ele tinha seguranças por

perto. *Você* irá a uma de suas festas novamente?" Perguntou ela, sorrindo tortuosamente.

Eu ri nervosamente: "Não, provavelmente não vou, na verdade."

"Mas por quê?" Percebendo como ela tinha dito isso em voz alta, ela cobriu a boca.

Observamos Troy por um minuto para garantir que ele não acordasse, e então ela começou a falar novamente. "Ele obviamente gostou de você estar lá, e no momento em que a viu, ele foi até você. Por que você não vai? E ele pediu o seu número. Isso tem que significar alguma coisa."

"Lily, sinto que já disse isto cerca de uma dúzia de vezes, mas ele está noivo de outra mulher. Dentro de poucas semanas, ele vai se casar e ponto final. Além disso, ele provavelmente estava apenas sendo amigável. Ele parece ser o tipo de rapaz que se esforçaria para que alguém se sentisse bem-vindo e incluído. Ele era o anfitrião pelo amor de Deus; é claro, ele foi cumprimentar um de seus convidados."

Eu podia dizer que ela não estava comprando. "Muito bem, então. O que quer que você diga. Desista." Ela fingiu parecer derrotada, mas eu percebi que ela estava exagerando.

"Não há nada para desistir! Para começar, ele nunca foi meu. Desde o momento em que o conheci, ele tem sido dela e isso não vai mudar." Eu estava ficando frustrada. Senti que ninguém estava me escutando sobre Nick e estava sendo completamente exagerado.

"Mas ele pode ser seu," uma voz veio do sofá.

Eu girei para ver Troy esticando os braços e levantando-se. "Bom dia, senhoras," ele sorriu e caminhou até o balcão onde Lily e eu estávamos conversando.

"Não, ele não poderia!" Eu disse, exasperada, e fechei meu laptop. Claramente, eu não ia terminar a tarefa.

"Bom dia, Troy, vocês querem café da manhã? Pensei em torradas francesas e ovos. Acho que também temos suco de laranja," minha irmã ofereceu e olhou na geladeira. "Yep!" Ela chegou e tirou meio galão de suco de laranja. "Aqui. Alguém quer um pouco?"

"Eu topo," respondeu Troy. "Que horas são?"

"São dez horas. Vou querer um pouco também, Lil, obrigada."

"De nada," ela cantou e derramou pequenos copos de suco e depois começou a fazer o café da manhã.

"Quem está trabalhando na padaria esta manhã?" Perguntei, entrando em pânico, perguntando se eu deveria ir esta manhã.

"Sua mãe tem tudo controlado, lembra-se?" Troy me lembrou e bebeu o suco. "Você pôs tempo suficiente nesta semana. Você trabalha demais. Você estava lá quase todos os dias. Como você continua com todo o seu trabalho escolar?"

"Ela não tem vida social," Lily gritou. "Se ela não está aqui, ela está na faculdade ou na padaria. Ela dificilmente vai a outro lugar, exceto à festa de ontem à noite."

Lily me entregou uma tigela e alguns ovos, o que significava que ela queria que eu os quebrasse; ela era conhecida por deixar passar as cascas.

"Isso porque alguém estava implicando comigo por não ter vida social, então decidi provar que você estava errada e sair da minha bolha muito segura e confortável," retorqui e comecei a quebrar ovos.

"Bem, acho que ninguém mais vai lhe dar trabalho, Rose," Troy riu e Lily se juntou a nós.

"Não, definitivamente não depois da noite passada! Kylee me enviou uma mensagem de texto ontem à noite e disse que as pessoas haviam filmado a briga e postado na rede social. Ninguém vai mexer com você, mana!"

Lily gargalhou junto com Troy e eu coloquei minha cabeça no balcão.

Eu senti a mão de Troy esfregando minhas costas, enquanto ele ainda ria, é claro, mas ainda tentava me fazer sentir melhor. "Ei, está tudo bem. Jake teve o que merecia. Se você não o tivesse esmurrado, eu ia fazê-lo. Aquele cara era péssimo. Depois disso, depois de ter sido atacado por todas as redes sociais, duvido que ele tenha algum encontro a qualquer momento em breve. A propósito, como está sua mão?"

Virei minha cabeça, enquanto ainda estava no balcão, para olhar para Troy. "Está um pouco dolorida, mas não está mal. Acho que só a machuquei." Segurei-a para ver se notava algum hematoma, mas eu não era médica, então não tinha ideia; não havia nada perceptível.

"Bem, tenho que dizer, você tem o gancho certo. Você lutou no colegial?" Troy provocou e eu revirei meus olhos para ele.

"Não, ela era ainda menos social. Não se preocupe, Rose, nós ainda a amamos, não importa o que aconteça. E, em uma nota mais séria, obrigada por me defender. Não sei o que eu teria feito se o visse beijando aquela garota ontem à noite. Eu provavelmente teria tido um colapso."

Eu me sentei e vi que minha irmã estava meio sorridente por causa do embaraço.

"Ninguém teria culpado você. O que ele fez foi um golpe baixo. Quem aparece em uma festa e curte com outra garota? Vocês só tinham se separado por um mês e estavam juntos há quatro anos! Ele é um porco," eu conclui e ela me deu um abraço.

"Obrigada, mana," ela repetiu ao meu ouvido e continuamos a nos abraçar. Então olhei para Troy, que estava sentado ali, olhando para nós, e abri um braço para ele.

"Venha aqui, grandalhão. Você também merece um abraço," eu ri e ele sorriu amplamente em resposta.

Nós três tivemos um grande abraço em grupo e

então Lily retomou o café da manhã. Eu não sabia por que as pessoas me davam tanta dificuldade por não ter uma vida social suficiente. Aos meus olhos, eu tinha tudo o que queria e estava perfeitamente satisfeita com isso.

roy ficou para o café da manhã e nós nos sentamos e conversamos sobre os eventos de ontem à noite, e então ele decidiu que provavelmente era uma boa ideia voltar ao seu apartamento. Ele estava preocupado que seus colegas de quarto estivessem se assustando sobre onde ele estava, já que ele tinha ficado fora a noite toda inadvertidamente.

Lily e eu decidimos ligar para nossa mãe e avisá-la que não voltaríamos para casa durante o fim de semana. Sentimo-nos péssimas, mas depois do que aconteceu na noite anterior, não tivemos vontade de falar sobre isso. Mas eu me certifiquei de dizer a ela que fiz uma aparição na festa e tinha passado um tempo com Troy. Também deixei de fora a parte em que vi Nick, porque isso teria levado a mais perguntas.

Lily saiu depois de Troy, alegando que ia estudar com Susie e Kylee, mas eu não acreditei. Conhecendo essas duas, elas provavelmente estavam se perguntando o que tinha acontecido e queriam saber todos os detalhes picantes sobre como eu tinha batido no ex-namorado dela.

Terminei a tarefa na qual havia trabalhado mais cedo naquela manhã e, uma vez terminado, decidi que um dia tranquilo em casa era exatamente o que eu precisava. Eu não queria me deparar com pessoas e receber atenção indesejada, então fiquei e assisti a um filme.

No resto do fim de semana, continuei indo e voltando entre assistir filmes e estudar para as próximas provas. Lily estava dentro e fora de casa, não ficando por muito tempo, então era só eu. Não tinha notícias de Troy desde a "noite do pijama," nem de Nick.

A semana seguinte também não foi muito divertida. Fui à faculdade, entreguei tarefas, fiz provas e trabalhei na padaria algumas vezes. Desta vez, eu me certifiquei de não estar lá quando Alisha apareceu para seu encontro com mamãe sobre o bolo de casamento. No entanto, no final da semana, quando minha mãe me ligou para verificar, ela me informou que gostava tanto de nossas sobremesas, Alisha queria que fizéssemos seu chá de panela. Ela pediu biscoitos de açúcar com flores de creme de manteiga, como os que estariam em seu bolo de noiva. Depois ela perguntou se poderíamos fornecer cinnamon rolls, scones e muffins para um café da manhã tardio que elas fariam na manhã anterior ao casamento. Minha mãe estava tão entusiasmada que praticamente ria de emoção. Felizmente, tudo só aconteceria daqui a algumas semanas, então teríamos tempo de planejar e preparar adequadamente.

Entretanto, com a maneira como minhas semanas estavam passando, os eventos chegariam antes que eu me desse conta, o tempo passava voando. Quanto mais me aproximava das finais, mais ocupada eu estava. Eu estava estudando como uma condenada, tentando acompanhar todos os meus trabalhos de casa, e conseguindo muitas horas na padaria. Sem mencionar que eu estava tentando terminar tudo para me formar. A faculdade estava incomodando os mais velhos para pedir suas becas e capelos. Muitos alunos se reuniam com seus orientadores para se certificar de que haviam se inscrito para caminhar neste semestre, entre outras coisas.

Lily seguiu em frente completamente de Jake, e eu acreditei nisso. Meu encontro com ele deve ter sido suficiente para encerrar o livro sobre aquele capítulo de sua vida. Ela até o viu de mãos dadas com uma garota caminhando no campus, e nem mesmo recuou. Na verdade, ela tinha passado algum tempo com um rapaz diferente ultimamente, mas ela se recusou a me dizer quem. Entretanto, isto significava que ela passava menos tempo trabalhando na padaria, o que era realmente irritante, porque isso significava que eu estava pegando as horas.

Tive até que passar alguns turnos com Brad. Fiquei mortificada quando o vi cutucar seu nariz e depois pegar um cupcake para um cliente. Felizmente, eu intervi antes que ele pudesse tocar em qualquer coisa e o fiz lavar as mãos. Duas vezes. Por que minha mãe insistia em mantê-lo como funcionário estava além de mim.

Ela também tinha ficado um pouco sumida em casa. Como eu não tinha ido para casa no fim de semana anterior, fui lá para passar algum tempo com ela, mas ela não estava em casa. Esperei na casa para que ela aparecesse, e acabei adormecendo no sofá antes de finalmente vê-la entrar pela porta, o que foi realmente decepcionante.

Na manhã seguinte, ela me acordou com torradas francesas e ovos, e fingiu que nada aconteceu, o que foi irritante. Todos estes segredos estavam me deixando louca e eu acabei saindo depois do café da manhã porque estava muito frustrada.

Para ser honesta, eu estava me sentindo como uma zé-ninguém. Minha irmã estava sendo enigmática, minha mãe sendo reservada, e além de me preparar para me formar, estudar e trabalhar, eu sentia que não tinha ninguém. Eu estava acostumada a ser uma loba solitária, mas isto era demais. Sentia-me só, e não completamente por escolha.

No fim de semana seguinte, eu estava determinada a não ficar sozinha. Decidi levar meu laptop a um café popular no campus e fazer alguns estudos lá. Não tinha vontade de voltar para casa de minha mãe, porque sabia que teria que evitar uma conversa embaraçosa, então fiquei em casa. O tempo para maio estava bem quente, então, sentada lá fora com um casaco leve, e um par de jeans, observando pessoas, me senti realmente confortável.

Havia muito tráfego nesta rua em particular. Havia o café, um restaurante, algumas lojas de antiguidades, algumas lojas de roupas, a padaria da mãe, uma livraria e até mesmo um antigo cinema. Era mesmo ao fundo da rua do campus e muitas das habitações estavam logo atrás de todas as lojas, então havia muitos estudantes que gostavam de sair e caminhar ao longo das lojas. Era também o lugar perfeito para sentar e observar as pessoas.

Quase me senti patética sentada ali, observando as pessoas para meu próprio entretenimento... quase. Mas, como não tinha mais nada para fazer, e me sentia presa por estar no meu apartamento, eu estava desesperada. Além disso, o sol estava quente, e o ar fresco era agradável.

Eu estava sentada em uma mesa de três pessoas e me certifiquei de ocupar a mesa inteira, então ninguém pensou que houvesse um convite aberto para se juntar a mim. Eu estava sentada em uma cadeira, meus pés estavam na segunda, e minha mochila ocupava a terceira. Eu estava passando por alguns e-mails sobre a formatura, quando alguém me chamou a atenção do outro lado da rua. Era Nick saindo da boutique de roupas de Lulu, olhando fixamente para seu telefone.

Meu coração bateu um pouco quando o vi, mas depois meu estômago caiu quando vi Alisha atrás dele.

Eu os vi trocar algumas palavras, e então eles deram um beijo rápido um ao outro antes que ela se virasse, e fosse embora. Nick continuou a olhar para seu telefone por um minuto, depois olhou em direção ao café e me viu olhando fixamente para ele.

Eu esperava que ele não me reconhecesse, porque eu estava usando um boné de beisebol e meu cabelo estava em um coque baixo e bagunçado. Ele começou a atravessar a rua e eu puxei meu bon em uma pobre tentativa de esconder meu rosto, e olhei para meu computador como se dissesse: "não fale comigo" sem realmente dizer isso. A linguagem corporal era para ser uma forma eficaz de comunicação, não era?

Enquanto eu tentava fingir que estava lendo um e-mail, uma sombra pairava sobre mim e eu encontrei Nick sorrindo para mim. Acho que ele não percebeu o que minha linguagem corporal estava tentando dizer.

"Você está se escondendo de alguém? Porque tenho que dizer que sentar em frente ao café em plena luz do dia em uma das ruas mais movimentadas não é o melhor esconderijo," ele provocou e sorriu amplamente para mim, o que naturalmente fez meu coração pular no meu peito e bater muito alto.

"Bem, eu, eu..." Eu gaguejei. Não conseguia formar palavras; ele tinha me pegado completamente desprevenida, o que era ridículo, porque eu o tinha visto andando na minha direção.

Coloquei meus pés para baixo da cadeira e sentei, pensando que isso realmente me ajudaria a formar palavras. "Não, eu não estou me escondendo. Estava apenas me sentindo um pouco enclausurada e, como estava ficando mais quente, achei que um pouco de sol seria bom. Você sabe... pegar um pouco de vitamina D."

"Você se importa se eu me juntar a você?" Perguntou ele, ainda sorrindo.

"Huh?" Eu soava como um homem das cavernas. Depois registrei o que ele tinha dito e fiz um gesto para que ele se sentasse. "Oh, por favor, vá em frente. Eu não preciso de três cadeiras," eu disse sarcasticamente, porque eu realmente gostava de ter três cadeiras. Eu estava bastante confortável, mas minha visão melhorou muito, então deixei que ele pegasse uma.

Nick riu e dobrou seus braços sobre a mesa. "Sim, eu posso ver isso. Então, o que você está tramando?"

"Tenho tentado passar por meus e-mails e ter certeza de que está tudo pronto para a formatura," eu expliquei.

"Oh, eu também. Na verdade, tenho certeza de que tenho alguns e-mails que deveria ler quando voltar para casa, mas fui afastado para fazer umas pequenas compras." Ele soou um pouco azedo, o que achei muito intrigante.

"Você estava escolhendo um vestido para você?" Eu brinquei e fechei meu laptop, percebendo que não ia fazer nenhum estudo ou leitura por enquanto.

"Então, você estava olhando para mim." Ele apontou seu dedo para mim, rindo, e meu rosto ficou vermelho vivo.

"Não, bem, sim, acho que sim. Eu apenas olhei para cima e por acaso você estava saindo da Lulu, então não é como se eu estivesse olhando ou procurando por você," eu tentei me defender, mas minha voz soou estridente e patética. Não havia como ele acreditar na minha história.

"Claro, claro. Eu entendi. Você acampa aqui e vai à procura de caras. É isso que você faz todos os sábados?" Ele provocou.

"Oh, pode apostar," eu disse sarcasticamente. "Eu olho para cada cara e os avalio e introduzo meus dados no computador."

"Como você me avaliou?" Perguntou ele e olhou fixamente, esperando pela minha resposta. Ele era tão bonito e tinha a expressão mais brincalhona em seu rosto, que era impossível desviar o olhar e não brincar junto.

"Um três," eu resfoleguei, tentando sufocar uma risada. Inclinei-me para trás em minha cadeira e dobrei os braços, tentando manter um rosto neutro.

"Um três?" Perguntou ele, soando exasperado. "Ai. Por que uma pontuação tão baixa?"

"Bem, eu o vi saindo de uma loja de roupas. Isso o leva para baixo alguns pontos. E então eu vi você beijar Alisha, então tecnicamente você não é um cara elegível para coletar dados. Então, na verdade, você é um zero," eu expliquei, sorrindo timidamente, basicamente admitindo que eu estava de fato olhando para ele e esperando que ele respondesse.

"Uau, eu acho que nunca me disseram que eu era um zero. Mas faz sentido para seus dados. Acho que você não pode classificar um cara que está prestes a se casar em algumas semanas," reiterou ele e me olhou com o meio sorriso mais bonito que eu já tinha visto.

Eu poderia ter jurado que havia uma pitada de tristeza em sua voz, mas tentei não ler muito nela. "A propósito, como está indo tudo isso?" Perguntei, querendo mudar de assunto o mais rápido que pude. Claro, então percebi que havia perguntado como estava indo o planejamento de seu casamento, e isso não ia fazer com que a tensão incômoda desaparecesse; na verdade, iria piorar muito.

Ele se moveu desconfortavelmente na cadeira e respondeu lentamente: "Ah, está indo bem. Como você sabe, já cuidamos do bolo e estávamos procurando um vestido florido para sua sobrinha na Lulu e acabamos encontrando algo, então isso está feito. Temos uma reunião com os fornecedores na próxima semana, onde poderei provar mais comida deliciosa e decidir o que queremos para o jantar no casamento. É claro, o que não escolhermos para o casamento, tenho certeza de que acabaremos escolhendo para o ensaio. Ela tem acessórios de vestido, eu tenho acessórios de smoking, mais alguns detalhes para resolver e então estamos praticamente terminados." Ele acenou com a cabeça e nós dois ficamos quietos por um minuto.

"Bem," eu limpei minha garganta. "Parece que tudo está praticamente feito. Minha mãe ficou muito entusiasmada ao saber que Alisha queria que ela fornecesse alguns produtos de panificação para o café da manhã tardio antes do casamento, sem mencionar os cookies para seu chá de panela." Eu respirei fundo, tentando lembrar o que eu queria dizer. "Foi simpático da sua parte pedir a ela que fizesse isso. Vocês basicamente fizeram o mês dela e lhe deram muitos negócios."

"Bem, ela realmente nos impressionou com sua degustação de bolo, e nós sabíamos que ela estava falando sério. Todos os seus sabores estavam no ponto. Especialmente com aquele de menta." Ele olhou para o céu e suspirou dramaticamente. "Eu tenho sonhos com aquele bolo."

Eu ri mais alto do que deveria e disse: "Sim, esse bolo nunca decepciona. Vocês decidiram fazer um bolo de sabor de menta para o bolo de casamento?"

O rosto de Nick caiu um pouco, mas se recuperou rapidamente. "Não, Alisha pensou que era um pouco infantil para um casamento e prometeu usar esse sabor para outro evento."

Eu acenei devagar, tentando minimizar o choque, e sorri. "Ah, legal. Bem, tenho certeza que o que ela escolheu será delicioso e todos vão adorar." Bem, nem todos, pensei para mim mesma, mas não ousei dizer em voz alta. Não era o meu lugar. Afinal de contas, eles eram clientes.

"Todos os seus bolos estavam deliciosos. Não tenho dúvidas de que terá um sabor e uma aparência incrível," declarou.

"Ela tem um dom, isso é certo," eu concordei e um estranho silêncio caiu sobre nós novamente. Era como se houvesse um grande elefante na sala, que ambos notamos mas não nos atrevemos a falar. Ambos sabíamos que no momento em que o fizéssemos, não seria bom ou apropriado. Era como se houvesse um acordo silencioso que tínhamos feito entre nós e não nos atrevíamos a quebrá-lo.

"Bem," eu comecei: "Acho que vou até a padaria, pegar um cookie e dizer oi para minha mãe."

Os silêncios incômodos estavam me matando, e eu não podia mais ficar ali sentada. Só conseguia me contorcer por tanto tempo, tentando pensar em coisas para dizer sem falar demais. A maneira como ele me olhava me deixava excitada e desconfortável ao mesmo tempo, o que me assustava. Eu sabia que não deveria estar sentindo nenhum tipo de sentimento por ele... mesmo que ele não estivesse facilitando muito as coisas para mim e continuasse aparecendo onde menos esperava ele.

Levantei e coloquei meu laptop na mochila e dei um pequeno sorriso. "Foi bom vê-lo novamente," eu disse educadamente, esperando que ele não estivesse ficando com a ideia errada. Odiei ter pensado demais em cada pequena coisa.

"Você quer que eu caminhe com você?" Nick se ofereceu e se levantou. "Eu não tenho onde estar agora, e sempre poderia ir comer um cookie. Especialmente os cookies de sua mãe."

Olhei para ele e senti que estava diante de duas opções: ou dizer-lhe que não, percebendo que ele estava comprometido e que não havia razão para entretê-lo desta maneira, ou aproveitar sua oferta e passar mais tempo com ele.

Eu nunca me considerei uma pessoa egoísta, mas disse: "Claro, eu adoraria a companhia." Não havia mal nenhum em caminhar juntos e pegar um cookie, mesmo que eu sentisse que estava fazendo algo moralmente errado.

Ele pegou minha mochila, e eu puxei de volta. "O que você está fazendo?"

"Eu ia carregar sua mochila para você," ele respondeu casualmente. "Parece pesada. Por que você não me deixa carregá-la?"

"Mas por quê?" Eu estava confusa.

"Porque, Rosie, eu estou tentando ser um cara legal e fazer algo legal. Você vai me deixar?" Ele riu e estendeu sua mão.

Eu o estudei e tentei decidir como iria tomar minha decisão. Ele estava olhando para mim, sorrindo como se conhecesse uma piada que eu não conhecia, e continuou a estender sua mão. Este homem era teimoso.

"Muito bem," eu cedi, entregando minha mochila.

Ele sorriu, pegou a mochila e a jogou sobre o ombro, "Nossa, o que está dentro desta coisa?

"Minha casa inteira," eu brinquei e esperei que ele se ajeitasse.

Ele acenou com uma mão. "Lidere o caminho."

No início, houve silêncio enquanto caminhávamos em direção à padaria, mas depois ele finalmente o quebrou. "Então, em que você está se formando?"

"Um bacharel em negócios. E você?"

"A mesma coisa. Eu vou trabalhar com meu pai depois de me formar. Bem, tecnicamente trabalho para ele agora, mas vou trabalhar em tempo integral. Ele é um investidor de sucesso e tem me mostrado como as coisas funcionam desde que eu tinha dezesseis anos. Você pode imaginar como ele está entusiasmado em me ver terminar a faculdade e finalmente entrar na classe trabalhadora."

"Aposto que ele está pronto para tê-lo lá para ser o braço direito dele."

"Eu diria que sim. Acho que ele tem sonhado com este dia, desde que descobriram que eu era um menino," ele riu e parou em um cruzamento para esperar que a luz ficasse verde.

"Você é filho único?" Eu perguntei.

"Sim. Minha mãe teve dificuldade em conceber. Ela me chama de seu bebê milagroso," ele falou despreocupadamente e começamos a caminhar uma vez que a luz mudou; eu o segui, quase caminhando rápido para acompanhar seus longos passos.

Ele deve ter notado que eu me esforçava para acompanhar e começou a rir: "Será que eu preciso carregar você também?"

"Talvez," eu atirei de volta. "Sou uma pessoa baixa. Eu tenho metade do comprimento das pernas que você tem."

"Eu a carregarei se você precisar que eu o faça," ele ofereceu novamente, ainda rindo.

"Não, tudo bem. Eu precisava de um exercício hoje," eu disse sarcasticamente e continuei caminhando rapidamente.

"Você precisava ganhar aquele cookie, certo?" Ele provocou e eu ri da resposta espirituosa.

"Neste ritmo, vou poder comer dois, sem problemas," eu brincava e olhava para ele.

Ele estava olhando para mim e sorrindo com um brilho naqueles lindos olhos avelã que era inconfundível. Será que este cara gostava de mim? Ou será que eu estava apenas imaginando isto?

"Então, o que você vai fazer com o seu diploma em negócios?" Perguntou ele, mudando de assunto e tendo a certeza de desacelerar para que eu pudesse acompanhar um pouco melhor.

"Eu quero ajudar minha mãe com seus negócios. Realmente, eu só quero trabalhar na padaria, talvez abrir uma segunda que eu possa dirigir sozinha, mais para frente. Quero realmente assar e decorar guloseimas deliciosas. Isso é o que eu adoro fazer. E ser capaz de ajudar minha mãe de qualquer maneira que eu possa. Ela trabalhou duro cuidando de mim e de minha irmã, e eu quero retribuir o favor." Eu tinha ficado um pouco sombria no final, e Nick notou.

"Sua mãe era mãe solteira?" Ele parecia um pouco hesitante em fazer a pergunta, mas eu não o culpei. Era uma pergunta difícil de fazer, e ele provavelmente sabia que a resposta não era feliz.

"Sim. Meu pai nos deixou quando eu tinha oito anos. Foi muito difícil para minha mãe, por razões óbvias, mas isso não a impediu. Ela trabalhava em tempo integral, ganhava um diploma, e cuidava de nós sozinha. Foi realmente incrível. Não sei como ela fez tudo isso. Posso imaginar que ela provavelmente não dormia muito, e estava cansada constantemente.

"O tempo todo, ela estava fazendo bolos e outras coisas como um negócio secundário, e depois se transformou em um negócio, e ela abriu a padaria quando eu estava no colegial. Ela transformou seus sonhos em realidade, apesar das lutas pelas quais ela passou... ela lutou para sair disso. Ela é minha super-heroína." Eu sorri amigavelmente, esperando não o deixar desconfortável por compartilhar muito.

Ele sorriu de volta, e eu sabia que eu estava bem. "Eu diria que sim. Acho que ela é minha nova super-heroína. Não consigo imaginar casar com alguém, ter filhos com ele, e depois levantar e partir. Isso deve ter sido difícil para todas vocês," disse ele suavemente, sua expressão triste.

Acenei com a cabeça e enfiei meu cabelo atrás da orelha. "Sim, não foi fácil e não entendemos porque ele partiu. Eu ainda não entendo, na verdade. Minha mãe diz que eles simplesmente deixaram de se amar e que ele não queria viver uma mentira. Eu não o vejo desde o dia em que ele partiu."

Nick passou um braço ao meu redor e esfregou meu braço. "Sinto muito, Rosie, realmente sinto. Ninguém deveria jamais deixar sua família para trás."

Perdi minha linha de pensamento porque um milhão

de perguntas começaram a passar pela minha cabeça. O que ele estava fazendo? Ele não estava se casando? Era esta sua maneira de ser amigável? E se alguém visse e ficasse com a ideia errada?

Decidi não questioná-lo, no caso de estar tirando conclusões precipitadas, e deixei isso para lá. Mas não entendi completamente o que ele estava tentando dizer através de suas ações.

Em vez disso, eu disse: "Infelizmente, somos todos humanos e temos o direito de tomar nossas próprias decisões e ele tomou as dele. Eu gostaria que ele *não tivesse* feito essa escolha, mas o que você pode fazer?"

Chegamos à padaria e ele deixou cair o braço para abrir a porta para mim.

"Obrigada, Nick." Eu sorri e entrei pela porta e encontrei Lily e Troy bem perto. Eu limpei minha garganta e eles me olharam em choque. Eu não sabia se eles estavam mais chocados por serem pegos, ou por me verem com Nick.

"Ei, mana," disse Lily alegremente, tentando jogar com calma, e alisou seus cabelos. "O que você está fazendo aqui?"

"Sim, eu pensei que você tinha o dia de folga, Rose," acrescentou Troy, copiando a atitude casual de Lily.

Cruzei meus braços e caminhei até o balcão, e senti Nick seguir de perto atrás de mim. "Bem, eu estava estudando no café e comecei a desejar um cookie. Então, pensei em passar por aqui e pegar um. Eu não sabia que vocês dois estavam trabalhando juntos hoje."

"Mamãe me perguntou de última hora. Ela disse que tinha algo acontecendo hoje e precisava que eu viesse, e então Brad disse que tinha um jogo de Frisbee para ir também. O que, eu não podia acreditar, se vou ser honesta, porque ele não é muito coordenado. Não consigo imaginá-lo jogando um Frisbee muito bem, se é que ele joga bem," brincou Lily, tentando me fazer esquecer o que acabei de ver, mas quando ela olhou para mim, ela sabia que eu não estava sendo enganada.

Ela parecia um pouco abatida quando percebeu que eu não ia brincar com seu humor alegre e tagarela e cruzou os braços e inclinou a cabeça; isto geralmente significava que ela estava irritada. "Então, você e Nick estavam estudando juntos?" Ela olhava para frente e para trás, dele para mim e para trás novamente, e meu rosto ficava vermelho.

Nick limpou a garganta e respondeu à pergunta por mim. "Vi Rosie sentada do lado de fora do café e fui até ela para ver como ela estava. E então ela me disse que queria um cookie, e eu achei que um pouco de guloseima soava bem."

Lily acenou lentamente com a cabeça e esborrachou. "Uma pequena guloseima de fato." Ela acenou com a cabeça novamente e eu estava prestes a lançar do outro lado do balcão, mas depois ela falou novamente. "Então, acho que vocês precisam de um cookie."

Revirei os olhos, absolutamente fumegante, e senti minhas narinas flamejando. Ela tinha coragem. Engoli, e decidi que uma cena não seria a melhor ideia. "Sim, nós precisamos. Troy, você pode me trazer um com gotas de chocolate e caramelo salgado e o que Nick quiser, por conta da casa? Lily, posso falar com você por um minuto lá atrás? Acho que deixei algo lá atrás e preciso de sua ajuda para encontrá-lo."

Ela sorriu como se não estivesse fazendo nada de bom. "Claro que sim, mana. Eu adoraria ajudá-la a encontrar o que precisa encontrar." Ela se virou para caminhar para trás e eu dei uma volta no balcão e a segui.

Assim que soube que não poderíamos ser ouvidas, dei-lhe um empurrão brincalhão no ombro: "Você poderia ser mais óbvia?"

Ela revirou os olhos em resposta e zombou: "Como se você fosse melhor!"

"Eu inventei uma grande desculpa e você a arruinou totalmente," reclamei e ela revirou os olhos em resposta.

"Tanto faz, isso não importa. A tensão subiu no momento em que vocês dois entraram no café." Ela tentou transferir a culpa, mas eu não a deixei escapar.

"Somente porque nós entramos e vimos vocês dois abraçados ou aconchegados, ou o que quer que vocês estivessem fazendo!" Eu apontei meu dedo para ela. "Você estava o abraçando?"

Ela acenou com a cabeça e seu sorriso se alargou, mas ela ainda não disse nada, o que foi muito irritante. Era quase como se ela gostasse de me torturar. Às vezes, eu desejava que ela apenas desse uma resposta direta e não me fizesse adivinhar o que estava acontecendo em sua vida louca.

"Está bem." Comecei a esfregar a minha testa. "Então, isso foi como um abraço amigável ou como um abraço de eu-gosto-de-você ou de nós-estamos-saindo-secretamente-e-escondendo-isso-de-Rosie,-porque-nós-gostamos-de-torturar-ela?"

Agora ela estava sorrindo mais do que eu jamais a havia visto sorrir, e estava preocupada de que seu rosto ficasse assim. "A última. E a segunda também, eu acho."

"Eu sabia! Você gosta de me torturar," eu bufei e sentei em uma cadeira.

Lily riu e sentou ao meu lado.

"Então, você está namorando. Quando isso aconteceu?"

"Depois que ele dormiu acidentalmente, nós nos encontramos e começamos a conversar. Então uma coisa levou à outra e acabamos nos beijando." Ela começou a corar e a rir como uma menina da escola. "E ficamos juntos desde então."

"Uau, eu não tinha ideia. Quer dizer, eu achei um pouco estranho quando vocês dois sumiram do radar, e mal os vi pelo apartamento, mas não achei que vocês fossem um casal," admiti e olhei de volta para o balcão. Eu podia ouvir Troy e Nick falando.

"Bem, falando em casais, o que Nick está fazendo com você? Vocês parecem estar se encontrando muito," Lily alfinetou e levantou uma sobrancelha.

"Não é como se estivéssemos planejando estas coisas. Nós apenas... continuamos nos esbarrando."

"Você não acha que isso é estranho para você? Quer dizer, uma coisa é esbarrar um no outro, mas ele escolhe passar tempo com você. O que você acha que a noiva dele pensaria? Pelo que ouvi sobre ela, não consigo imaginar que ela ficaria muito emocionada," disse Lily, seu tom sério.

"Eu sei, eu sei," eu gemi. "Ele colocou seu braço ao meu redor e estava esfregando-o quando lhe contei sobre o fato do papai ter nos deixado, e isso me pegou completamente desprevenida! Mas eu não sabia se ele estava apenas sendo amigável... ou se era para significar mais." Segurei minha cabeça com as duas mãos e fechei os olhos. "Eu não sei o que está acontecendo. Eu não quero ser a *outra mulher*."

Lily começou a rir e eu abri meus olhos para vê-la sorrindo. "Rose, você *não* é a outra mulher. Mas, a maneira como ele te tratou na festa, e o fato de ele ter escolhido ficar perto de você, está mostrando muita coisa. Muito mais do que amigos."

"Você acha? Quero dizer, Troy me dá abraços e me envolve com um braço para conforto amigável. Talvez ele só esteja fazendo a mesma coisa," raciocinei em voz alta.

Lily balançou a cabeça novamente. "Não, ele gosta de você. Tenho certeza disso e Troy também pensa assim." Lily se levantou da mesa e acenou com um braço. "Vamos, senhora, você deve voltar para Nick agora. Já estamos aqui há muito tempo."

"Você não é divertida," murmurei e a segui até a frente.

Nick e Troy ainda estavam conversando e rindo como se estivessem se divertindo.

Troy nos viu primeiro e sorriu. "Ei, pessoal, adivinhem só? Nick gosta de ir ao cinema como nós fazemos. Então, pensei que seria divertido se fôssemos todos juntos, e ele disse que sim!"

Minha boca abriu e eu olhei para frente e para trás entre os dois caras. "Oh, você pensou?" Eu me esforcei para perguntar e olhei para Lily, que tinha uma expressão semelhante à minha.

"Troy," começou Lily, "você não acha que Nick tem algum plano de casamento a fazer com sua noiva?"

"Na verdade, Alisha acabou de sair da cidade por alguns dias, então se não houver problema com vocês," ele olhou para mim quando disse isto "eu adoraria ir com vocês. Não tenho outros planos esta noite e, honestamente, a última coisa que quero fazer é planejar um casamento."

Lily me deu uma rápida olhada e sorriu para Nick. "Gostaríamos muito que você viesse conosco. Por que vocês dois não vêm nos buscar em nosso apartamento hoje à noite, e iremos todos?"

"Parece ótimo. Você se importa de me dar o endereço?" Ele ainda estava olhando para mim, mas eu ainda estava muito atordoada para falar.

Felizmente, Lily não teve problemas em assumir e responder às perguntas. "Por que eu não pego seu número de telefone e depois envio-lhe uma mensagem de texto com o endereço? Assim, você pode ligá-lo automaticamente ao seu GPS." Ela estendeu sua mão e Nick lhe entregou seu telefone.

"Isso seria ótimo," disse ele, alegremente.

Houve um silêncio constrangedor enquanto Lily digitava o número e depois enviava uma mensagem de texto para que ela tivesse o número dele. Ela devolveu o telefone dele e ele sorriu.

"Fantástico. Bem, é melhor eu ir andando.

Aparentemente, tenho e-mails aos quais preciso responder antes desta noite," disse ele, relacionando-se com nossa conversa anterior, o que me tirou do meu atordoamento.

"Sim, você provavelmente tem. Eu te acompanho até lá fora," ofereci enquanto passava ao redor do balcão.

Nick esperou por mim e depois me entregou o cookie que eu havia pedido momentos antes. Pena para mim que não parecia mais atraente. Agora eu estava enjoada. Independentemente de como meu estômago estava se sentindo, eu sorri calorosamente e agradeci a ele. Uma vez que saímos e ficamos em frente à porta, eu não tinha ideia do que dizer.

"Você encontrou o que estava procurando?" Perguntou ele educadamente.

Por alguns segundos, eu não tinha ideia do que ele estava perguntando; então, lembrei-me de minha pequena mentira branca e abanei a cabeça. "Hum, não. Não, não encontrei, deve estar de volta ao meu apartamento, terei que procurar quando chegar em casa." Me senti como Pinóquio e pensei que meu nariz começaria a crescer.

"É uma pena, espero que você o encontre." Ele sorriu encorajadoramente

Eu sorri de volta. "Escute," eu hesitei. "Você não tem que ir hoje à noite se não quiser. Não quero que você se meta em problemas com Alisha ou qualquer coisa." Eu vi o sulco da testa dele e parei de falar.

"O que você quer dizer?" Ele perguntou.

"Eu só, uh, não, uh," eu gaguejei. Eu realmente não sabia como eu ia dizer isto. "Quer dizer, você acha que ela não vai se importar que você fique perto de mim, não é mesmo? Com Lily e Troy também, obviamente. O que estou tentando dizer é... você não acha que ela vai ficar chateada se ela descobrir que você tem andado ao meu redor, acha? Eu não quero causar nenhum problema... de jeito nenhum." Eu olhei para ele, sentindo-me muito desconfortável, desejando não ter dito nada enquanto esperava que ele respondesse.

"Oh, entendo," ele acenou com a cabeça e cruzou seus braços. "Bem, imaginei que éramos amigos, certo?"

Sua pergunta me pegou desprevenida, então respondi com uma hesitante: "Sim?"

"Eu também acho que nós somos. Então, não é uma coisa ruim amigos saírem com outros amigos, certo?" Perguntou ele, sorrindo.

"Não, não é," eu respondi sem rodeios.

"Bem, foi exatamente isso que eu disse à Alisha. Que eu vou ao cinema com alguns amigos, alguns deles são meninas, e depois talvez tomar um sorvete. Eu disse a ela a verdade e ela estava bem com isso. Isso faz você se sentir melhor?" Questionou novamente, seu sorriso mais óbvio e, desta vez, eu sorri de volta.

"Sim. Não quero ser constrangedora. Como eu disse, só não quero causar problemas entre vocês dois. Desculpe, eu não deveria ter dito nada," eu pedi desculpas e ele sorriu.

"Acredite, Rosie, quaisquer problemas que existam, *não* foram causados por você," afirmou ele, de fato.

Fiquei um pouco surpresa com a simplicidade e honestidade que ele estava tendo e, se alguma coisa, minhas suspeitas tinham sido confirmadas: eles *estavam* tendo problemas.

"Ok," acenei com a cabeça e enfiei um fio de cabelo atrás da orelha. Estava ventando lá fora e meu cabelo estava soprando em todos os lugares. "Eu não vou me preocupar com isso," eu lhe disse, o que era uma mentira completa, porque eu estava totalmente preocupada com isso e ia continuar me preocupando com isso.

"Bom. Eu só quero que nos divirtamos juntos. Acho que esta noite vai ser uma grande diversão. Não vou a um filme de drive-in há algum tempo," admitiu ele e se perdeu em seus pensamentos por um momento.

"Sim, eu também não. Vai ser divertido." Eu sorri e ele sorriu de volta. Ele tinha um ar de confiança nele, o que não era arrogante; ele sabia quem ele era e não tinha vergonha disso. Eu gostava disso.

"É. Bem, é melhor eu ir andando. Vou buscá-la um pouco mais tarde," confirmou ele, e eu dei um polegar para cima.

"Estarei pronta," disse eu, quase sarcástica, e o escondi com um sorriso.

"Ótimo, adeus, Rosie." Ele se aproximou de mim, deu um abraço e se afastou.

Entrei imediatamente na padaria, atordoada. Caí em um assento vazio, sentindo-me trêmula, e vi que Troy e Lily estavam me encarando com a boca aberta.

"Você acha que ele sabe que vai se casar?" Perguntou Troy, sendo meio engraçado, meio sério.

"Rosie, você o tem totalmente apaixonado! Eu acho que você é realmente a outra mulher," Lily gritou e bateu palmas com entusiasmo.

"Lily, por que você está aplaudindo? Isso não é uma coisa boa! Além disso, eu nunca me colocaria na posição de 'a outra mulher'." Eu usei citações de ar. "Nem, jamais faria isso com outra mulher. Isso simplesmente não está certo. Além disso, ele me informou que avisou Alisha que estava saindo com alguns amigos e que algumas eram meninas, e ela não se importava."

"Que você saiba," Lily murmurou e eu a olhei com reprovação.

"O que eu devo fazer? Continuamos nos encontrando e cada vez que o vejo, ele é realmente amigável. Ele é tão simpático comigo e engraçado, e tão bonito. Eu podia ficar olhando para aquele homem o dia todo," eu disse sonhando e Lily me olhou com uma sobrancelha levantada novamente.

"Você tem certeza de que não há nada acontecendo?"

Eu balancei a cabeça. "Não, mana. Realmente não há. Como eu disse, eu não faria isso. Namorar já é difícil, colocar outra mulher na mistura só iria machucá-la. E eu não quero machucar ninguém. Talvez eu não devesse ir esta noite..." Eu me afundei e coloquei minha cabeça sobre a mesa.

"Você não pode fazer isso. Isso pareceria mal." Lily disse rapidamente e correu para sentar ao meu lado.

"Sim, ele está planejando a sua vinda," disse Troy.

Uma lâmpada acendeu dentro da minha cabeça. "Por falar nisso, Troy, eu nem disse que iria ao cinema hoje à noite! De que se tratava tudo isso?" Perguntei amargamente. "Você não me perguntou se eu queria ir ao cinema. Você apenas assumiu que eu iria, porque ele estaria lá. Você está nos empurrando juntos e isso não está certo! Ele é praticamente casado." Eu enfatizei a última palavra e bufei: "Eu literalmente não sei quantas vezes tenho que repetir isto, mas isto não é apropriado! Alguém vai nos ver no lugar errado, na hora errada, e isso vai ser ruim. Eu não quero estragar tudo isso. Especialmente para mamãe, que está apostando nestes pedidos que eles fizeram."

"Rose, eu só pensei que seria divertido para nós quatro sairmos juntos, só isso," ele se defendeu, mas eu não acreditei nisso.

Lily e Troy tinham ficado entusiasmados com eu e Nick, e isso precisava terminar.

Eu zombei: "Ouçam vocês dois, eu vou a este filme estúpido. Mas depois disto, o show Nick-e-Rosie precisa terminar. Você entendeu? Não encorajem algo que nunca vai dar certo! Você está brincando com os sentimentos dele, sem falar sobre os meus, e não é justo!" Eu me levantei, me sentindo chateada, e vi Troy e Lily parecendo culpados.

"Rose, não era a nossa intenção."

"Sim, Lily, era. Você fez isso, e agora fui colocada em uma situação muito desconfortável. Você não acha que isso já é difícil o suficiente para mim?" Eu resmunguei, limpando uma lágrima do meu olho e depois tirando minhas chaves do bolso. "Preciso me acalmar, antes desta coisa estúpida desta noite. Não diga nada ao Nick. Eu vou fazer isso. Mas falo sério: não mais depois disto."

Eu me virei antes que eles pudessem dizer alguma coisa, saí da padaria e caminhei para casa sem olhar mais para trás.

COOKIES COM GOTAS DE CHOCOLATE

1 xícara de manteiga sem sal
1 xícara de açúcar mascavo
½ xícara de açúcar
2 ovos à temperatura ambiente
1 colher de chá de baunilha
1 colher de chá de fermento em pó
1 colher de chá de sal
2 ½ xícaras de farinha de trigo
½ xícara de chocolate meio amargo em pedaços
½ xícara de chocolate ao leite em pedaços

1. Pré-aqueça o forno a 350 graus.
2. Misture a manteiga, açúcar mascavo e açúcar.
3. Acrescentar ovos e baunilha até ficar leve e fofo.
4. Adicione ao fermento em pó, sal e farinha, e misture até que seja incorporado. Não misturar em demasia.
5. Misturar as gotas de chocolate à mão.
6. Coloque a massa na geladeira por cerca de uma hora, até esfriar.
7. Formar bolas de massa de 2,5 centímetros em uma bandeja de folhas.
8. Assar por 8-10 minutos. Até que as bordas fiquem douradas.

CAPÍTULO 11

ℰu fui para casa e chorei.

Chorei de frustração, confusão e dor. Eu estava tentando respeitar a situação com Nick e não encorajei nada. Não entendia sua personalidade, se ele estava sendo amigável, ou se ele tinha sentimentos por mim. Também não entendia porque as pessoas pareciam pensar que não havia problema em nos empurrar juntos ou achar que era divertido, como se fosse algum tipo de entretenimento. Todos eles estavam gostando de assistir ao programa Nick-e-Rosie, que provavelmente seria cancelado a qualquer momento. Isto não poderia continuar. Alguém estava destinado a descobrir, e a última pessoa que eu precisava que descobrisse era Alisha. Eu não conseguia imaginar como ela reagiria se achasse que seu noivo estivesse passando tempo com outra mulher.

Depois de ter chorado muito, ainda tinha algumas horas até o filme e decidi me distrair dos meus pensamentos. Tentei me concentrar nos trabalhos de casa, mas quando percebi que estava olhando para meu computador por minutos a fio, fechei o laptop e deitei no sofá. Liguei um filme que estava no DVD player e tentei assistir, mas lentamente dormi.

Quando dei por mim, ouvi a porta fechando com um

barulho alto e acordei. Os passos se aproximaram do sofá e ouvi um pequeno suspiro: "Oh, desculpe, Rose... eu a acordei?"

Virei minha cabeça para olhar para cima e dei um olhar sonolento à minha irmã. "O que você acha?" Eu gemi e limpei meus olhos.

"Você sabe que horas são?" Perguntou ela rapidamente. "Nick vai estar aqui em meia hora! Troy foi para casa muito rápido para tomar banho e logo estará aqui também. Você precisa acordar." Ela correu para o seu quarto para se trocar. Ela cheirava a glacê.

"Eu não vou!" Eu gritei e me cobri com um cobertor.

Ouvi Lily voltar para a sala e marchar ao redor do sofá. "Você está brincando, certo? Só porque você teve um pequeno ataque antes, você acha que está livre?"

"Lily, eu simplesmente não me sinto bem com isso. E se alguém nos ver? E se sua futura esposa vai ao cinema e nos ver juntos?" Eu questionei e sentei, então não precisei continuar desejando olhar para ela.

"Vai ficar escuro; ninguém vai vê-la. Por favor, você pode relaxar? E pare de pensar nisso como um encontro. Ele só quer sair. Ele e Troy realmente se deram bem, eu acho, e querem sair de novo, e nos ter lá com eles. Está bem? Como você disse, é só desta vez. Muito em breve, ele vai se casar e tudo vai ficar bem," argumentou Lily comigo.

Inclinei minha cabeça contra a parte de trás do sofá e suspirei. "Tudo bem."

"Obrigada," disse Lily, exasperada. "Além disso, tenho certeza de que Nick não aceitaria um não como resposta.... ele está realmente ansioso por esta noite." Ela sorriu e foi embora.

Minha irmã poderia ser tão dramática.

"Você *não* é divertida," falei para ela.

"Vista-se, Rosie! E coloque um pouco de maquiagem. Você parece uma bagunça," ela falou de volta.

Eu revirei os olhos e me levantei para ir ao banheiro.

Passei a meia hora seguinte retocando as bolsas inchadas debaixo dos olhos e decidindo o que vestir. Depois de vasculhar minhas roupas por dez minutos, decidi por jeans e jaqueta preta com zíper.

Lily entrou para me ver e seu rosto caiu levemente. "Você não vai usar uma blusa mais bonita?" Perguntou a garota vestindo uma camiseta e um cardigã.

"Foi você quem disse que ia ficar escuro," eu bufei. "Além disso, como você disse, não é um encontro e eu quero estar confortável, especialmente para um filme longo."

"Tudo bem!" Ela acenou com as mãos em irritação e pisoteou para fora do quarto.

Ouvi uma batida na porta do meu quarto, e depois o riso de Troy. Ele deve ter chegado e feito alguma piada. Alguns segundos depois, ele estava de pé na minha porta, me avaliando.

"Você vai assim?" Ele riu.

Eu respondi jogando um sapato nele. "Vocês acham que são tão divertidos," murmurei e recuperei meu sapato.

"Nós não achamos, Rose, nós sabemos!" Troy sorriu e me entregou meu sapato. "Você está pronta para hoje à noite? Nick acabou de me enviar uma mensagem, me avisando que estava a caminho."

"Tão pronta como possível," eu disse sem entusiasmo e entrei na sala de estar.

"Ouça, Rose. Desculpe-me por deixá-la tão chateada. Eu não estava pensando e deveria ter pensado no que estava fazendo antes de abrir minha boca grande. Isso não foi justo da minha parte e eu não deveria ter colocado você nesta posição," disse ele, parecendo culpado.

"Está tudo bem. Sinto muito ter reagido da maneira como reagi. Eu não deveria ter enlouquecido assim com vocês. Eu só estou..." Eu suspirei. "Sim." Eu sorri, sem querer explicar mais e ele colocou sua mão afetuosamente nas minhas costas.

"Está tudo bem. Eu entendo. Vai ser divertido, você vai ver." Ele sorriu encorajadoramente, mas eu não estava convencida.

"Vai ser divertido!" Lily disse, entrando com maquiagem fresca e seu cabelo em um coque fofo e bagunçado. "Você só precisa ter uma boa atitude!"

"Ela me mata," murmurei para Troy e ele riu.

"O que você disse?" Perguntou ela, colocando a mão no quadril com atitude.

"Nada que você já não saiba," eu lhe assegurei e entrei na cozinha. "Devo empacotar alguns lanches? Acho que temos algumas pipocas ensacadas e alguns doces..."

Houve uma batida na porta.

"É melhor você estar pronta!" Sussurrou Lily e ela apontou seu dedo para mim.

Troy me bateu brincalhonamente e sorriu.

Eu revirei os olhos e vi Lily abrir a porta. "Ei Nick, entre," ela saudou alegremente e eu ouvi Nick dizer "obrigado" enquanto ele seguia atrás de Lily.

"Ei, Nick, como você está?" Troy caminhou e apertou sua mão, o que achei muito educado da parte dele.

"Eu estou bem. Como foi o trabalho para vocês?" Perguntou ele, olhando para Lily e depois para Troy.

"Foi bom," respondeu Lily sem hesitar. "Passou rápido."

"Sim, ajuda quando você trabalha com alguém que você gosta de estar por perto, porque então parece que estamos saindo, nos divertindo, em vez de trabalhar," acrescentou Troy e piscou o olho para Lily, que corou.

Revirei os olhos e comecei a encher um saco cheio de M&M's para me distrair.

"E você, Rosie?" Nick perguntou, do outro lado do balcão, para passar do meu lado. Ele estava usando tênis branco, calça jeans escura e um suéter marinho com o zíper meio fechado que acentuava seus olhos azuis escuros. Seu cabelo estava levemente arrumado com gel e separado para o lado e, de repente, eu tinha este estranho desejo de pentear meus dedos através de seu cabelo. Ele parecia... absolutamente como um sonho.

Eu sacudi minha cabeça na tentativa de limpá-la e havia esquecido o que Nick me havia pedido. "O quê?"

"Como foi sua tarde?" Repetiu ele com um sorriso.

"Foi boa. Terminei meus trabalhos de casa e tirei uma soneca no sofá. E você?" Perguntei, pegando pipoca e colocando em outro saco.

"Fui para casa e joguei basquete com meu amigo da escola. Decidi que era melhor verificar meus e-mails, e graças a Deus que o fiz. Tinha algumas coisas para as quais precisava responder antes de segunda-feira. Depois, tomei banho e me preparei para vir para cá. Bastante descontraído, mas acho que alguns sábados precisam ser assim." Ele sorriu e eu sorri de volta.

"Sim, um sábado relaxante é bom. Eu definitivamente precisava dele depois desta semana..." Notei que Nick estava me encarando, não de uma forma assustadora, mas quase afetuosamente. Seus olhos brilhavam e eu não pude deixar de corar. Ele era tão bonito, eu estava hipnotizada; eu me sentia como se estivesse em transe. Então ouvi alguém limpar sua garganta atrás de mim, e me sacudi de meu aturdimento.

"Devemos ir andando? O filme vai começar em vinte minutos e precisamos encontrar vagas de estacionamento ainda." Lily sorriu como se tivesse um segredo incrível que ninguém conhecia, a não ser ela.

"Bem, então vamos andando." Nick piscou para mim antes de virar para sair pela porta, o que me fez corar ainda mais.

"Você conseguiu petiscos suficientes lá, Rosie?" Troy perguntou ironicamente e começou a rir.

"Sim. Até empacotei alguns para você, mas acho que vou precisar de todos eles agora. Afinal, eu não jantei." Eu me esgueirei brincando e sorri.

"Acho que você não vai comer dois sacos inteiros de M&M's," riu Troy e colocou um braço em volta dos meus ombros para me levar para fora da porta.

"Sinto muito, mas você já me conhece?" Eu gargalhei e a Lily começou falar.

"Sério, Troy, você não se lembra de ter ficado acordado até tarde, fazendo massa de cookies no ano passado... e você a desafiou a comer um lote inteiro, e ela o terminou?" Lily nos lembrou entre risadinhas enquanto trancava a porta.

"Você realmente comeu um lote inteiro?" Perguntou Nick, desnorteado.

"Oh meu Deus! Esqueci que você fez isso. Sim, ela fez totalmente, Nick. Ela ficou tão doente depois. Ela continuava correndo indo e voltando do banheiro porque pensava que ia vomitar!" Troy riu e abriu a porta do carro e fez um gesto para Lily subir no banco do passageiro.

"Estava delicioso, mesmo estando acordada a noite toda com dor de estômago. Mas eu não vomitei," disse levemente e esperei que Troy abrisse a porta para mim.

Quando ele começou a andar ao lado do motorista, eu fiquei ali confusa. Então olhei para Nick, e ele estava ao lado de um Toyota Camry novinho em folha, segurando a porta. "Oh, estou vendo o que ela quis dizer com 'lugares'," murmurei.

"O quê?" Nick inclinou seu ouvido para me ouvir melhor.

"Nada," eu acenei. "Estou indo com você?" Tentei esconder meu choque o melhor que pude, mas algo me disse que não conseguia enganar esse cara. Ele era muito observador.

"Se você não se importar? Presumo que Troy e Lily vão ser todos bonitinhos e românticos, e você pode acabar se sentindo como uma vela," Nick explicou seu processo de pensamento.

Mal sabia ele, a ideia de ser a vela não me incomodava tanto assim. Eu *sempre* me senti como uma vela. Quando minha irmã estava com Jake, eles me convidaram para alguns de seus encontros porque se sentiam mal por eu estar sozinha em casa. Obviamente, isto não estava acontecendo muito agora, porque ela tinha sido reservada sobre namorar com Troy.

Eu precisava dizer a ela que abraçar e aconchegar na padaria atrás do balcão para que todos pudessem ver *não era* muito secreto. Tive que admitir, porém, que não conseguia decidir se preferia um lugar na frente do espetáculo Troy-e-Lily ou passar um filme inteiro com um cara que estava noivo de outra mulher e prestes a se casar em poucas semanas.

Minha vida estava se tornando bastante complicada. Senti que estava presa entre a espada e a parede. Há algumas semanas, a vida não tinha provado ser tão difícil.

"Sim, tudo bem," eu meio sorri e subi em seu carro. Tinha assentos de couro bem pretos e aquele cheiro de carro novo. Mas então imaginei Alisha sentada no mesmo lugar em que eu estava, e comecei a sentir um pouco de náuseas.

Ele subiu no banco do motorista e esperou que Troy liderasse o caminho para o cinema drive-in, e seguiu atrás.

"Você sabe que filme está passando?" Perguntou ele, tentando preencher o silêncio vazio.

"Não, na verdade não sei. Ouvi dizer que às vezes eles passam filmes antigos em preto-e-branco... eles são capazes de obter novos lançamentos. Acho que as pessoas fazem pedidos e votam neles durante a semana e é assim que elas decidem o que passar." Eu dei minha longa resposta e senti que falava demais.

"Então acho que vai ser uma surpresa." Ele mostrou um sorriso.

Eu acenei com a cabeça e dei um pequeno sorriso de volta e ele riu.

"O que está em sua mente?"

"O que você quer dizer?" Perguntei curiosamente.

"Você apenas parece um pouco desligada," apontou ele, preocupação em seu rosto.

"Oh." Eu tentei pensar rapidamente em uma desculpa, para que ele não pensasse que eu estava mentindo para ele. "Quando eu cochilo, sempre me sinto um pouco estranha depois. Acordei não faz muito tempo, então acho que ainda estou tentando me livrar disso."

Eu não queria que ele soubesse que eu quase desisti de ir ao cinema, tive um colapso nervoso na frente de Troy e Lily, e chorei a maior parte do dia.... por causa dele. Depois fui pega desprevenida quando descobri que íamos ficar sozinhos em um carro durante a noite. Senti-me como uma montanha-russa emocional.

"Certo, se você o diz," ele respondeu e, pelo som de seu tom, não pareceu convencido. "Eu só queria ter certeza de que você estava bem," disse ele calmamente.

Virei-me para olhar para ele e vi que estava olhando para a estrada com as sobrancelhas sulcadas e os lábios franzidos. Ele não parecia zangado, ou chateado, mais como confuso e perdido em seus pensamentos. Foi muito doce ele estar preocupado comigo. Pena que eu fosse a mulher errada com quem ele deveria estar preocupado, o que fazia com que eu não quisesse me abrir com ele de forma alguma.

"É muito gentil da sua parte, Nick, obrigada. Eu estou bem. Tenho meus M&M's para me animar, contanto que Troy não me desafie, e pipoca para lanchar e me acordar. Nada como um pedaço de milho preso em seus dentes para mantê-lo acordado," eu disse divertidamente, tentando aliviar o ânimo.

Por sorte, ele entendeu e riu em resposta. "Isso me deixa louco. Felizmente para você, eu mantenho o fio dental aqui, portanto, se você tem um grão que a incomoda, sinta-se à vontade para pegar algum."

"Bem, olhe para você. Você é como um escoteiro, sempre preparado. Obrigada. Eu também deveria fazer isso..." Eu disse, pensando nas únicas coisas que guardava em meu carro: óculos de sol, cartões de seguro, guardanapos e uma caneta. Eu precisava colocar mais coisas nele, em caso de pequenas emergências.... como pipoca grudada no dente.

"De nada," ele riu novamente e puxou para o estacionamento de drive-in.

Estava atrás de um dos prédios da faculdade no campus, com uma grande tela branca pendurada nele. Havia um pequeno estande de concessão pop-up onde tinham doces e pipocas a preços exagerados para vender aos estudantes universitários pobres, exceto Nick. Quando chegamos, já havia algumas filas de carros estacionados, então acabamos indo em direção à parte de trás, estacionando ao lado de Troy e Lily.

Lily abaixou a janela e olhou à sua volta. "O filme desta noite é *Bonequinha de Luxo*." Ela parecia animada; atrás dela, Troy revirou seus olhos.

"Oh, que legal! Eu amo esse filme. Acho que Troy também adora," brinquei e o vi bater com a cabeça no volante, fazendo a buzina do carro disparar acidentalmente.

Todos nós rimos e eu comecei a comer.

"Passa para cá, Rose! Ou eu vou até lá, sento-me em cima de você e os levo todos," brincava Troy, apontando um dedo para mim.

Olhei para o Nick e abanei a cabeça, rindo. "Viu? Eu sabia que não ia durar muito. Aquele garoto adora seus petiscos. Ele não pode passar por um turno sem comer um par de cookies. Aqui." Entreguei um saco de doces e pipoca para Nick. "Você pode, por favor, entregar isso para Lily, antes que eu tenha Troy me atacando?"

Ele riu pegou as sacolas. "Claro. Não preciso de um louco no meu carro." Ele entregou as guloseimas a Lily, que balançou a cabeça e revirou os olhos.

"Este menino nunca para de comer," ela reclamou e os jogou no colo de Troy.

"Isso é tudo o que você vai receber esta noite. Não venha aqui pedir por mais," eu disse e ri.

"Vamos ver," sorriu ele.

Lily nos deu mais um rolar de olhos e depois fechou sua janela. Eu gostei quando eles a tiveram para baixo, porque então poderíamos conversar com eles e não nos sentimos tão exclusivos. Estar em um carro escuro com um menino causou o tipo de tensão que era quase desconfortável demais para suportar. Eu olhava ao redor do estacionamento para me distrair.

"Acho que nunca vi *Bonequinha de Luxo*," admitiu Nick. "Do que se trata?"

"Basicamente, é um romance. Sobre uma mulher obcecada por Tiffany e dinheiro, e que gosta de ter sua liberdade. Ela é lenta para perceber que ama um homem, que também a ama desesperadamente, e finalmente decide se o dinheiro ou o amor vale a pena," eu expliquei e Nick ficou muito calado. "Você está bem?" Eu tinha dito a coisa errada para ele, ou o tinha aborrecido?

"Eu simplesmente não sabia que estaria assistindo a um filme que se relaciona tanto comigo," murmurou ele e colocou uma mão na sua testa.

"O que você quer dizer?" Eu sussurrei, debatendo se eu deveria mesmo ter feito essa pergunta.

Antes que ele pudesse responder, a tela se iluminou e o filme começou. Puxei meu saco de pipoca e enfiei uma mão-cheia na boca. Quando algumas escaparam, rapidamente peguei as pipocas do banco, não querendo sujar o carro deste simpático homem. Quando olhei para ele para ver se tinha me pegado, ele sorriu e riu. Entreguei o saco de pipoca e sorri com um sorriso envergonhado, fazendo-o rir ainda mais.

Observamos as primeiras cenas, e os sulcos na testa do Nick se tornaram cada vez mais profundos.

"Aquela mulher é louca," ele resmungou sob seu fôlego.

Ocasionalmente olhava para ele para ver suas expressões faciais durante certas cenas. Vê-lo com um ar confuso tornou o filme mais divertido... até que ele murmurou novamente sob seu fôlego. Eu abafava uma risada ou tentava encobri-lo com uma tosse.

O filme parou na metade do caminho para o intervalo e as pessoas saíram dos carros para ir até a lanchonete e os banheiros. Notei minhas próprias sacolas de lanche e não podia acreditar que eu havia comido todos os meus doces e que Nick havia tirado suas frustrações nas minhas pipocas.

"Acho que vou me levantar e caminhar por um minuto. Você quer vir?" Ele ofereceu enquanto abria sua porta.

"Acho que vou ver como Lily e Troy estão se saindo. Obrigada, no entanto." Eu comecei a abrir minha porta, mas ele me impediu.

"Oh, espere!" Ele saltou do carro e correu para o meu lado e abriu a porta.

Eu sorri, corei e sai. "Obrigada. Você não precisava fazer isso," eu disse, sorrindo de orelha a orelha.

"Sim, eu precisava. Você nunca deveria ter que abrir a porta do seu carro," disse ele e fechou a porta. "Vejo você em um minuto."

Eu acenei com a cabeça e o vi caminhar em direção aos banheiros. Quando ele estava a uns cem metros de distância, caminhei até o carro de Troy e bati na janela.

Lily abriu a porta do carro e ficou de pé.

"Como vocês estão gostando do filme," ela perguntou imediatamente e se encostou ao carro.

"Acho que estou gostando um pouco mais do que o Nick. Ele continua murmurando as coisas sob seu fôlego, e isso está me fazendo rir. E vocês? Vocês estão prestando atenção no filme?" Eu perguntei e ouvi Troy bufar.

"Sim, nós temos assistido. E Troy não quis compartilhar nenhum de seus lanches. Eles se foram nos primeiros cinco minutos!"

Ouvi o Troy dar gargalhadas no carro.

"Ela me disse que não queria nenhum!" Troy disse alto o suficiente para que eu pudesse ouvir e Lily revirou seus olhos em resposta.

"Troy, você não sabe que isso geralmente significa o oposto?" Eu insinuei e comecei a rir dele.

"O que quer dizer?" Perguntou ele enquanto subia.

Eu ri. "Quando uma garota diz que não quer nada, isso na verdade significa que ela quer," eu o eduquei e abanei a cabeça. "Não acredito que você comeu tudo. Pobre Lily!"

"Mas ela disse que não queria nenhum!" Ele estendeu as mãos em um gesto do tipo "o-que-mais-eu-posso-fazer," e eu comecei a rir ainda mais.

"As mulheres mentem, Troy," exclamei.

Lily e eu começamos a gargalhar, olhando para seu rosto desnorteado; era engraçado, e totalmente fofo.

"Mulheres," murmurou ele.

Eu arfei, fingindo estar ofendida, e apontei um dedo para ele. "Ei! Você não nos teria de outra forma!"

Desta vez ele riu e estendeu suas mãos em rendição. "Você está certa. Eu as amo, senhoras. Então, isto significa que eu preciso ir pegar mais petiscos?"

"Por George, eu acho que ele entendeu!" Eu provoquei com um sotaque inglês.

"Está bem, eu volto."

"Não há necessidade disso," uma voz gritou enquanto Troy abria a porta.

Eu vi Nick caminhando na nossa direção com dois

sacos de pipoca, um par de caixas de doces e quatro bebidas.

"Deve ser Natal!" Lily riu e Troy revirou seus olhos.

"Jeito de ser o herói, Nick," disse Troy sarcasticamente.

Rindo, Nick respondeu.

"Bem, me senti mal ao comer todas as pipocas da Rosie e notei que ela tinha comido todos os doces e temos mais uma hora de filme," explicou Nick enquanto entregava as pipocas à Lily.

Troy olhou para ele com fome, mas Lily balançou a cabeça.

"De jeito nenhum, cara, você pode ter isso *depois que* eu terminar." Ela voltou ao seu lugar e começou a devorá-lo; claramente, ela estava com fome.

Todos nós rimos e Nick entregou doces paraTroy. "Eu não sabia de qual refrigerante você gostava mais, então eu comprei um de cada um: Dr. Pepper, Coca-Cola, Pepsi, e cerveja sem álcool." Ele esperou por nossa resposta.

"Eu fico com a Pepsi," disse Lily do carro, então eu a entreguei a ela.

"Eu definitivamente quero a cerveja sem álcool. Lily disse que eu não deveria tomar cafeína tão perto da hora de dormir. Da última vez que eu bebi uma Pepsi no cinema, fiquei acordado a maior parte da noite," admitiu Troy e agradeceu a Nick quando ele a tirou dele.

"Isso deixa o Dr. Pepper e a Coca-Cola," disse Nick.

"Bem, eu definitivamente quero o Dr. Pepper. É o meu favorito." Eu sorri e tirei a bebida dele. "Obrigada. Você não precisava fazer isso."

"Eu queria. Além disso, aquela pipoca me deixou com sede, e imaginei que todos os outros também ficariam," acrescentou ele. "Devemos voltar para o carro? Acho que o filme vai recomeçar em breve."

"Você está realmente interessado nisso, não está?" Eu

perguntei provocadoramente: "E aqui, deixe-me levar essa pipoca de você, assim você não está carregando tudo."

Ele deu a volta e abriu a porta do carro para mim.

"Obrigado." Ele sorriu e voltou para o seu lugar. "Bem, preciso descobrir porque ela está tão obcecada com este gato. E, se ela vai acabar ou não com o simpático escritor. Quer dizer, tenho certeza que no final tudo acaba feliz, mas a personagem principal está me matando."

Eu dei risadas. "Nick, você é um romântico?"

Nick riu: "Não. Pelo menos, eu não pensava assim. Mas isto não conta realmente como um filme romântico, não é?"

"Bem, vendo como você acabou de dizer que queria saber se o personagem principal acabou com o cara, então sim. Eu diria que você é um pouco romântico. Sem mencionar que você vai se casar, então você *tem* que ser um pouco romântico." Eu fiquei calada depois de mencionar que ele ia se casar e um silêncio constrangedor encheu o carro.

"Bem, ser romântico não é uma coisa ruim, não é?" Ele perguntou timidamente.

"Não, de jeito nenhum," eu disse com confiança e sorri.

"Legal." Ele sorriu em troca e o filme recomeçou.

Ele era definitivamente o tipo de cara que não gostava de falar durante o cinema. É verdade que isto era difícil para mim, porque eu não tinha nenhum problema em conversar durante um filme. Por outro lado, eu já tinha visto este filme algumas vezes e ele nunca tinha visto, então ele provavelmente estava tentando entendê-lo; tinha sido um pouco confuso para mim a primeira vez que eu o tinha visto também.

Eu bebi meu refrigerante e mastiguei minhas pipocas enquanto estava sentada ali entretida não só pelo filme, mas pelas reações de Nick. A cada cena que passava, eu olhava para Nick para ver o que ele pensava, lendo suas expressões faciais. Era hilariante.

A certa altura, ele me pegou olhando para ele e começou a rir "O que você está olhando?"

"Nada." Senti meu rosto corar. Mais uma vez, fiquei grata por estar escuro lá fora e ele não podia ver meu rosto ficar vermelho como um tomate.

"Você estava me observando para ver minhas reações, não estava!" Perguntou ele e eu podia sentir meu rosto ainda mais vermelho.

"Talvez..." Eu não tinha certeza de como responder à sua pergunta. Ele tinha me pegado olhando para ele, o que era super embaraçoso.

Ele riu. "Você é ridícula. E você está comendo todas as pipocas!" Ele me tirou o balde de pipoca e jogou algumas na boca, antes de sorrir e rir. "Estou apenas brincando. Aqui." Ele a devolveu e eu a peguei de volta, rindo.

"Estou apenas tentando conseguir o máximo que posso antes que você termine com o balde. Eu vi o que aconteceu com meu saco de pipoca," brinquei, peguei um punhado enorme de pipoca e enfiei na minha boca.

"Bem, então eu acho que não posso culpá-la," ele riu e voltou sua atenção para o filme.

Eu esperava que ele não perdesse um bom pedaço do filme por causa de nossa brincadeira. Comecei a assistir novamente, sabendo que não havia muito mais e que eu deveria deixá-lo assistir. Tive que tentar não ficar olhando para ele novamente. Honestamente, porém, não pude evitá-lo. Suas expressões faciais eram hilariantes, e ele também não era mau de se ver.

Enquanto eu observava, eu continuamente entrava no balde para pegar alguns punhados de pipoca. Percebi que estava com muita fome, o que fazia sentido, porque tinha dormido durante o jantar, e as pipocas salgadas e amanteigadas eram irresistíveis, muito mais atraentes do que as pipocas ensacadas que eu tinha trazido do apartamento. Enquanto eu ia para outra mão cheia, minha mão sentia seu toque nas costas da minha. Isto me fez saltar de susto e eu imediatamente retirei minha mão.

"Oh! Desculpe, não foi minha intenção. Vá em frente," eu insisti e coloquei minhas mãos no meu colo.

Ele riu: "Está tudo bem, Rosie."

Quando ele disse isso, soou como se ele estivesse implicando isso em relação a outra coisa. Isso me fez pensar no que ele quis dizer e me senti tentada a perguntar, mas me lembrei de minha promessa de *não* incomodá-lo mais durante o filme. As últimas partes do filme sempre eram as melhores de qualquer maneira, e eu não queria que ele perdesse.

Esperei o máximo que pude para pegar pipoca e quando tive certeza de que ele tinha acabado de pegar seu próprio punhado, peguei algumas. O alívio passou por mim enquanto eu continuava comendo punhado após punhado de pipoca e me reencontrei no filme. Me senti como um robô, movendo minha mão lentamente para dentro e para fora do balde de pipoca e para dentro de minha boca.

Eu tinha perdido o ritmo de quando Nick tinha pego o seu; alcancei o balde, prometendo a mim mesma que seria meu último punhado, sabendo que eu iria sofrer amanhã com o estômago inchado. Desta vez, toquei a parte de cima da mão de Nick. Senti-me como uma idiota, e tentei recuar rapidamente mais uma vez, mas desta vez Nick agarrou minha mão e entrelaçou seus dedos nos meus.

Ele olhou para mim e sorriu, e depois virou a cabeça de volta para a tela do cinema. Eu me sentei ali, atordoada - atordoada demais para me mover, atordoada demais para falar, atordoada demais para perceber o que estava acontecendo. Meu estômago começou a se transformar em nós, e eu podia ouvir meu coração batendo nos ouvidos, e minha temperatura corporal ficando mais quente.

Estava preocupada que minha mão começasse a suar, então tentei estabilizar minha respiração e acalmar meu corpo. Eu realmente queria começar a entrar em pânico e perguntar-lhe o que no mundo ele estava fazendo, mas algo no meu cérebro me impedia de fazer isso. No fundo, eu sabia que gostava dele e estava incrivelmente atraída por ele, mas isto estava errado.

Eu estava realmente desejando poder ler mentes, para poder descobrir o que estava acontecendo naquela cabeça dele. Mas, por minhas próprias razões egoístas, eu não ousava falar. Forcei-me a ver o filme, mesmo não prestando atenção... e deixei nossas mãos permanecerem entrelaçadas no balde das pipocas.

CAPÍTULO 12

O filme terminou e eu pensei que Nick soltaria a minha mão, mas ele não o fez. Eram dez horas e eu me sentia muito sonolenta, e não tinha vontade de lutar contra ele. Sem mencionar que meu estômago estava começando a doer por causa das pipocas. Manteiga e sal não eram uma coisa boa para se comer tão tarde da noite. Especialmente sem água para ajudar a descarregar o sódio. E o refrigerante não ajudou em nada a minha situação.

Ele rolou a janela, ao mesmo tempo em que Lily o fez: "O que vocês acharam?" Perguntou ele.

"Chato," Troy falou e Lily revirou seus olhos.

"Troy simplesmente não aprecia um clássico quando vê um," Lily provocou e Troy cutucou a costela dela divertidamente, o que fez Lily rir. "O que você achou dele, Nick?"

"Eu achei que era bom. Definitivamente era mais um filme para garotas, mas não foi muito ruim. Eu gostei."

"Ótimo, estou feliz. Acho que Troy e eu vamos comer um sorvete. Vocês querem se juntar a nós?"

Eu gemi calmamente, me sentindo cada vez mais me transformando em uma abóbora ao segundo, e Nick olhou para mim e sorriu. "Sabe, eu acho que desta vez vamos passar. Acho que Rosie está se sentindo muito cansada, então vou levá-la para casa."

"Cansada? Você está falando sério, Rosie? Você dormiu a tarde toda e ainda está tão cansada?" Lily questionou, soando irritada, mas eu não me importei.

"Você sabe que um cochilo me deixa mais cansada! Além disso, acho que comi muita pipoca," eu gemi e coloquei minha mão livre na testa.

"Você está bem?" Nick perguntou, baixo o suficiente para que só eu pudesse ouvir.

"Sim, eu acho que só preciso deitar," admiti e encostei minha cabeça ao assento e fechei os olhos.

"Oh, aposto que seu estômago dói muito," gritou Lily.

Obrigada, Lily.

"Amadora," brincou Troy, mas eu não respondi.

Eu estava me sentindo pior a cada minuto.

Nick estava me analisando atentamente, e eu pensei que ele podia dizer pelo meu rosto que eu realmente não me sentia tão bem.

"Muito bem, até logo. Obrigado pelo convite." Nick acenou e começou a fechar sua janela, mas depois ouviu Lily falar.

"De nada. Teremos que fazer isto novamente," disse ela, o que me tirou de minha dor o suficiente para me dar força e me inclinar para frente e olhar para ela por trás das costas de Nick.

Ela notou, mas rapidamente desviou o olhar. "Tchau, Nick. Vejo você em casa, Rosie. Estarei de volta à meia-noite."

Dei-lhe um polegar para cima, o que foi um pouco constrangedor já que Nick tinha minha mão esquerda e eu tive que chegar até ela para Lilly pudesse vê-la. Eu os vi saindo do estacionamento e Nick seguiu atrás, ainda segurando minha mão. Eu ainda estava muito chocada para falar enquanto ele dirigia pela estrada, de volta na direção do meu apartamento. Quando ele começou a acariciar minha mão com o polegar, foi quando eu vociferei. "Nick, o que você está fazendo?"

"O que quer dizer?" Ele perguntou inocentemente.

Eu bufei, e levantei nossas mãos entrelaçadas para mostrar o que eu queria dizer.

"Oh, entendo."

"Quero dizer, o que está acontecendo? Você não vai se casar? Tenho quase certeza que isto está fora dos limites da zona dos amigos," eu rugi, o que foi um pouco alto no carro e me senti mal, mas tive que me manter firme - ou melhor, sentar no meu assento com confiança. Então eu segurei meu estômago e senti como se fosse ficar doente.

"Uau. Rosie, você está bem?" Nick apertou sua mão na minha.

Não conseguia dizer se estava mais irritada com este gesto de afeto, ou se achava que era doce.

"Sinto que vou ficar doente," admiti e coloquei minha bolsa no colo, para o caso de eu realmente precisar dela, depois encostei minha cabeça na parte de trás do apoio de cabeça. "Eu comi muita pipoca."

"Ok, bem, aguente firme, estamos quase no seu apartamento," disse ele consoladoramente, mas meu estômago não estava aceitando.

"Certo," eu choraminguei e forcei de volta as lágrimas que queriam correr pelo meu rosto.

Em poucos minutos, paramos em frente ao meu complexo de apartamentos. Assim que Nick estacionou, ele saiu do carro, correu para o meu lado e abriu a porta.

"Como você está se sentindo?" Ele perguntou.

"Não consigo decidir se quero me deitar ou colocar meu rosto no vaso sanitário," gemi, e resisti ao impulso de vomitar.

Nick riu e se abaixou. "Bem, eu estou interessado em

ver como isso funciona. Vamos lá." Ele enrolou um braço nos meus ombros e enfiou seu outro braço debaixo dos meus joelhos e me puxou para fora - ele me levantou do carro tão facilmente, como se eu fosse uma pena.

"Uau! O q-que você está f-fazendo?" Eu gaguejei.

"Eu odiaria ver você tentar andar, então vou levá-la." Ele sorriu e me carregou como se não fosse nada demais.

Eu gemi. "Ok, bem, não balance muito; caso contrário, as coisas vão realmente começar a se mover."

Nick riu novamente: "Vou fazer o meu melhor. Onde estão suas chaves?"

"Deixe-me pegá-las." Peguei minha bolsa e tirei meu chaveiro que estava muito cheio. Tinha: minha chave de casa, a chave do correio, a chave da minha mãe, a chave extra da minha mãe, a chave da padaria, a chave do meu carro, a chave extra do carro da minha mãe, a chave extra do carro da Lily e um par de chaves misteriosas que eu não tinha descoberto. Eu ainda não estava disposta a jogá-las fora, porque toda vez que eu jogava algo fora, eu sempre acabava precisando delas. Lily gostava de me dizer que eu ia me tornar uma acumuladora.

"Aqui," eu estendi minhas chaves e percebi que ele não podia agarrá-las no momento. Ele estava me carregando; aparentemente, minha mente não estava toda lá. "Oh, não importa. Desculpe," eu me ri, me sentindo estúpida.

"Você está bem," disse ele. "Estamos quase lá de qualquer maneira." Ele parecia cansado, o que me fez sentir um pouco culpada, mas eu sabia que havia uma pequena chance de ele me derrubar.

Sorri para ele e apoiei minha cabeça em seus ombros, sentindo uma onda de náusea vir e fechando os olhos para combater a tentação de vomitar. Quando a onda de náusea acalmou, eu sussurrei: "Obrigada por me carregar."

"De nada, Rose," disse ele ternamente e me carregou até a porta da minha casa. "Muito bem, você acha que pode pegar essas chaves e colocar a chave certa na fechadura da porta?"

"Sim, eu acho que sim." Eu me atrapalhei com as chaves, pois ele me levou perto da porta.

Eu coloquei a chave e destranquei a porta.

Ele entrou no meu apartamento e ficou na porta. "Certo, aonde você quer ir? Descansar? Ou visitar o vaso sanitário?" Ele riu calmamente.

"Acho que quero me deitar," decidi e tentei descer, mas Nick se manteve firme. "Você pode me soltar agora."

"Tudo bem, vou te deitar," ele ofereceu e eu pensei que me acompanharia até o sofá, mas depois ele caminhou em direção aos quartos, o que me deixou desconfortável. "Qual é o seu quarto?"

"O que está à direita." Apontei fraco e agradeci a minhas estrelas da sorte por ter limpo meu quarto recentemente. Eu até tinha feito a cama naquela manhã.

Ele me deitou suavemente sobre minha cama e sentou na borda da cama. Ele parecia um pouco cansado e respirava um pouco mais pesado do que de costume. "Acho que me exercitei pelo o dia," ele provocou, endireitando as costas para esticar.

"Você precisa de água? O armário ao lado da geladeira tem copos, se você precisar de alguma coisa. Ou o que quer que você encontre na geladeira também é bom," eu ofereci e ele acenou com a cabeça.

"Isso realmente soa como uma boa ideia. Eu já volto. Você quer alguma coisa?" Ele perguntou.

"A água soa bem, obrigada," eu sorri.

"Está bem."

Eu o vi andando da sala. Enquanto ele estava fora, rapidamente tirei meus sapatos e meu casaco e joguei um cobertor solto sobre mim mesma. Puxei meu telefone para ver se Lily tinha me mandado mensagens, mas não havia mensagens. Ela provavelmente estava aproveitando algum tempo com Troy só para ela. Eu vasculhei meu telefone, esperando o retorno de Nick, ainda lutando contra as náuseas maciças que eu estava sentindo.

Eu ainda não conseguia entender o que estava acontecendo. Nick e eu tínhamos saído em um "quase-encontro," eu fiquei doente, e ele me carregou até meu quarto, e agora estávamos ambos no meu apartamento, *sozinhos*. Eu estava convencida de que não havia como Alisha ficar bem com isso.

Nick entrou de volta com um copo de água e entregou-o.

"Obrigada." Tomei um pequeno gole. Estava nervosa, que eu ia perturbar ainda mais o meu estômago, então decidi ir com calma na água.

"De nada. Como você está se sentindo?"

"Estou me saindo um pouco melhor agora que estou deitada. Obrigada por cuidar de mim. Eu não queria acabar com a noite de todos," eu disse, sentindo-me culpada.

Nick riu e sentou na beira da cama. "Você não o fez. As pipocas amanteigadas e salgadas podem machucar o estômago de qualquer um. Especialmente com a quantidade que você comeu."

"Ei!" Eu ri, fingindo estar ofendida por sua brincadeira, "eu estava com fome. Além disso, você também comeu muito, então por que seu estômago não dói?" Encostei na minha cabeceira e coloquei minhas mãos sobre meu estômago; estava começando a doer.

"É chamado de estômago de ferro," ele riu. "Você tem certeza de que está bem?" Ele parecia preocupado enquanto olhava minhas mãos.

"Passará, esperançosamente. Eu ficarei bem. Não é que eu não tenha estado doente antes," eu disse firmemente, tentando convencê-lo, e encolhi os ombros. "Aposto que me sentirei melhor amanhã."

"Muito bem." Ele sorriu e respirou fundo. "Bem, é melhor eu ir andando... está ficando tarde. Você precisa de alguma coisa antes de eu sair?" Ele ficou de pé e esperou pela minha resposta.

"Na verdade, sim. Meu iPad está na minha mochila junto ao sofá. Importa-se de pegá-lo para mim, por favor?" Eu me senti um pouco culpada por ter pedido que ele fizesse outra coisa.

"Claro, eu posso fazer isso, espere um pouco." Ele saiu da sala e voltou um momento depois. "Aqui está você, senhorita, o seu iPad." Ele o entregou.

"Obrigada. Estou pensando que preciso assistir a um filme para ajudar a relaxar e distrair desta dor de estômago," eu lhe disse, embora não tivesse ideia do porquê.

"Legal. Que filme você vai assistir?" Ele perguntou, como se eu tivesse despertado seu interesse. "Outro filme da Audrey Hepburn?"

Eu ri: "Não, eu estava pensando em *Sherlock Holmes*. É um filme tranquilo, onde eu realmente tenho que me concentrar, e ouvir as palavras e deduções. Normalmente me ajuda a dormir se estou tendo problemas para cair no sono, por isso espero que esta noite faça o truque."

"Bem, espero que funcione. Acho que nunca vi *Sherlock Holmes*," admitiu ele.

"Espere, o quê? Você *nunca* viu Sherlock Holmes? Ele é o melhor detetive já imaginado, e *Robert Downey Jr.* o retrata perfeitamente," eu exclamei, toda agitada, mas não pude evitá-lo. Eu era uma grande fã de mistérios.

"Uau, eu nunca a vi tão animada com algo," ele riu. "Já ouvi falar sobre ele, mas nunca cheguei a vê-lo."

"Bem, então um destes dias você vai ter que assistir e me avisar se você gostar," eu disse com naturalidade.

"Bem..."

"O quê?" Eu falei pausadamente.

"Que tal *agora*?" Nick perguntou cautelosamente.

"O quê?" Eu sussurrei, sentindo minhas sobrancelhas franzindo.

"Posso vê-lo com você agora?" Nick repetiu, parecendo claramente lamentar sua decisão de perguntar.

"Você tem certeza de que é uma boa ideia?" Perguntei com cuidado.

"Já assistimos a um filme. Duvido que um segundo filme faça muita diferença. Além disso, quero ter certeza de que você vai ficar bem," explicou ele, torcendo os dedos nervosamente.

"Se você o diz," eu encolhi os ombros. "Vamos assistir na sala de estar." Eu comecei a me levantar, mas ele balançou a cabeça. "O quê?" Eu perguntei, perplexa.

"Deixe-me levá-la lá fora," ele ofereceu.

"N-não, não, n-não," eu gaguejei.

Ele me ignorou e me pegou, nos levou para a sala, e me deitou no sofá.

Eu estava muito consciente de seus bíceps musculososs contra meu corpo e tentei manter meus pensamentos sob controle. "Talvez eu devesse mantê-lo por perto. Eu teria meu próprio táxi pessoal," eu brincava enquanto puxava um cobertor sobre mim.

"Estarei aqui o tempo que me quiserem." Ele sentou do outro lado do sofá e sorriu.

"D-devemos começar o f-filme?" Eu gaguejei, sem saber como responder a seu comentário.

"Claro, você tem todos os controles remotos de que precisa?"

"Sim, eu os mantenho aqui mesmo." Eu os alcancei. "Em cima do sofá." Liguei a televisão e olhei fixamente para Nick. "Estou curiosa para ver se você vai gostar deste filme. Posso ficar ofendida se você não gostar; é um dos meus favoritos."

"Bem, eu não vejo você como alguém com mau gosto

em filmes, então tenho certeza de que vou gostar," ele me garantiu e me viu preparar o filme.

Eu estava prestes a apertar o play quando dei uma olhada. Ele estava sentado calmamente, esperando por mim para começar o filme, parecendo muito satisfeito. Eu queria desesperadamente saber o que estava acontecendo em seu cérebro, mas ao mesmo tempo, eu estava preocupada com o que poderia descobrir se eu perguntasse. Aqui estávamos em meu apartamento, sozinhos, prestes a assistir a um filme no sofá, no escuro.

Eu tinha mencionado que ele estava noivo? Porque aquela informação gritante era algo que eu não podia deixar passar. Apesar de eu surtar por dentro, não pude deixar de sentir uma sensação de calma enquanto o observava. Ele sinceramente parecia feliz, e relaxado... sem mencionar que ele era tão bonito. Ele era, como diria minha mãe, "bom para os olhos."

Eu respirei fundo e apontei o controle remoto para a TV. "Você está pronto?" Perguntei e dei-lhe um meio sorriso.

"Estou pronto quando você estiver," Nick disse e acenou com a cabeça e eu tive que me lembrar de respirar.

"Ótimo," eu sussurrei e lhe dei outro meio-sorriso. Pressionei o filme e esperamos que ele começasse, sentados em silêncio, ambos claramente inseguros sobre o que dizer.

Após alguns momentos de observação do início dos créditos iniciais, ele decidiu quebrar a estranha quietude. "Como você está se sentindo?"

"Um pouco melhor. Meu estômago ainda está doendo bastante, mas não sinto mais a necessidade de pendurar minha cabeça sobre o vaso sanitário," respondi e dei uma mão sobre meu estômago quando ele começou a doer um pouco mais.

"Estou feliz que você esteja se sentindo um pouco

melhor. Pensei que ia ter que correr para levá-la para o banheiro. Eu estava me preparando para segurar seu cabelo e tudo mais." Ele começou a rir. "Estou feliz que não tenha chegado a isso. Não só porque eu não queria segurar seu cabelo, eu o teria feito, mas estou realmente feliz que você esteja se sentindo melhor," Nick reafirmou e sorriu novamente de uma maneira que fez meu coração pular uma batida e meu estômago doer ainda mais.

Não havia alguém que tivesse dito que o amor não era para os fracos de coração? "Isso é muito gentil da sua parte. Fico feliz que também não tenha chegado a isso." Fui interrompida pelo início do filme. "Oh, olha, está começando," eu apontei e parei de falar para que ele pudesse vê-lo em paz.

Não era o tipo de filme onde se podia falar o tempo todo e adivinhar o que estava acontecendo. Havia muita conversa e especulação, e isso exigia toda a atenção que uma pessoa podia dar para entendê-lo.

Decidi que ele era muito mais bonito do que *Sherlock Holmes*. Tentei ver o filme... Tentei mesmo. Não pude deixar de ir e vir entre vê-lo e olhar Nick, assim como fiz quando estávamos assistindo a *Bonequinha de Luxo*. Não sei por que, mas eu o achei tão divertido; seu rosto era muito expressivo. Mesmo que ele não falasse, ele podia falar muito bem através de suas expressões faciais. Ele era como um livro aberto.

Eu não sabia quando isso aconteceu, e certamente não queria que acontecesse, mas entre assistir ao filme e ele, eu adormeci. Devo ter adormecido sem me dar conta... e depois desliguei. Eu tinha um sono muito pesado e profundo; não havia nada que pudesse me acordar. E como eu adormecia no sofá regularmente, meu corpo estava bastante acostumado a dormir nele.

Acordei na manhã seguinte atordoada e confusa. Estava de cócoras devido ao sol que brilhava pela janela. Olhei ao redor da sala quando meus olhos puderam se concentrar e percebi que eu estava no sofá. Então pensei que meus olhos estavam pregando peças em mim, porque do outro lado, parecia que outra pessoa estava dormindo profundamente.

Primeiro, pensei que fosse minhas pernas, mas depois percebi que era outro corpo. Às vezes Lily gostava de sentar no sofá e observar algo antes de dormir, então eu imaginava que era ela. Mas então olhei mais de perto para o corpo adormecido, e percebi que o corpo era maior do que o de Lily. Eu não conseguia ver o rosto de onde estava deitada, então me dispus a sentar e ver que era Nick.

Eu cobri minha boca para me lembrar de ficar quieta e não acordá-lo. Vi suas pernas embaixo do mesmo cobertor que eu havia usado. Movi meus pés e percebi que minhas pernas estavam entre as dele. Isto era tão ruim.

Eu queria me levantar, mas como estávamos compartilhando um cobertor e nossas pernas estavam entrelaçadas, eu não queria que meus movimentos o perturbassem. Eu estava presa, mas sabia que precisava sair desta posição, e pronto. Eu não tinha ideia do que fazer, e sentia que meu cérebro não podia processar corretamente nada... porque um garoto tinha ficado no apartamento, novamente!

Procurei por meu telefone; eu sabia que o havia levado para o sofá quando Nick me carregou. Eu espreitei debaixo do cobertor, nos vincos do sofá e debaixo de mim, mas não consegui encontrá-lo. Olhei para além do sofá e o vi deitado no chão. Lentamente, cheguei até lá, tentando manter os movimentos a um mínimo, e consegui alcançá-lo com a ponta dos dedos.

Eu virei na tela e vi que havia uma mensagem de Lily. Dizia: "Você tem muitas explicações para dar." Ela tinha enviado a mensagem depois da meia-noite. Ela deve ter tido uma noite tardia com Troy.

Mandei uma mensagem de volta, dizendo que

estava acordada. A hora disse que era pouco depois das oito. Eu não esperava que Lily acordasse tão cedo porque, aos domingos, ela gostava de dormir o máximo que podia. Eu me instalei de volta no sofá e fechei os olhos, embora não sentisse sono, mas não sabia mais o que fazer.

Uma porta se abriu e minha cabeça levou um tiro direto, e eu vi Lily emergir do seu quarto. Ela tinha um sorriso no rosto e riu, balançando a cabeça. Eu podia dizer que ela pensava em mim como uma grande hipócrita e estava se divertindo no momento.

Ela caminhou para o sofá e olhou para Nick, que ainda estava dormindo. Ela levantou uma sobrancelha e gesticulou para Nick com seu queixo. Eu olhei para nosso convidado adormecido e depois olhei para ela, e senti minha testa coçar em confusão.

Ela se aproximou e se inclinou, ao meu lado. "Pelo aspecto de ontem à noite, as coisas devem ter corrido bem," disse ela, presunçosa e rindo silenciosamente

Eu a ataquei, mas ela já havia se afastado do caminho. Ela deu outro sorriso e voltou para o seu quarto.

Fiquei ali deitada, pensando no que ela havia dito e refleti. Se antes as coisas não eram confusas, agora com certeza eram. Fiquei pensando no que Nick havia pensado e me senti tentada a perguntar, mas não ousei. Eu queria saber onde Alisha estava e onde eles estavam em seu relacionamento. Afinal, eles iam se casar, então por que ele estava no *meu* apartamento, dormindo no *meu* sofá?

Eu não queria arruinar a felicidade de Alisha e Nick. Antes mesmo de eu entrar em cena, eles estavam felizes e decididos a se casar. Eu não sabia da relação deles ou do caminho para chegar onde eles estavam atualmente, mas não queria atrapalhar. Eles não mereciam isso, e eu me sentiria culpada por fazer isso pelo resto da minha vida. Nick e meu relacionamento, fosse o que fosse, precisavam estabelecer limites.

Não havia como eu ver Alisha ficar bem com Nick passando a noite com outra garota. Isso só me causaria problemas. As coisas precisavam ser ditas e, por mais que eu não quisesse, eu tinha que esclarecer as coisas.

Eu lentamente puxei minhas pernas de entre as dele, levantei-me, e silenciosamente fui ao banheiro e escovei meus dentes. Eu até usei o enxaguante de minha irmã para um frescor extra, pois percebi que tinha um hálito matinal sério. Escovei meu cabelo loiro bagunçado, puxei-o para cima em um rabo de cavalo alto e limpei a maquiagem manchada sob meus olhos. Eu não queria parecer uma bagunça completa quando Nick acordasse, por mais frustrada que eu me sentisse com ele.

Silenciosamente, deixei o banheiro e encontrei Nick sentado, penteando o cabelo com os dedos.

Caminhei por ali e fiz contato visual. Seus olhos ainda pareciam um pouco sonolentos, mas ele me cumprimentou com um sorriso de qualquer maneira e riu. "Bem, eu não esperava que isso acontecesse ontem à noite," sussurrou ele.

"Sim, isso foi a última coisa que eu esperava que acontecesse," concordei e sentei na extremidade oposta do sofá.

"Como você se sente esta manhã?" Ele perguntou e esfregou os olhos.

"Estou me sentindo muito melhor. Meu estômago não dói mais, então isso é bom." Comecei a girar meus polegares por nervosismo.

"Estou feliz que você esteja se sentindo melhor. Desculpe, eu não queria adormecer. Eu realmente entrei no filme e não queria parar de vê-lo depois que você adormeceu, mas, conforme ele foi chegando ao fim, acho que desmaiei." Nick virou-se para mim, de modo que ele estava olhando diretamente para mim.

"Sinceramente, não era minha intenção. Eu deveria ter saído mais cedo... enquanto me sentia sonolento."

"Está tudo bem. Foi um erro inocente. Troy fez a mesma coisa há algumas semanas, na verdade," eu o informei, embora não soubesse o motivo. Eu tinha a tendência de compartilhar mais informações do que o necessário quando estava nervoso.

"Huh... isso é irônico," ele respondeu honestamente e esticou seus braços.

"Nick," eu disse lentamente e respirei fundo, tentando encontrar coragem para dizer o que eu sentia que precisava dizer.

"Sim, Rosie?" Nick disse lentamente para me provocar, mas eu não estava com disposição para brincadeiras.

"Eu sei que você não queria ficar por aqui. Foi um acidente, entendo isso, mas duvido muito que Alisha vá ver assim," eu disse com cuidado e o observei de perto.

Ele parecia estar um pouco tenso, mas permaneceu imóvel.

"A noite passada foi muito divertida e eu realmente gosto de passar um tempo com você. Mas acho que, para o bem de seu relacionamento, não devemos sair assim novamente. Não quero comprometer seu futuro com Alisha."

"Rosie, está tudo bem. Ela vai entender. Se ela perguntar, eu explicarei tudo e ela saberá que tudo isso foi por inocência. Éramos apenas amigos que saíram, vendo alguns filmes, certo?" Nick perguntou, levantando uma sobrancelha, mas eu balancei a cabeça.

"Os amigos não se sentam em um carro sozinhos, dão as mãos ou têm sentimentos pela outra pessoa." Eu olhava para minhas mãos, não me atrevia a olhar para ele.

"Você tem sentimentos... por mim?"

Eu olhei para ele e não sabia o que dizer. Não consegui encontrar as palavras. Ele me olhou com um olhar de esperança e de ânsia para ouvir minha resposta, mas eu me recusei a esclarecer o que eu havia acabado de revelar. "Não importa, Nick. Você vai se casar."

Fiquei de pé, me sentindo emocionada, e respirei fundo para lutar contra a vontade de chorar. "Acho melhor você ir embora." Senti meus lábios começarem a tremer. A respiração estúpida não estava funcionando e minhas emoções estavam levando a melhor sobre mim.

Nick ficou de pé com um olhar de preocupação e caminhou lentamente na minha direção. "Rosie," disse ele com carinho, mas eu me afastei e balancei a cabeça.

"Não, Nick. Não podemos fazer isso. É muito complicado. Não vou estragar isso para você," eu disse e senti lágrimas escorrerem pelo meu rosto.

Nick ficou ali, me observando chorar, com um olhar de dor no rosto. Seus braços ainda estavam ligeiramente esticados e ele parecia querer me abraçar e me confortar e parte de mim queria isso - mas eu podia dizer que ele também estava tentando respeitar meus desejos. "Rosie, você pode me deixar falar por um minuto? Deixe-me explicar," ele suplicou.

Novamente, balancei minha cabeça. "Por favor, saia. Você só está tornando isso mais difícil para mim. Por favor," eu implorei, mas ele não se mexeu. Eu mal podia mais ficar olhando para ele, pois continuava limpando lágrimas do meu rosto na tentativa de não parecer uma bagunça, mas não estava funcionando.

"Nick, acho melhor você ir," disse uma voz atrás dele.

Vi Lily ali de pé, firme e confiante. Ela parecia muito melhor do que eu estava neste momento. Olhei para Nick, que parecia magoado e chateado, mas decidiu finalmente respeitar meus desejos.

Ele abaixou os braços e passou pela sala de estar, abriu a porta da frente e se foi, como se nunca tivesse estado lá. Meus joelhos se dobraram e eu me ajoelhei no chão, coloquei minha cabeça nas mãos e comecei a soluçar. Senti os braços de Lily me envolverem em um esforço para me confortar. Eles me ajudaram, mas não conseguiram fazer totalmente isso.

Os únicos braços que eu desejava que estivessem ao meu redor, eram do Nick, mas eu não podia tê-los. Eles pertenciam à Alisha, e eu teria que aceitar isso e seguir em frente.

CAPÍTULO 13

*N*ão vi nem tive notícias do Nick durante as próximas semanas. Eu trabalhava quase todos os dias na padaria para me manter ocupada e me impedir de pensar no Nick, então entre o trabalho e a preparação para a graduação, eu era uma mulher ocupada.

Lily e eu decidimos manter a saga Nick-e-Rosie entre nós, e não contar à minha mãe. E tivemos que conversar com Troy e garantir que ele também não abrisse sua boca grande. Uma vez que aquele menino começava a falar, não havia como impedi-lo.

Como minha formatura estava acontecendo no final da semana, na quinta-feira, para ser exata, mamãe me pediu para fazer a massa para os cookies da Alisha e cortá-los e colocá-los na geladeira para que estivessem prontos para serem assados. Na quarta-feira, ela me pediu que os assasse e os enchesse de glacê, para que secassem no dia seguinte enquanto estávamos na minha cerimônia de formatura.

Os cookies com glacê eram uma daquelas coisas que eram um mal necessário. Eram lindos, mas demoraram toda a semana para completar todos os passos necessários para finalizar os detalhes e aperfeiçoar o design. O plano de minha mãe era terminar a cobertura e a decoração dos biscoitos na sexta-feira e depois entregá-los no sábado de manhã para o chá de panela. Ela me disse que eu não precisava fazer a entrega, o que eu estava muito grata.

Minha cerimônia de formatura aconteceu na quinta-feira e mamãe, Lily e Troy compareceram à cerimônia. Por sorte, foi mais curta do que eu pensava, mas a cerimônia tomou uma guinada quando vi Nick e Alisha juntos, posando para fotos de formatura com suas famílias. Vê-lo fez meu estômago girar, e uma vez que alcancei minha família, eu os encorajei a sair imediatamente.

Minha mãe não entendia porque tínhamos que partir tão rapidamente e estava relutante, mas uma vez que mostrei a Lily e Troy do que eu estava tentando fugir, eles me ajudaram a fazê-la partir. Eu era uma mulher livre, e nunca mais tinha que ir à faculdade, a menos que eu também quisesse, o que não queria. Mesmo que eu tivesse me formado e terminado tudo, e pudesse fazer o que quisesse também, me senti mais perdida do que nunca.

Isto não melhorou quando minha mãe convidou Lily, Troy e eu para jantar no dia seguinte à minha formatura. Ela disse que era muito importante e que todos nós precisávamos estar lá. Ela acabou fechando a padaria cedo, o que ela quase nunca fez, mas como nós quatro éramos os únicos que podíamos fechar, ela realmente não tinha muita escolha. Troy nos encontrou em nosso apartamento e nós três fomos no carro da Lily para a mamãe.

"Eu me pergunto o que mamãe quer. Não era normal ela nos convidar para um jantar formal em uma sexta-feira à noite. Juro que ela me ligou três vezes hoje para ter certeza de que estávamos todos chegando, o que foi realmente estranho," pensou Lily em voz alta. "Normalmente ela só espera que voltemos para casa no fim de semana e depois podemos passar um tempo com ela. Ela foi muito persistente que jantássemos em casa e precisava vir às seis horas em ponto."

"Você não disse que ela parecia nervosa ao telefone?" Troy a lembrou.

"Sim, ela parecia. Eu esqueci disso. Tentei perguntar a ela o que estava errado, mas ela insistiu em virmos e disse que poderíamos conversar," reiterou Lily enquanto continuava dirigindo na direção de nossa antiga casa de infância.

"Ela também parecia um pouco desligada no trabalho. Quase como se ela estivesse distraída. Eu pensei que ela estava apenas concentrada em tentar se preparar para os pedidos do casamento, mas talvez não seja isso. Há algumas semanas, tentei ir até em casa e sair com ela. Fiquei acordada para esperar por ela, mas nunca a vi voltar para casa. Acabei adormecendo, e na manhã seguinte ela fingiu que nada estava errado. Foi bizarro," eu lhes disse enquanto observava as casas passarem.

"Hmm, isso é estranho. Ela nunca gostou de ficar fora até tarde. Por que você não me disse isso antes?" Lily perguntou, parecendo frustrada por eu ter escondido dela informações sobre mamãe.

"Eu meio que me esqueci de lhe dizer, e depois aconteceu tudo o que aconteceu com o Nick," respondi, e fiquei muito calada.

Depois daquela manhã, Nick saiu, Lily e eu não tínhamos falado muito sobre ele. Presumi que ela tivesse dito a Troy para fazer o mesmo, porque ele não se preocupou em trazê-lo à tona. Fiquei grata por ele não o ter feito, porque eu ainda estava no meu processo de cura.

"Você tem notícias dele?" Lily perguntou casualmente.

"Não, eu não tenho," eu sussurrei e pisquei lágrimas que queriam escapar dos meus olhos, mas me recusei a deixá-las fluir.

"Sinto muito, mana," disse ela em silêncio e me olhou pensativamente através do espelho retrovisor.

"Eu também, Rose. Pelo que vale, eu acho que ele gostou muito de você. Talvez mais do que isso..."

Lily tocou seu braço, movendo-o para parar de falar. Ela sabia que qualquer conversa sobre Nick me trazia água instantânea aos olhos.

"Está tudo bem, pessoal. Só não estava destinado a ser. Afinal, ele propôs a Alisha e queria se casar com ela. Essa foi a escolha dele. Eu só o apoiei e no final tornei tudo mais fácil para ele. Eu não queria atrapalhar a felicidade deles." Minha voz quebrou no final.

Troy deve ter ouvido, porque ele estendeu seu braço para trás e estendeu sua mão para que eu pegasse.

"Você fez a coisa certa, Rose. Nunca deveríamos tê-lo encorajado," disse ele com pesar e acariciou as costas da minha mão com seu polegar.

Se este fosse qualquer outro cara, eu questionaria este tipo de contato físico. Entretanto, Troy era como o melhor amigo e irmão que eu nunca tive, e isso nunca incomodava Lily. Ela sabia que ele gostava de mim, mas de uma maneira diferente.

"Está tudo bem, Troy. Foi inocente. Você só queria que eu fosse feliz, e eu aprecio isso. Só não é a minha hora, eu acho. Um dia encontrarei o amor, ou espero que ele me encontre. Eu não tenho pressa. Tenho toda a minha vida para procurá-lo. Agora, preciso me concentrar no que quero fazer com minha vida," lamentei e depois sorri para Troy.

"Você vai descobrir, eu não tenho dúvidas." Ele sorriu de volta e pegou sua mão para segurar a de Lily, entrelaçando seus dedos com os dela.

"Espero que sim," murmurei e vi Lily e Troy trocarem olhares preocupados. Eu odiava quando eles se preocupavam comigo. Olhei pela janela e fiquei em silêncio o resto da viagem de carro.

Troy e Lily começaram a falar sobre algo, mas eu não

me importava em ouvir ou me envolver na conversa. Eu tinha outras coisas em minha mente.

Chegamos em casa e havia outro carro na entrada que eu não reconheci. Era uma caminhonete Dodge novinho em folha e se destacava em comparação com os outros carros na estrada. Nenhum deles parecia tão novo e bonito quanto esta caminhonete. Foi definitivamente projetado para ser um carro cintilante, com sua cor vermelha brilhante e pneus grandes. Quem quer que dirigisse esta caminhonete queria exibi-la. A pergunta era: por que ele estava na entrada de minha mãe?

"Vocês reconhecem aquela grande caminhonete vermelha?" Eu perguntei aos dois pombinhos, mas eles balançaram a cabeça.

"Não, eu não," respondeu Lily.

Troy assobiou. "Eu também não, e tenho quase certeza de que me lembraria disso. Essa caminhonete é uma beleza!"

"Você pode parar de babar, Troy," disse Lily sarcasticamente e estacionou na estrada.

Minha mãe nunca estacionou na garagem porque ela tinha sua área de exercícios montada ali, então com seu carro na entrada, e aquela grande caminhonete detestável, tivemos que estacionar na estrada.

Troy revirou os olhos e desenroscou o cinto de segurança. "Eu guardo minha baba para você, querida," ele riu e eu fingi vomitar. Esta não era uma conversa que eu precisava ouvir entre os dois.

"E com essa nota, estou fora do carro." Eu saí e ouvi Lily tirar o cinto de segurança.

"Você pode guardar essa baba para si mesmo, seu nojento," Lily gracejou e saiu do carro depois de mim.

"Eu estava apenas brincando," insistiu Troy, mas Lily revirou seus olhos para ele. Ela parecia fazer muito isso com ele.

Nós três caminhamos até a porta da frente e Lily

bateu. "Espero que estejam todos prontos," murmurou ela.

"Pronto para quê?" Eu questionei.

Nesse momento, a porta se abriu e mamãe respondeu com um homem ao seu lado; ele estava sorrindo com o maior sorriso que eu já havia visto. O cara também tinha os dentes mais brancos que eu já havia visto. Ele era facilmente mais alto que minha mãe e tinha sua mão confortavelmente apoiada no ombro dela. Seu cabelo era meio loiro, meio grisalho e começava a ficar fino na parte de cima, mas ele tinha tentado cobri-lo com a maneira como havia separado o cabelo de lado.

Além daqueles dentes brancos cintilantes, sua característica mais notável tinha que ser seus olhos azuis; pareciam muito amigáveis e tinham rugas ao redor, o que me levou a acreditar que ele era um homem que gostava da vida. Ele me fez lembrar Donald Trump, mas mais alto, menos cabelo e muito menos laranja. Na verdade, ele era mais pálido do que qualquer um na sala.

"Olá, pessoal! Entrem," ela acenou e eu fiquei boquiaberta.

Eu não podia acreditar; mamãe tinha um namorado!

Nós três entramos, e eu fui imediatamente atingida por aromas de comida deliciosa. Senti meu estômago resmungar e, por um momento, esqueci que havia um homem na cozinha de minha mãe, ajudando com o jantar. Olhei para a mesa da sala de jantar e vi que estava posta com os pratos "chiques" de minha mãe. Ela estava realmente exagerando.

"Por que vocês não encontram um lugar à mesa, e nós levamos o jantar até vocês?" Mamãe sugeriu. "Mas primeiro, Lily, você vai pegar os rolos de pão para o jantar?"

"Claro, mãe" Ela trouxe a cesta de pães para a mesa.

"Obrigada, querida. Fiz assados, purê de batata, feijão verde e uma deliciosa salada de cranberry e maçã. E sim, Rosie, eu fiz molho, assim como você gosta." Minha mãe sorriu e colocou o molho no meio da mesa. O cheiro estava delicioso.

"Obrigada, mãe," eu sorri para ela pela metade e sentei no final da mesa.

Lily e Troy sentaram-se em um lado da mesa e a mãe e seu namorado ficaram ao lado da mesa; o cara tinha seu braço ao redor dela.

"Vão em frente e comam, pessoal! Quero apresentar-lhes este homem maravilhoso. Este é Hank," minha mãe o apresentou. "Hank, esta é minha filha Lily e seu namorado, Troy. Ele trabalha na padaria conosco, e esta é minha mais velha, Rosie. Rosie é a que se formou na faculdade ontem. Hank e eu temos namorado nas últimas semanas."

Hank estendeu sua mão para cada um de nós e nos deu um sorriso muito grande. Uma vez terminadas as apresentações, mamãe e Hank ocuparam seus lugares um ao lado do outro na mesa. Foi tudo muito embaraçoso. Claramente, minha mãe não estava familiarizada com a forma de namorar com seus filhos e de agir como uma pessoa normal.

"Prazer em conhecê-los a todos. Ouvi falar muito de vocês." Hank sorriu alegremente e acenou com a cabeça para cada um de nós enquanto colocava uma grande colher de molho em seu purê de batata.

"Engraçado, eu não ouvi nada sobre você," eu apontei e me inclinei para trás em minha cadeira e olhei fixamente. Eu não gostava de surpresas.

"Oh, diga-nos, como se conheceram?" Lily me deu um olhar de alerta e sorriu para Hank.

"Na verdade, nos conhecemos naquela aula de pintura a que fui há algumas semanas. De fato, ele era o professor," ela nos informou, sorrindo.

"Uau, isso é fantástico! Então, Hank, você é um artista?" Lily perguntou, parecendo impressionada.

"Sim, em tempo parcial. Eu trabalho como advogado em uma firma aqui na cidade. Pintar é algo que eu gosto de fazer no meu tempo livre. Você sabe, algo para aliviar o estresse do dia-a-dia," explicou Hank.

"Isso é legal. Eu costumava gostar de desenhar, mas não o faço há séculos," Troy acrescentou, e Lily parecia contente por ele querer participar da conversa.

"Alguém pode me passar o molho, por favor?" Eu pedi em voz alta para que eu pudesse parar a conversa. Desta vez, mamãe me deu uma olhada, questionando minha rudeza, e passou o molho que eu havia pedido.

"Aqui está, Rosie. Você precisa de mais alguma coisa?" Ela me pediu secamente.

"Não, eu acho que posso alcançar o resto. Obrigada, mãe." Eu sorri como se nada estivesse errado, coloquei uma grande colher de purê de batata no meu prato, junto com um rio de molho. Em seguida, dei uma garfada enorme e sorri novamente.

Lily revirou os olhos e Troy olhou como se ele estivesse prestes a se rir.

"Ótimo." A boca da minha mãe esticou e eu sabia que ela não estava entusiasmada comigo.

O resto da conversa foi tudo sobre Hank e seus quadros. Foi um verdadeiro aborrecimento e eu não consegui aguentar ouvi-lo. Embora, quando minha mãe me pegou parecendo completamente desinteressada, ela deu um olhar, então eu fingi que gostava de ouvir sobre a obra de arte de Hank e seus anos como pintor.

Lily foi super simpática e fez muitas perguntas, Troy comentava alguma coisa de vez em quando e fez algumas observações espirituosas. Eu, eu fiquei em silêncio. Eu não gostava de pessoas se escondendo pelas minhas costas, guardando segredos, e minha mãe tinha guardado este por um bom tempo; ela teria que se explicar.

Quando Hank se desculpou para ir ao banheiro depois de terminarmos de comer, mamãe girou a cabeça, me olhou com desconfiança, e sussurrou duramente: "Qual *é* o seu problema?"

"*Meu* problema?" Eu sussurrei em troca: "Você tem este namorado supersecreto há quanto tempo? E você *só agora* está nos dizendo? Se alguma coisa, eu tenho todo o direito de ter um problema!"

"Não seja tão dramática, Rosie!" Ela sibilou. "Estava preocupada com a reação de vocês duas e não parava de adiar o encontro com ele. Aparentemente, eu não tinha nada com que me preocupar," disse ela sarcasticamente, e colocou uma mão na cabeça dela "Você pode ao menos fingir ser simpática?"

"Bem, desculpe-me! Sinto como se todos vocês estivessem se esgueirando nas minhas costas com todas as suas relações. Primeiro, descobri sobre Lily e Troy há algumas semanas e eles já namoravam há quase um mês quando descobri..."

"Ei, não nos envolva nisso," Lily retorquiu calmamente, me cortando, mas eu a ignorei.

"Agora você, mãe? Eu sinto que todos vocês estão tentando colocar esta grande bolha ao meu redor e têm que mentir para me proteger," eu usei citações aéreas. Lily odiava quando eu fazia isso: "E eu odeio isso. Sou uma adulta, posso lidar com essas coisas, e prefiro muito mais que vocês sejam francos sobre o que está acontecendo com vocês do que me manter no escuro... especialmente quando vocês têm homens novos em suas vidas! É uma *grande* coisa!"

"Olha só quem fala," Lily murmurou e eu a olhei com todos os ossos raivosos do meu corpo.

"Desculpe-me?" Inclinei minha cabeça e estreitei meus olhos.

"Não somos os únicos que temos guardado segredos. Você tem escondido essa coisa com Nick da mãe este tempo todo," ela gritou, atirando-me completamente para debaixo do ônibus.

Eu queria jogar meu copo na cara dela. "Isso é diferente. Nunca estivemos juntos; foi naquela noite e, depois disso, eu lhe disse que não devíamos mais sair assim! Não é como se ele fosse alguém importante na minha vida... como Troy ou Hank!" Eu olhei para minha mãe e ela parecia como se rodas estivessem girando na cabeça dela.

"Nick quem?" Ela sussurrou, e então a lâmpada se fundiu. "Oh não, você *não* está falando de Alisha..."

"Sim, esse Nick," esclareceu Lily, e agora eu queria jogar meu copo *e* prato nela.

"Você saiu com o Nick? Ele é praticamente casado," gritou minha mãe, mas antes que qualquer outra coisa pudesse ser dita, Hank voltou para a sala de jantar e sentou.

"Bem, devemos limpar a mesa e preparar a sobremesa?" Perguntou-lhe ele, e ela colocou seu melhor sorriso falso.

Ela foi claramente apanhada desprevenida, mas fez o seu melhor para escondê-lo do Hank. "Sim, isso parece uma grande ideia." Ela sorriu e se inclinou perto, murmurando baixo o suficiente para que só eu pudesse ouvir. "Tirar as facas de cima da mesa é provavelmente uma decisão sábia."

Revirei os olhos e me levantei, e peguei meus pratos para enxaguar na pia. Troy levantou atrás de mim e me seguiu para fazer o mesmo, e depois Lily.

Eu me virei e olhei para minha irmã, mas ela se recusou a encontrar meus olhos. Voltei para a mesa e esperei que mamãe trouxesse a sobremesa. Normalmente, eu oferecia minha ajuda, mas no momento eu não estava com disposição de estar perto de minha família. Infelizmente, isso significava que eu estava compartilhando a mesa com Hank por enquanto.

"Então, Rosie, quais são seus planos agora que você se formou?" Ele perguntou.

Eu odiava esta pergunta. "Eu não sei. Acho que vou continuar trabalhando com mamãe na padaria e me transferir para o trabalho em tempo integral, para que ela possa se concentrar mais em seu próprio trabalho em tempo integral. Eu também tenho andado dando voltas à ideia de viajar um pouco pela Europa," eu lhe disse, e isto pareceu chamar a atenção de todos os outros.

"Espere, o quê?" Perguntou minha mãe.

"Sim, eu nunca ouvi você mencionar isso," acrescentou Lily.

"Bem, você nunca perguntou," eu atirei de volta. "Tenho pensado em dar a mim mesma meu pequeno presente de formatura e viajar pela Europa. Talvez fazer algumas aulas de confeitaria na França. Comer uma pizza deliciosa na Itália."

"Quando você acha que vai embora?" Perguntou minha mãe com a sobrancelha franzida.

Eu respirei fundo: "Bem, eu estava pensando em ir logo após o casamento de Nick e Alisha. Sei que você precisa da minha ajuda com isso, por isso não queria partir antes disso."

"E você vai sozinha?" Ela questionou, tentando claramente processar o que eu lhe disse.

"Sim, eu vou. Quem mais virá comigo? Eu não tenho um Troy ou um Hank para ir comigo."

Depois de ter feito esse comentário, Lily e mamãe se deslocaram desconfortavelmente em seus assentos. Hank olhou para minha mãe com uma expressão confusa e Troy parecia culpado.

"Eu quero ir, e fazer algo divertido, antes de começar a trabalhar tanto."

"Falaremos mais sobre isso mais tarde; enquanto isso, vamos comer um pouco de bolo. Estou experimentando um novo sabor de bolo que quero que todos vocês experimentem." Ela começou a cortar o bolo e nos serviu a todos fatias.

"Legal! Eu adoro experimentar novos sabores!" Troy disse entusiasmado, tentando alegrar o ambiente.

"Eu não sabia que você estava testando receitas, mãe. Que sabor é este?" Lily perguntou, examinando sua fatia. "Cheira muito bem."

"Este é um bolo de framboesa e limão com uma crosta fina de biscoito. É um bolo de limão com cobertura de framboesa e biscoito crocante fino dentro do recheio do bolo para textura," explicou ela e deu uma dentada. "E cobertura de merengue tosteado. Eu queria algo que se assemelhasse ao sabor de uma torta, mas em forma de bolo. Eu comi uma sobremesa semelhante a esta quando saí com Hank na outra noite. Foi a minha inspiração."

Dei uma mordida e fiquei surpresa com a quantidade de sabor; a acidez do limão, a doçura da cobertura de framboesa e o biscoito crocante deram a ele uma textura divertida de um bolo que de outra forma seria suave. Era bastante delicioso. "Mãe, isto é muito bom. Eu amo o biscoito. Ajuda a suavizar a doçura."

"Eu também. Este creme de manteiga de framboesa é delicioso. Provavelmente um dos meus favoritos que você fez," Lily elogiou-a dando outra mordida. O glacê sempre foi sua parte favorita do bolo.

"Muito bom, Karen," Hank também a elogiou enquanto apertava a mão dela. "Acho que este é o melhor bolo que já comi."

"Eu concordo! Posso comer outra fatia?" Troy perguntou inocentemente.

Eu bufei e dei outra mordida. Clássico de Troy.

"Com certeza você pode. Eu certamente não posso comer este bolo inteiro," respondeu minha mãe, cortando outro pedaço para ele.

"Bem, minha querida, eu adoraria ficar para outro

pedaço, mas é melhor eu ir andando. Muito obrigado por me convidar para jantar... estava tudo delicioso e foi maravilhoso conhecer vocês três." Ele sorriu e deu um beijo na bochecha de minha mãe, que fez minha pele rastejar.

"Deixe-me acompanhá-lo até a porta," ela se ofereceu e ficou de pé para levá-lo até a porta da frente.

Assim que saíram da sala, aproveitei a oportunidade para pular em cima da minha irmã. "De que se tratava tudo isso? Pensei que íamos manter toda a situação do Nick em segredo! Você me atirou totalmente para debaixo do ônibus! E na frente do Hank, apesar de tudo! Esse foi o jantar mais embaraçoso da minha vida."

"Você jogou a mim e a Troy debaixo do ônibus também!" Lily retorquiu, mas eu a acenei.

"O seu não foi tão grande coisa quanto o meu! Nick é um homem casado e um cliente da mamãe! Você e Troy namorando não é tão importante quanto a coisa de eu e Nick," eu reclamei e empurrei meu bolo para longe. Eu não estava mais com vontade de comer.

"Bem, ela precisava saber. Não devemos esconder coisas dela," argumentou Lily, claramente ficando mais chateada e notei que Troy descansou sua mão sobre sua coxa para confortá-la.

"Essa não era a sua coisa para compartilhar! Eu estava planejando contar a ela. Estava apenas tentando me dar um pouco mais de tempo para superar isso e pensar em como explicar," eu me agitava, exasperada. "Você não percebe que ainda estou tentando superar tudo isso! Não foi fácil para mim e ainda estou lutando. Vi o idiota na cerimônia de formatura, sendo aconchegante com Alisha e tirando fotos um com o outro e suas famílias. E isso doeu.

"Eu gosto de um cara que está planejando se casar em quanto tempo, uma semana agora? A parte triste é que eu não apenas gosto dele. Eu *realmente* gosto dele, e tive que dizer-lhe que não queria mais vê-lo, o que é a última coisa que eu queria dizer a ele. E depois você vai e abre a boca para mamãe!" Eu parei de falar, porque me senti muito emocionada, e me forcei a ficar sob controle.

"Rosie, sinto muito. Eu não fazia ideia." Lily pareceu sobrecarregada com a culpa.

"Não, você não faz. Mas, mais uma vez, não entendo por que é algo que você não conseguia descobrir sozinha," eu atirei nela e cruzei os braços.

Lily olhou para baixo e não sabia o que dizer. Um silêncio constrangedor caiu sobre a mesa, até que mamãe voltou a entrar, parecendo tão frustrada quanto eu jamais a havia visto.

"Muito bem, pessoal, o que está acontecendo? Rosie, você tem muitas explicações a dar e ninguém vai embora até eu obter respostas."

"Tenho que falar sobre isso agora mesmo? Eu realmente não quero," admiti e coloquei minha cabeça nas mãos e olhei fixamente para a mesa.

"Tudo bem, se você não quiser, Lily pode me dizer?" Ela pediu e esperou por mim para responder.

Eu simplesmente acenei com a cabeça e ouvi a voz da mamãe dirigida a Lily. "Muito bem Lily, desembucha."

Lily respirou fundo e começou a contar tudo o que havia acontecido entre mim e Nick - com a ajuda de Troy também, já que na maioria das vezes quando eu estava com Nick, Troy estava lá por acaso.

Ela começou com a primeira vez que ele entrou na padaria, na mercearia, na festa onde eu dei um soco no Jake, quando Nick me encontrou no café, e fomos ao filme drive-thru, e depois tudo o que aconteceu em nosso apartamento.

Eu olhava para cima de vez em quando, para ver as expressões faciais da minha mãe, e sua aparência variava de choque a surpresa a confusão. Houve segundos em que ela parecia chateada, mas ela rapidamente se livrou da consternação visível; acreditei que ela pensava que se soubéssemos que estava chateada, pararíamos de lhe contar tudo, ou pelo menos cortaríamos a quantidade de detalhes.

Quando Lily terminou de contar tudo, mamãe respirou fundo e se inclinou para trás em sua cadeira. "Então, tudo isso tem acontecido nas últimas semanas, e você não disse nada? Por quê?" Ela olhou para mim, sua testa enrugada de preocupação e confusão.

Eu suspirei, exasperado. "Porque não queria que você se preocupasse ou se estressasse. Ele é um cliente e eu não queria que você pensasse que eu estava tentando arruinar esta grande encomenda para você." Olhei para a mesa, sem querer olhar para o rosto da mamãe.

Inesperadamente, eu senti uma mão quente tocar a minha e vi que mamãe estava sorrindo. "Rosie, eu sei que você nunca faria isso. Parece que tudo o que aconteceu foi inocente, além de Troy convidar Nick para o cinema e vocês quatro inadvertidamente tendo um encontro duplo!"

Ela girou a cabeça para olhar para Troy e ele afundou em seu assento e escaneou o teto, sentindo-se claramente culpado. "Tudo isso parece que ele a procurou e realmente queria estar ao seu redor, Rosie. Não há nada que você pudesse ter feito, exceto o que você fez, e isso foi dizer a ele que vocês não podiam mais sair juntos. Não consigo imaginar como deve ter sido difícil para você, e tenho muito respeito por você por fazer isso."

Ela apertou minha mão de forma encorajadora e eu lhe dei um pequeno sorriso. "Obrigada, mãe."

"Então, só tenho que esclarecer, para realmente dar sentido a tudo isso, você gosta dele?" Ela perguntou hesitante e me considerou de perto.

Eu acenei com a cabeça. "Sim."

"E esta pode ser uma pergunta estúpida, mas será que *ele* gosta de *você*?"

Lily acabou respondendo por mim e bufou: "Oh sim, mãe. Ele está caidinho por ela."

Observei os lábios de nossa mãe franzirem e ela se sentou em sua cadeira por um momento e me encarou, pensando profundamente. Ela soltou minha mão e apertou suas próprias mãos e torceu seus polegares. "Rosie, o que você quer fazer a respeito do casamento na semana que vem? Eu não só tenho o bolo para me preocupar, mas também tenho os doces para fazer para o café da manhã tardio mais cedo naquela manhã. Se você não quiser fazer parte deste casamento, eu entendo."

Eu abanei a cabeça. "Não. Se eu não o fizer, vai parecer estranho. Alisha e Nick estão esperando que eu esteja lá com você, ajudando. Se eu não aparecer, eles vão saber que algo está acontecendo. Preciso ver isto até o fim. Vai haver muitas vezes em que vou ter que trabalhar com um cliente que não quero também, e vou precisar lidar com isso. Isto será apenas uma boa prática."

"Você está chamando isso de prática? Parece mais uma tortura," disse Troy, cruzando seus braços.

Lily deu-lhe um empurrão no braço e um olhar sujo.

Mamãe o ignorou e olhou para mim. "Enquanto você tiver certeza, continuaremos a nos preparar para o casamento. Temos muito o que fazer na próxima semana."

"Tenho certeza, mãe. Não vou deixar você para trás... isso não seria certo." Tentei soar como se tivesse certeza, mas consegui ouvir a dúvida em minha própria voz.

"Está bem," disse ela e me deu um sorriso. "Vai ficar tudo bem. Agora, quando você ia me contar sobre esta viagem à Europa?"

"Eu não sei. Depois daquela coisa toda com Nick e da cerimônia de formatura de ontem, imaginei que agora seria um momento tão bom quanto qualquer outro para aproveitar a oportunidade de fazer algumas viagens antes de me comprometer com a padaria em tempo integral," disse eu.

"E você está realmente planejando ir sozinha?" Ela perguntou, parecendo descontente.

Eu encolhi os ombros. "Acho que sim. Pensei em pedir a você ou à Lily que viessem comigo, mas já sabia sua resposta."

"Você sabe que eu não posso deixar a padaria por tanto tempo," confirmou mamãe.

"E estou tendo aulas de verão, e preciso trabalhar para poder pagar por elas e continuar com o aluguel. Como você planeja pagar esta viagem e poder manter a sua parte das contas?" Lily se perguntou em voz alta, inclinando sua cabeça para o lado com uma sobrancelha levantada.

"Lily, você percebe *o quanto* eu realmente trabalho? Eu trabalhei quase em tempo integral o tempo todo que estive na faculdade. Recebi bolsas de estudo para minhas notas, que cuidavam das mensalidades, e trabalhei muito no colegial... sem mencionar que não fiz viagens, mal saio ou como fora, e não tive um namorado em quem gastar meu dinheiro, sem ofensa," ofereci por acaso.

"Nenhuma," ela murmurou.

"Ter nós duas morando juntas e dividir o aluguel realmente ajudou muito e eu consegui economizar muito dinheiro. O suficiente para que ainda possa manter meu lado das contas, pagar uma viagem muito confortável à Europa e ainda ter um pouco guardado quando voltar," terminei e olhei para ela de forma um pouco presunçosa.

Lily sentou-se silenciosamente por um momento e ponderou sobre minhas palavras. "Acho que você está certa; você praticamente não teve vida, exceto na faculdade e na padaria da mamãe - bem, além de Nick. Você tem que admitir que foi uma boa mudança de ritmo," ela provocou e eu revirei os olhos.

"Seja gentil, Lil," advertiu nossa mãe.

"Só estou dizendo." Ela ergueu as mãos em rendição e parou de falar.

"Bem, falaremos mais sobre isso depois do casamento e descobriremos os detalhes. Não gosto da ideia de você ir sozinha para a Europa, então talvez possamos descobrir uma opção diferente," mamãe admitiu e cortou outra fatia de bolo. "Alguém mais quer bolo?" Troy levantou a mão ansiosamente e Lily empurrou seu prato para mamãe.

"Muito bem, mãe, é a sua vez. O que está acontecendo com o Hank?" Eu perguntei casualmente.

"Sim! Quão sério é isso? Pensei que você nunca mais namoraria outro homem," apontou Lily e deu uma grande mordida no bolo.

Mamãe corou instantaneamente e começou a girar o cabelo como uma menina de escola. "Isso foi *antes de* conhecer Hank. Ele foi muito gentil comigo quando fui àquela aula e me deu muitas dicas úteis. Eu realmente quero usar as habilidades que aprendi na aula de pintura e começar a pintar bolos com coloração comestível. Acho que seria tão bonito e divertido acrescentar algo ao meu repertório.

"De qualquer forma, depois de uma aula, ele pediu para me acompanhar até meu carro. Então, depois de ter feito isso, ele me convidou para jantar naquela sexta-feira à noite e, de lá, saímos várias vezes por semana. Ele me visitou na padaria e até me trouxe o café da manhã quando eu ia de manhã cedo."

"Sério? Eu nunca tinha reparado nele," eu cuspi e olhei para Lily, e pelo olhar em seu rosto, ela também nunca tinha notado.

"Oh, eu me certifiquei de que ele nunca viria quando as meninas estivessem lá. Eu não queria apresentá-lo a vocês, a menos que eu soubesse que era sério," ela explicou e entrelaçou os dedos novamente, girando os polegares.

"Bem, aparentemente, agora é sério se você está nos apresentando," Lily apontou enquanto virava o cabelo para trás.

"Sim, é. Acho que você poderia dizer agora que ele é meu namorado, o que soa completamente juvenil, mas provavelmente mais preciso do que qualquer outra coisa. Não sei... ele me faz muito feliz, e eu quero ver onde as coisas vão com ele. Agora, eu entendo se isso deixa vocês garotas desconfortáveis. Sei que não tenho um homem na minha vida há bastante tempo, por isso tenho certeza que vocês duas têm alguns sentimentos mistos." Ela estava de olho em mim e, não podia culpá-la; eu tinha sido uma besta no jantar.

"Sinto muito pela forma como agi. Eu quero que você seja feliz, então se Hank a faz feliz, então eu fico feliz. Desde que ele seja bom para você e a trate bem." Eu sorri de forma encorajadora e ela sorriu de volta.

"Obrigada, Rosie. Isso significa muito." Ainda sorrindo, ela se voltou para Lily. "E você, senhorita?"

"Faço minha as palavras do que Rosie disse. Se você está feliz, eu estou feliz. Além disso, parece que ele pode tomar conta de você muito bem. Um advogado e um pintor. Isso parece um sonho, mãe," piscou o olho e nossa mãe riu como uma colegial.

"Ele com certeza é. Bem, obrigada a todos por terem vindo, mas acho que foi um jantar bem necessário - apesar de ter sido incrivelmente embaraçoso. E agora, todos os segredos foram revelados, espero eu." Ela hesitou e olhou para Troy. "Você tem estado invulgarmente quieto esta noite, Troy. Você tem algo que precisa dizer?" Ela provocou e todos riram, exceto ele.

Ele apenas sorriu e acenou com a cabeça.

Após o riso ter morrido, ele falou. "Na verdade, agora que você mencionou isso, Karen, tenho algo a dizer. Estou apaixonado por sua filha," confessou ele e considerou Lily. "Eu te amo, Lily. Não consigo imaginar minha vida sem você e sei que não namoramos há muito tempo, mas eu a conheço há muito tempo e você sempre esteve lá para mim. Ouvir sua mãe falar sobre Hank me fez perceber... que eu te amo."

"Troy, isso é tão doce. Eu também te amo," proclamou Lily e envolveu seus braços em torno do pescoço dele e o beijou.

Mamãe e eu trocamos olhares, e depois começamos a rir. Este tinha sido um jantar bastante agitado e minhas emoções já haviam passado por muito. Depois que Troy e Lily expressaram seu amor um ao outro, bem na nossa frente, ajudamos mamãe a limpar a cozinha e depois dirigimos de volta para o apartamento.

Troy e Lily me deixaram, e foram conversar, mas eu duvidava muito que houvesse alguma conversa. Entrei no apartamento me sentindo muito só. Ao olhar em volta, refleti sobre o que havia acontecido, não minutos antes. Minha mãe tinha um namorado, Troy e Lily estavam apaixonados, e eu estava sozinha e não tinha ideia do que queria fazer com minha vida. Além de minhas intenções de trabalhar na padaria, eu não tinha planejado muito depois disso - eu era uma graduada universitária sem planos e sem compromisso com nada. Meus colegas de classe estavam avançando com carreiras e seus entes queridos, e eu fiquei sem ninguém. O que eu deveria fazer agora?

RECEITA DE COOKIE DE AÇÚCAR

1 ½ xícara de manteiga sem sal
2 xícaras de açúcar
2 ovos à temperatura ambiente
1 colher de chá de sal
4 colheres de chá de fermento em pó
5-6 xícaras de farinha (mais para enrolar a massa)
1 xícara de leite

2 colheres de chá de baunilha

1. Pré-aqueça o forno a 375 graus.
2. Misture manteiga e açúcar.
3. Adicionar ovos e creme até que fiquem leves e fofos.
4. Misture com o sal, fermento em pó e farinha suficiente até que não fique grudada nas laterais da tigela. Não misturar em demasia.
5. Adicionar leite e baunilha.
6. Refrigerar amassa por aproximadamente duas horas.
7. Estender e cortar os cookies nas formas desejadas.
8. Assar por 8-10 minutos.

om o casamento de Nick e Alisha acontecendo logo, mamãe e eu estávamos fazendo uma corrida louca para terminar tudo. Este era um grande cliente para minha mãe e ela queria ter certeza de que tudo estava perfeito.

Não só tínhamos um bolo de casamento enorme para fazer, ela tinha um café da manhã para atender no mesmo dia. Era uma semana importante para ela, e eu queria apoiá-la o máximo possível, mas havia uma grande parte de mim que não queria ter nada a ver com este casamento. Eu estava tentada a dizer-lhe que não poderia ajudá-la com este, mas eu sabia que ela desmoronaria se eu lhe dissesse isso. Eu era o braço direito dela, e não podia abandoná-la. Não com o casamento apenas a dias de distância.

Mamãe me encarregou das flores de açúcar, o que levou muito tempo para criar. Alisha queria muitas flores no bolo, especialmente rosas, o que exigia que numerosas pétalas individuais fossem cortadas e enroladas.

Demorei alguns dias para fazer todos os cortes. Depois, demorou mais um dia para secar as flores para que ficassem duras e, uma vez duras, estavam prontas para serem coloridas com pó colorido comestível no dia seguinte. Ela queria que as flores fossem rosa avermelhado, como na degustação, e que todas as folhas fossem verde frondoso escuro. Isto levou muito tempo para limpar o pó e Lily se ofereceu para vir ajudar a limpar o pó das flores porque, na sexta-feira, nossa mãe queria juntar o bolo, o que incluía colocar as flores no bolo.

Enquanto eu estava trabalhando na confecção dessas flores de açúcar, mamãe e Troy estavam assando os bolos, preparando o recheio e a cobertura de glacê, e cobrindo cada camada em fondant para um visual branco e limpo. Isto levou toda a semana para ser feito entre assar, cozinhar os recheios, empilhar, cobrir cada bolo com migalhas, fazer a cobertura e cobri-los com fondant. Foi uma coisa boa que planejamos levar uma semana para fazer este bolo, com todas as camadas que Alisha queria. Ela tinha acabado decidindo sobre o bolo branco, com o recheio de framboesa e creme de baunilha; ela tinha insistido que esses eram os sabores perfeitos para um bolo de casamento.

Ela também estava morta por ter seis camadas com rufos de pasta de chiclete no fundo, colchas de chiclete na segunda camada, renda comestível na terceira, um ramo de rosas na quarta. A quinta seria decorada com treliça, que a mãe teria que fazer à mão. A primeira camada, que seria branca simples, seria coberta principalmente pelas rosas coradas, junto com outras rosas cravadas juntas aqui e ali. Ia ser bonito, sem dúvida, mas era muito trabalho árduo a ser feito, e era por isso que precisávamos de uma semana inteira.

Na quinta-feira, a mãe começou a trabalhar nas decorações nas camadas individuais e as terminou na sexta-feira; ela estava então pronta para colocar as rosas.

Quando não estávamos trabalhando no bolo, estávamos fazendo cinnamon rolls, muffins e scones. Mamãe fez este ser o trabalho da Lily e quando estávamos esperando algo para secar ou para ser montado, saltávamos e a ajudávamos a fazer a massa e a manter as coisas entrando e saindo do forno. Por sorte, minha mãe tinha um grande, para que pudéssemos assar em várias prateleiras, mas ainda assim era muita comida para acompanhar. Aparentemente, havia muitas pessoas convidadas para este café da manhã, e ainda mais foram convidadas para o casamento; Alisha tinha estimado cerca de trezentas pessoas para o casamento e isso foi *depois de* cortar a lista de convidados. Eu nem conhecia tanta gente, muito menos tinha tanta gente no meu círculo íntimo.

Na sexta-feira, quando minha mãe terminou de decorar todos os bolos, ela começou os detalhes finais junto com o empilhamento dos bolos, e eu ajudei Lily com o último dos produtos assados. Eu coloquei glacê nos cinnamon rolls, muffins de limão e coloquei chocolate amargo nos scones de framboesa. Uma vez tudo acabado, encaixotamos as deliciosas guloseimas e as colocamos de lado para que estivessem prontas para serem entregues pela manhã. Logo antes da hora de fechar, mamãe terminou de colocar as rosas de pasta de goma e olhou fixamente para o produto acabado.

"O grande bolo está finalmente terminado," declarou Troy dramaticamente e nós três rimos.

"Logo você inventaria algo 'espirituoso'," eu disse divertidamente.

"É para isso que eu estou aqui," ele riu e eu ri dele.

"É um lindo bolo, mãe. Você fez um trabalho incrível," elogiou Lily e enrolou um braço em torno dela.

"Não era só eu. Todos nós nos envolvemos. Rosie, você fez um trabalho fantástico com as rosas. Elas parecem tão reais," ela sorriu elogiando-me. "Você realmente percorreu um longo caminho em seu trabalho com açúcar."

"Obrigada, mãe. Eu só espero que Alisha goste. *Ela é*

a única que temos que impressionar," respondi com rancor e Troy sorriu.

"Tenho certeza de que ela vai adorar," disse Lily, encorajadora. "Você se preocupa demais com o que aquela garota pensa."

"Bem, *é* ela quem paga por tudo isso e é o seu dia especial, então sim, estou preocupada com o que ela vai pensar. A última coisa que eu quero fazer é deixá-la irritada," admiti e andei ao redor do bolo para dar uma inspeção mais detalhada.

"Duvido que ela vá odiar isso, Rosie. É o bolo de casamento mais bonito que eu já vi," Troy disse e enrolou um braço em volta dos meus ombros. "Além disso, se ela *realmente* não gostar, pelo menos ela saberá que tem um gosto bom."

Eu olhei para ele e revirei meus olhos: "Você me mata."

Ele então envolveu o outro braço ao meu redor e me apertou com um abraço apertado: "Oh, eu acho que alguém está um pouco cansada. Talvez devêssemos todos sair para comer? Eu poderia ir comer qualquer coisa."

"Ah, sim, eu definitivamente poderia comer," concordou Lily e olhou para a mãe. "Você quer vir?"

"Não, eu acho que não vou, mas talvez da próxima vez. Acho que Hank está querendo se encontrar hoje à noite," ela recusou enquanto tirava o avental.

"Bem, vocês se diverte com isso. Meninas, vamos comer alguma coisa! Estou com vontade de mexicano; o que vocês acham?" Perguntou Troy, e colocou seu outro braço ao redor de Lily para que ambas tivéssemos um braço ao nosso redor. Ele provavelmente se sentiu como um garanhão.

"Eu esperava que você dissesse isso," disse Lily com entusiasmo, e começou a pular para cima e para baixo. "Eu estava desejando comida mexicana! E, eu acho que é noite de karaokê, para que também possamos ouvir uma música horrível." Ela riu entusiasmada e eu ri. Ela pensou que eu estava rindo da piada dela, mas na verdade, eu só estava rindo dela, por causa de como ela sempre se excitava com a comida mexicana.

"Eu podia ir comer batatas fritas e molho," acenei com a cabeça e peguei minha bolsa enquanto saíamos. "Até amanhã bem cedo, mãe!" Eu disse por cima do ombro.

Eu a ouvi falar de volta: "Até amanhã, Rose!"

O restaurante ficava na mesma rua que a padaria, então só tivemos que andar alguns quarteirões. Quando nos aproximamos, começamos a ouvir música mariachi. Lily e Troy caminhavam de mãos dadas à minha frente, e eu me arrastava atrás, sentindo-me como a maior vela de todos os tempos.

Entramos no restaurante e fomos consumidos pela atmosfera mexicana. Muitas conversas soavam, por isso o nível de ruído era alto. Música Mariachi tocada ao fundo e telas de televisão mostravam jogos de beisebol acima do longo bar. Os cheiros pesados e maravilhosos da comida mexicana me dominavam; meu estômago roncava e eu estava pronta para devorar nachos e molho.

Eles nos mostraram um estande no canto onde tínhamos uma boa visão de tudo, por isso era ótimo para observar as outras pessoas. Eu sentei de um lado sozinha, e Lily e Troy sentaram do outro lado, aconchegando-se. Se eu não gostasse tanto deles, eles me deixariam louca... mais do que o normal.

A garçonete veio nos dar menus e perguntar o que queríamos beber, e depois saiu rapidamente para ver outra mesa. As sextas-feiras eram claramente muito populares para sair, pois tinham pessoas no restaurante sentadas tão perto, que todas estavam esmagadas juntas como sardinhas.

A garçonete voltou com nossas bebidas; eu sempre escolhi água enquanto minha irmã e Troy preferiam refrigerante, e ela nos deu as batatas fritas e o molho solicitados. Quanto aos nossos pedidos, sempre escolhi um tamale e uma enchilada, Lily escolheu fajitas de camarão, e Troy foi com um burrito de porco maciço. No momento em que a garçonete deixou a mesa, comecei a devorar as fajitas e o molho. Eu não tinha percebido o quanto estava com fome, mas Troy tinha acertado em cheio.

Além da saída para buscar smoothies que Troy tinha feito por volta da hora do café da manhã, eu tinha comido principalmente as guloseimas que tínhamos feito na padaria, além de provar vários glacês para ter certeza de que estavam certos; além disso, eu não tinha comido muito de mais nada.

"Nossa, Rose, acho que deveríamos ter pego uma cesta extra de batatas fritas e molho só para você," brincou Troy e riu de sua própria piada. Ele tinha a tendência de fazer isso muitas vezes.

"É minha kryptonita," dei de ombros e peguei outra batata frita. "Você sabe que eu amo isso... e, estou com fome!"

"Claramente," Lily bufou. "Oh, nossa comida está chegando. Troy, tire essas batatas fritas dela ou ela não vai comer seu jantar," brincou ela e Troy arrancou a cesta de batatas fritas.

Eu mostrei a língua para ela, o que me fez sentir um pouco juvenil, e rapidamente a puxei de volta quando a garçonete chegou. Ela colocou nossos pratos na nossa frente, e nos informou que os pratos estavam quentes antes de ir embora. Minha fome tomou conta de mim e eu mergulhei na enchilada. Quando subi para tomar ar, olhei para Lily e Troy; eles pareciam tão famintos quanto eu porque metade de seus pratos haviam desaparecido.

"Então, da próxima vez, não vamos nos deixar ficar com essa fome novamente porque, Troy, aquele burrito era tão grande quanto seu rosto, e você o demoliu, sem problemas," eu ri.

Lily acenou com um dedo e engoliu. "Não, isso é só ele. Troy come mais do que qualquer um que eu já tenha conhecido."

"Você está me chamando de porco?" Perguntou Troy acusando.

"Estaria eu errada?" Lily respondeu, risonha.

Troy encolheu os ombros. "Não, provavelmente não." Ele voltou para o burrito.

"Eu, por outro lado, estou ficando cheia, mas estes são tão bons! Que pena que a comida mexicana nunca seja tão boa no dia seguinte," ela gemeu e olhou fixamente para sua comida, debatendo se ela deveria ou não comer tudo ou simplesmente desistir.

"Sim, estou desacelerando também. Sinto como se essas batatas fritas estivessem se expandindo em meu estômago. Eu comi demais," admiti e me inclinei para trás em meu assento.

"Você faz isso o tempo todo." Lily balançou a cabeça e pegou o camarão em sua refeição. Isto geralmente significava que ela não ia levá-lo para casa, então ela queria comer as partes boas enquanto ainda estava quente e gostoso.

"Eu sei," eu gemi. "Eu nem sequer toquei no meu tamale. Pelo menos os tamales não são tão ruins na manhã seguinte." Eu olhei em volta para a garçonete e acenei para ela vir até a mesa para que eu pudesse pedir uma caixa.

Notei alguém familiar na frente, sendo conduzido a uma mesa pela hostess. Quando percebi quem era, pressionei-me contra a parede o mais rápido que pude e baixei minha cabeça.

"Uh, Rosie, o que você está fazendo?" Lily perguntou, levantando uma sobrancelha.

"Sim, você parece ter visto um fantasma," disse Troy.

"Oh, não, esta pessoa está viva e bastante bem," eu

disse sarcasticamente e os dois me olharam de forma curiosa.

"Rose, *quem* você viu?" Lily perguntou, olhando casualmente ao redor da sala.

"Você nunca adivinharia," murmurei e apertei os dedos na minha testa enquanto sentia uma dor de cabeça.

"Certo, agora tenho que saber." Troy espreitou ao redor da cabine e, gemendo, "não consigo ver ninguém que conhecemos. Especialmente não desta maneira."

"Rosie, você pode nos dizer quem foi que você viu?" Lily perguntou pontualmente, claramente impaciente.

"Muito bem." Eu respirei fundo e sussurrei: "Foi o Nick."

"O quê!" Os olhos de Lily cresceram e revistaram o restaurante de forma mais agressiva.

"Lily, pare," eu guinchei. "Se ele te vir, com certeza ele virá até aqui."

"Quais são as chances de ele estar no mesmo restaurante que nós, antes do dia de seu casamento?" Troy perguntou calmamente e bateu levemente no ombro de Lily: "Você o vê?"

"Troy," eu disse exasperada. "Vamos lá!"

"O quê? Só estou curioso. Você pode me culpar?" Troy sorriu maliciosamente.

"Uh, sim, eu posso!" Acenei-lhe com a mão e respirei calmamente. "Eu realmente não quero que ele me veja aqui. Ele precisa se casar amanhã, e então poderemos todos seguir em frente!"

"Oh, merda." Lily exalou bruscamente e se virou, parecendo assustada.

"O quê?" Eu perguntei, meus olhos se arregalando de medo.

"Ele pode ter me visto. Eu não sei! A hostess está conduzindo-os até aqui... eu acho... para a mesa atrás de nós," Lily gritou e se deslocou da borda de seu assento.

Curvei-me sobre a mesa para sussurrar algo, depois

peguei um vislumbre da hostess, peguei rapidamente o menu de bebidas e o segurei sobre meu rosto.

Ouvi-a perguntar com um sotaque pesado: "Esta mesa está boa?" Estava claro que sua primeira língua havia sido o espanhol.

"Sim, isso é ótimo, obrigado," respondeu a voz profunda de Nick e eu ouvi as pessoas se sentarem.

Uma vez que a hostess se afastou, eu abaixei lentamente meu menu e olhei para cima com cautela para ter certeza de que não podia ver ninguém - e eles não podiam me ver.

Quando já estava limpo, eu olhei de relance para Lily.

"O quê?" Ela sussurrou. "Não é como se eu tivesse dito a ela para trazer o Nick bem atrás de nós!"

"Você pode muito bem ter feito isso," eu sussurrei com raiva em troca.

Lily derramou e estreitou os olhos. "Não, eu não fiz!"

"O que devemos fazer agora? Não podemos sair da mesa sem que ele nos veja!" Eu estava fervendo de raiva e cruzei meus braços.

"Ouça, nós podemos dar um jeito," Troy interrompeu nossas brigas. "Não é tão importante se ele me vê a mim e a Lily... é você que temos que tirar daqui sorrateiramente. Talvez eu e Lily possamos nos levantar primeiro, bloquear a vista e depois você pode fugir."

"Essa é provavelmente nossa melhor aposta," concordei e gemi. "Por que eu?" Eu abanei a cabeça e depois meus ouvidos pegaram a voz de Nick, no fundo da conversa. Eu parei e notei que também o tinha ouvido.

"Uau, cara, do que você está falando?"

"Sim, estou confuso, cara. E a Alisha? Eu pensei que você a amava," perguntou outra voz profunda.

"Eu sei, eu sei," Nick aumentou a voz. "Só não estou sentindo isso tanto quanto eu costumava sentir. Além disso, sinto que ultimamente ela simplesmente não está mais interessada em nós, talvez apenas na *ideia* de nós. Eu me sinto terrível até mesmo dizendo isto... mas às vezes sinto que sou apenas mais uma transação comercial para sua família e eles estão garantindo que ela terá uma vida boa porque vai se casar comigo."

"Você quer dizer que ela está casando com você por seu dinheiro e seu lugar na empresa de seu pai?" O companheiro de Nick esclareceu.

"Sim." Nick ficou quieto por um pouco e depois gemeu. "Isso não soa terrível? Em certo momento de nossa relação, eu poderia dizer sem sombra de dúvida que a amava e sabia que ela me amava, e foi por isso que eu propus. Mas agora...."

"Você não sabe mais se vocês dois estão apaixonados," o cara terminou o pensamento de Nick e Nick deve ter feito algo para confirmar seus pensamentos, porque o cara então disse: "Droga, sinto muito, cara."

"O que você vai fazer? Quero dizer, seu casamento é amanhã."

Nick não teve a oportunidade de responder porque o garçom passou com água, batatas fritas e molho. Eles começaram a comer e falar sobre o que iam pedir em vez do casamento e eu voltei minha atenção para Lily e Troy.

Eles tinham que estar imitando minha própria expressão, porque pareciam estar em completa descrença e choque.

"Vocês têm que me tirar daqui," eu insisti e Lily me olhou curiosamente.

"Você está falando sério? Você não quer saber o que mais ele vai dizer?" Ela perguntou e eu balancei a cabeça.

"Não, eu não suporto isso. Preciso que você me tire daqui, *agora mesmo*, por favor!" Eu implorei e Troy parecia empatizar.

"Vamos tirar você daqui, Rose." Ele sorriu e virou-se para Lily. "Você vai se levantar, ficar de frente para ele, e eu vou ficar de frente para você, mas não vamos nos mover até que Rose se levante - para que ela possa escapar *muito* rapidamente." Ele se meteu no bolso de trás, arrancou dinheiro e o colocou sobre a mesa. "Quarenta deve ser suficiente para todos nós e gorjeta, certo?"

"Um, isso é muito," respondeu Lily, parecendo frustrada pela quantidade que ele colocou na mesa, mas ela não ia falar disso agora. "Estamos prontos? Rose, você tem o seu telefone e as chaves do carro?"

Eu acenei: "Estou pronta para ir." Meu estômago parecia que estava em nós, mas a adrenalina corria através de mim, então eu estava pronta para sair assim que Lily estivesse de pé.

"Ok, Lily, vai," disse Troy solenemente e ela saltou, certificando-se de que suas costas estivessem diretamente atrás da cabine.

Troy deslizou rapidamente e ficou ao seu lado, levantei e fui embora, sem nunca olhar para trás. Esperei do lado de fora por Lily e Troy.

Cerca de cinco minutos depois, Lily e Troy entraram pela porta com um ar de alívio em seus rostos. "Bem, ele nos notou e disse oi, mas nunca disse nada sobre você, então acho que meu plano funcionou," disse Troy parecendo entusiasmado.

Lily revirou os olhos, rindo. "Mas ele parecia um pouco envergonhado. Acho que ele pode ter percebido que provavelmente o ouvimos falar sobre Alisha, mas fora isso, ele foi simpático. Ele perguntou se iríamos estar no casamento amanhã, ajudando mamãe, mas eu disse a ele que seria apenas você com ela. Ele parecia muito feliz com isso." Ela piscou o olho e desta vez eu revirei os olhos.

"Duvido muito disso. Não falo com ele há semanas," eu disse com ressentimento. "Vou para casa. Tenho um dia interessante pela frente amanhã e preciso tentar dormir."

"Digam-me como será amanhã. Estou curiosa para saber," brincou Lily.

"Talvez você devesse apenas ir e ver como vai," eu ofereci e comecei a recuar.

Lily balançou a cabeça. "Não, obrigada. Eu e Troy vamos abrir a padaria por um tempo, e então mamãe nos deu permissão para fechar em torno do almoço para que pudéssemos passar o resto do dia juntos."

"Bem, você se diverte com isso. Vejo você mais tarde." Eu acenei e caminhei até meu carro.

Uma vez em casa, fiz o melhor que pude para dormir, mas não consegui desligar a minha mente. Deitei-me na cama e olhei para o teto, temendo ir trabalhar no dia seguinte, vendo um cara que eu gostava se casar com outra mulher. A coisa triste, no jantar, quando ouvi sua voz, percebi o quanto eu realmente gostava dele - e era mais do que eu tinha pensado.

CAPÍTULO 15

cordei ao som do alarme que tocava no meu ouvido. Devo ter adormecido olhando para meu telefone porque ele ainda estava na minha cama. Eu não dormi tanto quanto deveria. Eu tinha ficado virando a noite toda com meus pensamentos indo a um milhão de quilômetros por hora e tive pesadelos quando consegui dormir.

Sentei na cama e senti-me como se tivesse sido atropelada por um ônibus. Minha mente parecia grogue, minha cabeça doía e meu corpo se sentia completamente fraco, nada revigorado como deveria estar depois de uma noite de sono agitado. Eu não sabia como iria sobreviver ao dia com o casamento de Nick.

Mamãe e eu tínhamos decidido nos encontrar na padaria às sete para carregar tudo e estarmos prontas para sair. Nosso objetivo era estar na casa do Nick às oito. Aparentemente, na parte de trás, no pátio, era onde eles estavam se preparando para o café da manhã, e comendo às dez. Mamãe queria ter certeza de que tínhamos muito tempo para entregar a comida e preparar a pastelaria. Já que estávamos entregando o bolo, estaríamos dirigindo bem e devagar para evitar que o bolo tombasse. Infelizmente, com o tempo extra que estávamos nos dando, isto significava mais tempo na casa de Nick e ao redor do casal feliz, o que eu não estava ansiosa.

Decidi dar uma pequena corrida para limpar meus pensamentos e acordar do meu transe. O ar da manhã estava nítido e fresco, o que ajudava a movimentar meu cérebro enevoado. As folhas e a grama brilhavam com gotículas de orvalho que se tinham formado no início da manhã. O sol saía das árvores, o que criou um lindo nascer do sol que lançava sombras em torno de meus pés. O ar estava fresco o suficiente para ficar confortável depois que meu corpo se aqueceu da corrida por cinco minutos. Eu não era uma corredora rápida de forma alguma, mas eu desfrutava do exercício e da liberdade de poder ir aonde quisesse com meus próprios dois pés.

A corrida fez exatamente o que eu precisava; senti como se um grande peso tivesse sido retirado de meus ombros e eu estava muito mais lúcida. Voltei para casa e notei que o apartamento ainda estava quieto, então fiz o melhor que pude para manter o nível de ruído ao mínimo e entrei no banheiro para tomar banho sem ser notada.

Eu me esforcei um pouco mais para me preparar, já que eu estava indo a um casamento... e posso estar tentando impressionar alguém subconscientemente. Passei um pouco mais de tempo aplicando maquiagem e aproveitei para secar e encaracolar meu cabelo para criar ondas suaves.

Saí do banheiro depois de estar ali por noventa minutos, e encontrei Lily no sofá, olhando fixamente para seu telefone.

"Bom dia, mana," disse eu, encostada à estrutura da porta, cruzei os braços para esperar por uma resposta.

"Bom dia." Ela olhou para mim e sua boca caiu. "Caramba, Rose, não te vejo tão arrumada há anos, se é que alguma vez a vi," ela apontou e eu franzi a sobrancelha. "O quê? É verdade." Ela ergueu as mãos defensivamente.

"É um casamento. Um casamento muito caro. O mínimo que eu poderia fazer era me preparar para ele. Não imagine coisas," eu ladrei e segui para meu quarto.

"O que quer que você diga," ela disse de volta.

Pensei em deixar para lá, mas não estava com disposição para perdoar, então saí de volta para a sala. "Lily, este dia já vai ser difícil o suficiente, então você pode por favor me apoiar e não tornar isto mais difícil para mim do que precisa ser? Eu já não quero fazer isso, e só estou fazendo isso pela mamãe," expliquei e inclinei minha cabeça enquanto olhava para ela. "Entendeu?"

"Sim, Rosie!" Ela me acenou. "Eu te apoio. Você está feliz?" Ela perguntou atrevidamente.

Revirei meus olhos em resposta e voltei para o meu quarto, onde olhei fixamente para as roupas do meu armário, decidindo o que vestir. Mamãe gostava quando vestimos um pouco de uniforme, então decidi por calças pretas justas, uma blusa branca com mangas bamboleantes e saltos agulha rosa. Adorei aproveitar a oportunidade de usar sapatos para trazer à tona um pouco de cor.

Uma vez completamente vestida, voltei à sala de estar e encontrei Lily bebericando água. Quando ela olhou para mim, engasgou e começou a tossir. "Puta merda Rose, parece que você está indo se vingar. Você parece gostosa," ela cuspiu e me olhou para cima e para baixo. "Quando você comprou esses saltos altos? Eles são adoráveis. Ninguém vai estar olhando para a noiva enquanto você estiver lá. Nick não tem nenhuma chance."

"Então, você está dizendo que eu deveria mudar meus sapatos?" Perguntei ironicamente e fui até lá para tomar um copo de água.

"Não! Não mude nada; você está fantástica. Mal

posso esperar para ouvir tudo sobre isso," disse Lily entusiasmada. "Troy e eu vamos fazer uma caminhada, depois jantar fora, e talvez pegar um filme depois. Depois, poderei voltar para casa e ouvir tudo sobre o seu tempo no casamento. Este vai ser o melhor dia de todos os tempos." Ela aplaudiu entusiasmada, mas eu não estava tão entusiasmada quanto minha irmãzinha.

"Estou tão feliz que você esteja se divertindo," eu disse sarcasticamente. "Tenha um bom dia com Troy. Eu vou para a padaria. Estou um pouco mais atrasada do que eu queria."

"Isso porque você decidiu ser um arraso para o casamento e passar mais tempo no banheiro do que nunca," ela disse, mas eu decidi ignorá-la e peguei minha bolsa, telefone e chaves.

"Você não deveria estar indo para a padaria para, você sabe, trabalhar? Porque mamãe e eu vamos estar no casamento?" Eu insinuei e levantei uma sobrancelha curiosamente para ela.

"Estou indo atrás de você. Eu dormi acidentalmente através do meu despertador e avisei a mamãe, e ela disse que não era nada demais porque ela já estava na padaria e a tinha aberto. Troy chegou lá na hora certa. Não se preocupe. Ele tem me dado broncas por isso," Lily me informou e eu comecei a rir.

"Uau. Você dormiu e está deixando a mamãe e seu namorado fazerem todo o seu trabalho. Isso é um novo ponto baixo," eu brinquei.

Lily me deu um olhar e depois olhou de relance. "Você quer dizer tão ruim quanto estar apaixonada por alguém que vai se casar com outra mulher hoje?"

"Eu não estou apaixonada por ele," declarei.

"Sim, claro, eu acredito. Me diga como vai ser hoje quando você o ver de pé no final do corredor, esperando que sua linda noiva o acompanhe na frente de todos os seus familiares e amigos," ela declarou sem rodeios.

"Adeus, Lily" eu gritei e marchei até a porta da frente.

"Acabe com eles," ela disse atrás de mim.

Fechei a porta antes de poder pensar em dizer algo mais.

Entrei na padaria e fui recebida pela cara desconfiada de Troy.

"Graças a Deus que você está aqui," murmurou ele.

"Por quê? O que está errado?" Eu perguntei, colocando minhas chaves no balcão.

"Sua mãe enlouqueceu. Nunca a vi tão nervosa," respondeu ele com cuidado e olhou para trás do ombro para ter certeza de que ela não estava nos ouvindo. "Entrei e ela estava andando na loja, murmurando para si mesma. Ela parecia chateada. Então, quando ela percebeu que eu a tinha visto, fingiu estar feliz e me cumprimentou. Mas então, quando terminou de dizer suas boas maneiras, ela foi para trás e não saiu. Ela continua murmurando para si mesma também."

"Está bem, eu vou até lá. Deseje-me sorte," eu disse sem entusiasmo e respirei fundo antes de dar um passo para a parte traseira. Dei uma olhada na esquina e vi a mãe olhando para o bolo de casamento, como se ela quisesse empurrá-lo para o lado.

"Olá, mãe," cumprimentei hesitantemente. "Como você está?"

"Eu estaria muito melhor se sua irmã se desse ao trabalho de aparecer a tempo," ela vociferou, o que não era nada parecido com ela.

"Ela me disse que estava a caminho quando eu sai; ela estará aqui em breve. O que mais está acontecendo?" Eu perguntei, tentativamente, e olhei para trás de mim para ver que Troy estava encostado na parede, vendo a conversa acontecer, mas escondido onde a mãe não podia vê-lo.

"O que você quer dizer?" Eu virei minha cabeça de volta na direção dela e a encontrei andando na frente do bolo. "Este bolo é horrível. Alisha vai odiá-lo completamente. E nós já estamos indo lá pisando em ovos, porque você decidiu ter um pequeno namoro com o noivo!"

Se fosse outra pessoa, eu ladraria de volta e colocaria essa pessoa em seu lugar, mas esta era minha mãe. Eu tinha que ter mais respeito. Como este não era o comportamento habitual dela e havia mais coisas nessa história, eu me aproximei, coloquei meus braços ao redor dela e lhe dei um abraço. Ela imediatamente relaxou e envolveu seus braços ao meu redor e suspirou fortemente. "Mãe, o que há de errado? Este bolo é o mais bonito que você já fez. Acho que é impossível alguém odiar este bolo, então o que está acontecendo?"

"É o Hank. Eu liguei para ele ontem à noite, perguntando se ele queria sair para comer e ele arranjou uma desculpa que não podia. Tentei ligar para ele algumas vezes durante a semana e ele tem ignorado minhas ligações. Só não sei o que fiz de errado ou por que ele não me responde," ela explicou calmamente. Ela se afastou e sentou, afastando seus cabelos encaracolados dos olhos. Ela ainda não tinha colocado maquiagem, o que me preocupava um pouco, porque nosso plano era sair em menos de uma hora.

"Sinto muito, mãe. Tenho certeza de que há alguma razão válida para que ele não tenha conseguido falar com você. Eu não me preocuparia muito com isso. Os homens não são os melhores quando se trata de comunicação. São, Troy?" Eu disse em voz alta o suficiente para fazer uma observação, que eu sabia que ele estava ouvindo.

Obviamente ele tinha me ouvido, porque ele riu e entrou na sala.

"Sim, e nós não queremos dizer nada com isso.

Somos apenas garotos que se distraem facilmente. Eu não me preocuparia com isso, Karen," assegurou-lhe ele e sorriu.

"Sério?" Ela parecia esperançosa. "Você realmente acha que provavelmente não é nada?"

"Mãe, ele estava completamente louco por você no jantar, eu não me preocuparia com isso. Entretanto, temos um grande trabalho a fazer hoje. Sem ofensa, mas posso dizer que você precisa de algum tempo para se preparar. Por que você não vai para o banheiro, faz algo com o seu cabelo e passa alguma maquiagem? Eu guardo um pouco no banheiro, só por precaução. Eu e Troy vamos começar a carregar o carro, ok?" Eu perguntei gentilmente com um sorriso.

"Sim, você está certa Rosie, desculpe-me. Não namoro há tanto tempo, acho que estou apenas um pouco nervosa. Não quero meu coração partido novamente," admitiu ela.

"Ninguém quer. Infelizmente, esse é o risco quando nos arriscamos no amor. Mas quando se tem êxito, vale completamente a pena," eu a encorajei.

"Alguém deveria seguir seu próprio conselho," Lily disse por trás de Troy e entrou na sala.

"Atirarei todo aquele bolo de casamento contra você," eu ameacei, mas isso não a perturbou.

Ela fungou e revirou seus olhos para mim.

"Eu adoraria ver você tentar fazer isso," Troy riu e Lily atirou nele um olhar.

"Pronto, já chega. Eu vou me preparar. Rosie e Troy, vão em frente e comecem a carregar tudo. Lily, preciso que você coloque glacê em alguns cupcakes que fiz esta manhã cedo. Eu não cheguei a isso. Só consegui tirar os cinnamon rolls, muffins e scones."

"Claro, mãe," Lil acenou com a cabeça. "Que sabores você fez? Preciso escrevê-lo no quadro."

"Chocolate, limão, baunilha, framboesa com

chocolate branco e creme. Eu fiz todos os glacês e recheios, mas não cheguei a juntá-los todos. Está tudo na geladeira." Mamãe apontou e ficou de pé. "Estarei pronta em cerca de dez minutos. Vamos chegar atrasadas, se eu demorar mais do que isso."

"Não tenha pressa, mãe. Apenas concentre-se em você por alguns minutos para que você se sinta melhor," disse Lily e sorriu.

"Obrigada." Ela foi em direção ao banheiro, murmurando algo sobre querer que este dia já tivesse terminado.

Fiquei feliz por não ter sido a única a sentir-me assim. Uma vez que a vi fechar a porta do banheiro, virei-me para Lily. "Por que você tem que ser tão detestável? Sério, você está me deixando louca hoje. Não posso esperar que este casamento estúpido acabe, para que eu possa parar de ser incomodada com esta coisa toda do Nick! Então você não poderá dizer nada porque ele será casado - e você não poderá fazer nada a respeito disso!" Eu marchei até a geladeira para recolher as muitas caixas de guloseimas e carregá-las no carro.

Ouvi Lily e Troy trocarem algumas palavras atrás de mim, mas não me dei ao trabalho de ouvir. Eu tinha ouvido o suficiente dela e eram apenas 7:30 da manhã.

Caminhei pelas caixas até a frente da padaria onde o carro da mãe estava estacionado. Por sorte, ela já o havia destravado, então abri a escotilha e comecei a empilhar as caixas cuidadosamente. Troy apareceu atrás de mim com um braço cheio e colocou sua pilha ao lado da minha.

"Sua namorada está me enervando," murmurei e voltei para a padaria.

Troy riu e gritou: "Ela pode ser divertida, certo?"

"Essas não são as palavras que eu estava pensando," rosnei e pisei duro até lá dentro.

Troy e eu continuamos carregando o carro até que cada última caixa de pastelaria fosse contabilizada.

Quando terminamos, mamãe havia saído do banheiro, parecendo uma nova mulher. "Momento perfeito, mamãe, precisamos levar o bolo para o carro. A propósito, você está linda. Você se sente melhor?"

"Na verdade, sim. Troy, você pode me ajudar a levar o bolo para fora? Rosie, você mantém as portas abertas," ela instruiu e nós entramos em ação.

Havia sempre nervosismo e adrenalina ao carregar um bolo; era preciso apenas um passo em falso e o bolo caía. Uma pancada acidental poderia derrubar uma flor ou duas ou resultar em impressões digitais nas laterais do bolo. Isto era especialmente verdade quando se tratava de apoiar um bolo de casamento de seis camadas. Graças a Deus o bolo coube perfeitamente na parte de trás do carro, mas o nervosismo e a adrenalina nunca pararam até que o bolo fosse entregue ao local com sucesso. Isto fez com que a viagem de carro fosse muito lenta, mas se isso significasse entregar sem problemas, eu estava bem levando o dobro do tempo para chegar lá.

Assim que o bolo foi cuidadosamente colocado na traseira do carro e ajeitado para que não caísse (ou não pudesse cair), mamãe e eu nos despedimos de Troy e Lily, e fomos para o casamento.

Enquanto íamos, olhei pela janela para as empresas que se preparavam para abrir. Não havia pessoas no centro da cidade, o que era de se esperar porque era sábado de manhã. Havia duas pessoas sentadas no café, tomando seu café da manhã, mas essas eram as únicas pessoas em vista.

Seguimos o caminho familiar até a casa de Nick e me lembrei de quando eu tinha batido no Jake, e de como Nick tinha cuidado bem de mim. A memória me trouxe um sorriso no rosto.

"Do que você está sorrindo?" Perguntou mamãe, curiosamente.

"Oh, nada." Eu acenei desdenhosamente. "Eu estava

me lembrando da última vez que estive na casa do Nick. Eu dei um soco na cara de Jake." Ri, lembrando-me da cara dele. Uma combinação de: incredulidade, confusão e raiva. Foi inestimável e ele surfou nas mídias sociais por cerca de uma semana. Jake tinha se esforçado para se afastar de mim e de Lily na faculdade, o que o tornou muito mais divertido.

"Ainda não acredito que você fez isso, embora eu tenha certeza que ele merecesse," disse ela e começou a rir. "Lily e Troy vieram um dia para me mostrar o vídeo e foi hilariante. Quem lhe ensinou a dar um soco?"

"Tive uma aula de kickboxing." Eu ri. "Não achei que isso fosse realmente vir a calhar."

Mamãe riu ainda mais. "Você parece surpreendentemente calma, considerando para onde estamos indo," ela apontou e levantou uma sobrancelha. "O que está acontecendo na sua cabeça?"

Eu encolhi os ombros. "Nada realmente. Eu só quero que este dia acabe. Além disso, duvido muito que eu o veja. Ele vai ficar rodeado de família e amigos o dia todo. A última coisa que ele vai querer fazer é falar com a garota que vai trazer seu bolo de casamento."

"De quem ele realmente gosta," acrescentou ela.

Eu bufei. "Mãe, você também não? Já ouvi o suficiente da Lily esta manhã." Olhei para trás para o bolo para ter certeza de que não havia caído.

Felizmente, ainda estava de pé e não vacilava muito, pois mamãe estava dirigindo a dezesseis quilômetros abaixo do limite de velocidade. Ela tinha até mesmo ligado o pisca-alerta.

"Não vou fazer isso. Eu estava apenas honestamente curiosa para ver como você estava indo," disse ela de ânimo leve, mas eu não comprei completamente.

"Bem, eu estou bem. Realmente, não há nada que eu possa fazer, exceto fazer meu trabalho, só isso," eu lhe assegurei.

Sua mão agarrou a minha e ela a apertou.

"Eu estou realmente bem, mãe. Qualquer coisa, vou me esconder na cozinha."

"Se você diz," ela cantou enquanto entrava na entrada do Nick. Ela assobiou: "Este lugar é enorme."

"Sim, é. Você sabe onde devemos estacionar?" Não havia um monte de estacionamento livre e eu duvidava que Alisha quisesse que levássemos os lugares de estacionamento de seus convidados.

"Ela disse que havia alguns lugares que ela estava reservando ao lado da casa para nós." Ela olhou ao longo da entrada da casa. "Ah, lá!"

Ela dirigiu pela casa até o lado e viu uma placa lendo "Criações da Karen." Estacionamos diante dela, caminhamos até a porta e batemos em cima dela.

"Você está pronta para isto?" inha mãe sussurrou.

"Eu tenho que estar," murmurei.

Fomos recebidas por uma empregada e imediatamente dois rapazes caminharam para fora e se ofereceram para ajudar a carregar todas as guloseimas.

Eu abri a traseira do carro e eles saltaram para pegar o bolo - o que quase empurrou minha mãe para um frenesi.

"Whoa, whoa, whoa! Vamos carregar o bolo. Vocês apenas mantenham a porta aberta e não atrapalhem," minha mãe lhes instruiu.

Os caras acenaram e baralharam de volta para a porta lateral e deixaram-na aberta.

"Pronta, Rose?"

"Sim, vamos levar esta coisa," disse eu.

Pegamos o bolo, deslizamos suavemente para fora da traseira do carro e o levamos até a casa. Os dois homens nos levaram até a sala de jantar e o colocamos sobre a mesa.

A casa era tão bonita quanto eu me lembrava. Tudo estava aberto e brilhante, e tinha sido limpo sem manchas, passando facilmente no teste da luva branca.

O cheiro da comida do café da manhã estava à espreita pela casa e fazia minha barriga roncar.

"Onde está sendo realizada a cerimônia e a recepção?" Mamãe perguntou aos homens.

Ambos estavam vestidos com camisas brancas e calças pretas, assim como minha mãe e eu, mas também tinham coletes pretos. Um tinha facilmente um metro e oitenta de altura, e o outro era uma cabeça mais baixo. Eles pareciam ter vinte e poucos anos e eu assumi que eram estudantes universitários procurando ganhar dinheiro extra.

O mais baixo falou mais alto. "Tudo está acontecendo na parte de trás. Eles têm a cerimônia montada na parte de trás do jardim, e uma tenda branca montada onde está sendo realizado o jantar de recepção. O café da manhã está no pátio de trás."

"Ótimo, obrigada. Vocês se importam de nos ajudar a descarregar o resto do carro... *com cuidado?*" A mãe perguntou lentamente, como se não tivesse certeza se realmente queria a ajuda deles.

"Claro." Ambos acenaram com a cabeça e nos seguiram até o carro.

Com eles nos ajudando a descarregar o carro, junto com outros dois que se juntaram a nós, tivemos que fazer apenas uma viagem. Não pude deixar de olhar em volta para ver se eu via Nick; eu ainda não o tinha visto, mas sabia que era apenas uma questão de tempo e estava tão nervosa.

Quando estávamos na sala de jantar, organizando a pastelaria e os pães doces, uma mulher entrou na cozinha e sorriu para nós. Ela era uma mulher alta com características bonitas, cabelos loiros descoloridos e parecia que tinha saído de um salão de bronzeamento. Ela usava uma saia lápis preta, um blazer cinza e stilettos pretos, e caminhava com confiança que podia intimidar qualquer um.

"Olá, meu nome é Natalie e sou a organizadora do

casamento. Você deve ser a Karen das Kriações da Karen." Ela estendeu sua mão e minha mãe a pegou.

"Sim, essa sou eu e esta é minha filha, Rosie," disse ela e Natalie apertou minha mão também.

"Prazer em conhecê-las. Muito obrigada por fazer tudo isso por Alisha. Ela não conseguiu parar de falar sobre os bolos que você fez para ela. E estas guloseimas parecem deliciosas," ela nos elogiou e ficou de olho nas guloseimas.

"Obrigada, é muito gentil da sua parte dizer isso. Estou feliz que tenha vindo, porque queria saber onde você queria que estivéssemos e o que queria que fizéssemos," disse ela à Natalie.

Natalie olhou para seu telefone e então respondeu: "Então, o café da manhã é em cerca de meia hora, então eu gostaria que vocês duas pudessem montar um arranjo de guloseimas, e depois ajudar a servir aos convidados. Além disso, certifiquem-se de que as travessas estejam bem cheias."

Meu coração começou a acelerar e meu rosto ficou corado. "Espere, eu estava com a impressão de que..."

"As senhoras têm alguma pergunta?" Natalie interrompeu secamente.

"Quando você quer o bolo na tenda?" Minha mãe perguntou e me deu um olhar de alerta que significava que eu deveria parar de falar.

"Vamos manter o bolo aqui dentro até mais tarde. Então, enquanto a cerimônia estiver acontecendo, eu farei com que você entregue o bolo. Assim, quando todos entrarem na tenda, o bolo estará lá e pronto para ser cortado. Mais alguma coisa?" Ela perguntou com um sorriso, mas eu senti que minhas perguntas não eram bem-vindas.

"Não, eu não acho que precisamos de mais nada. Vamos começar a arrumar a mesa. Presumo que haja uma área reservada para nós?" Mamãe perguntou.

"Sim, nós marcamos algumas bandejas. Avise-me se

você precisar de mais alguma coisa. Eu estarei por perto." Ela sorriu. Ela claramente não queria que fizéssemos nenhuma outra pergunta, porque ela se afastou muito rapidamente.

"Mãe, eu não posso ir lá fora. Nick está lá fora," eu sussurrei e comecei a me mexer com as mãos.

"Querida, você sabia que hoje você ia vê-lo. Você vai ter que encará-lo e lidar com isso," ela disse sem rodeios e começou a pegar caixas de cinnamon rolls.

"Vou ter um ataque de ansiedade," murmurei e peguei caixas de muffins.

Caminhamos pela cozinha, onde a equipe estava preparando o café da manhã, e passamos pelas portas do pátio. Havia alguns convidados por ali mas não havia sinal do Nick.

Mamãe e eu encontramos as bandejas que nos foram designadas e começamos a carregá-las. Quando terminamos de desempacotar os cinnamon rolls e muffins, voltamos para o resto das guloseimas e empilhamos o máximo que pudemos sobre as mesas. Os dois homens que nos ajudaram a descarregar o carro saíram com um duas de moças, todas carregando uma variedade de frutas.

Parecia uma bela propagação. A mesa era grande e comprida, e estava posta com acentos de azul-marinho e rosa e lindos pratos de porcelana azul e branca com crachás com nomes em cada um deles. Contei os assentos: vinte assentos com pratos. Tinha que ter sido a maior mesa que eu já tinha visto, sem mencionar a mais bonita e lindamente decorada.

Os convidados começaram a aparecer e ocuparam seus lugares designados. De onde eles vieram, eu não tinha ideia. A casa estava bastante tranquila, mas isso não era dizer muito. Eu tinha estado apenas na sala de jantar, mas a cozinha tinha sido bastante barulhenta com toda a comida sendo preparada. Continuei observando as pessoas andando no pátio, procurando por crachás... e então comecei a entrar em pânico.

"Mãe, vou pegar alguns pegadores," sussurrei no ouvido dela e me afastei rapidamente, antes que ela pudesse objetar.

Entrei na cozinha e vi chefs ocupados cozinhando, e procurei por alguns pegadores. Todo o pessoal da cozinha estava distraído e antes que eu pudesse perguntar onde poderia encontrar alguns, ouvi alguém limpar sua garganta atrás de mim.

"Você está procurando alguma coisa?" Perguntou uma voz familiar, e eu senti meu coração afundar no chão.

Virei devagar e vi Nick, vestido com uma camisa de manga curta azul solta, shorts cáqui e sandálias marrons. Ele parecia que estava a caminho da praia. Ele parecia tão relaxado e confortável, que me tirou o fôlego. Eu havia esquecido que ele havia me feito uma pergunta e balancei minha cabeça para limpar meus pensamentos.

"Eu estava procurando por um pegador. Preciso deles para os muffins e os cinnamon rolls e outros." Eu fiz menção para trás com meu polegar e Nick acenou com a cabeça.

Ele parecia que tinha sido pego desprevenido. Meu coração começou a acelerar e eu me perguntava se havia algo em mim ou em meus dentes, mas depois me lembrei que este era provavelmente o mais bem vestida que ele já havia me visto. Esta constatação só fez meu coração bater mais rápido.

Ele fechou os olhos por segundos, como se lembrasse como falar, e finalmente respondeu. "Oh, está bem, espere." Ele atravessou a cozinha casualmente, abriu uma gaveta e puxou alguns pegadores. Ele os entregou para mim e sorriu. "Aí está. Você precisa de mais alguma coisa?"

"Não, eu acho que é isso. Obrigada." Eu sorri com

um sorriso envergonhado e me afastei tão rápido que estava quase correndo. O que não foi fácil de fazer, considerando o tipo de calçado que eu havia escolhido usar.

Encontrei mamãe esperando junto às mesas, conversando com Natalie novamente, e lhe entreguei os pegadores. "Aqui está," eu suspirei e vi Nick andar lá fora para tomar seu lugar ao lado de Alisha na mesa.

Ele pegou a mão dela e a colocou suavemente sobre a mesa enquanto esperavam que sua família e amigos se juntassem a eles.

Uma vez todos sentados, diferentes garçons e garçonetes saíram e encheram seus copos com água e pegaram pedidos de outras bebidas. As conversas estavam acontecendo ao longo da mesa, por isso não consegui entender ninguém em particular. Eles tinham colocado nossa estação a uns vinte metros de distância para dar um pouco de privacidade à mesa, o que para mim estava muito bem. Eu só desejava estar mais longe.

Natalie estava de lado, olhando para seu telefone e ocasionalmente escaneando o café da manhã para ter certeza de que tudo estava indo bem. Os garçons e garçonetes ficavam de pé atrás das cadeiras dos convidados e esperavam para serem chamados quando fossem necessários. Uma vez que todos tinham recebido suas bebidas preferidas, os garçons desapareceram e voltaram com pratos dos mais deliciosos ovos benedict que eu já havia visto.

"Acho que você tem que se certificar de comer bem no dia de seu casamento," murmurei para minha mãe, que estava de pé calmamente, esperando que alguém viesse à nossa mesa.

"É claro. Eles precisam de energia suficiente para a noite de núpcias," declarou ela e eu engasguei com a minha própria saliva e comecei a tossir alto.

Eu me afastei da comida e me curvei para soltar o

cuspe em minhas vias aéreas e senti mamãe dar tapinhas nas minhas costas.

"Ela está bem?" Perguntou uma voz profunda.

Eu virei meus olhos porque sabia quem era e a última coisa que eu queria era que ele estivesse aqui.

"Oh, sim," assegurou-lhe minha querida mãe. "Rosie acabou de perceber que às vezes a verdade é muito difícil de engolir."

Ela estava zombando de mim, e eu não podia retorquir - ou respirar - porque Nick estava ali mesmo.

"Oh, está bem," disse Nick com cuidado. "Eu a ouvi tossir muito e queria ter certeza de que ela estava bem. Estou feliz por ela estar."

Ouvi-o caminhar de volta em direção à mesa e me endireitei quando senti que podia falar novamente. Olhei para a mesa e vi que Alisha estava me olhando com desconfiança, mas depois se aborreceu e voltou sua atenção para os convidados.

"Sabe, isso não era necessário. Falando em chutar alguém enquanto ele está no chão," eu disse impassível e limpei minha garganta. "Cara, eu realmente fiz um estrago em mim mesma."

"Sim, você fez. Arrume-se, Rosie," mamãe pediu em tom abafado e voltou para os convidados.

Algumas pessoas tinham terminado seus ovos benedict e estavam se aproximando da mesa para pegar frutas e bons e velhos carboidratos fornecidos por nós. As mulheres preferiam a fruta e se reuniam pelas bandejas de frutas; muitos dos homens pediam as coisas deliciosas. Estivemos ocupadas por alguns minutos, enchendo os pratos com os produtos assados desejados. Nick ficou por ali e deixou que seus convidados fossem os primeiros a escolher e uma vez que todos tinham conseguido o que queriam, ele se aproximou da mesa e sorriu para mim.

"Vejo que você sobreviveu. Você estava dando uma

mordidinha em um deles por aqui?" Ele provocou e eu não pude deixar de rir.

"Não." Eu balancei a cabeça. "Aparentemente, eu não consigo engolir. O que posso conseguir para você?" Eu esperava manter nossa conversa ao mínimo. Não queria que Alisha ficasse desconfiada de nada e que ela ficasse noivazilla em mim.

"O que você recomenda?" Perguntou ele curiosamente e levantou uma sobrancelha. Claramente, ele não estava recebendo a dica, ou estava ignorando-a.

"Bem, pessoalmente, eu sou uma fã de cinnamon roll. Você não pode errar. Se você não é um fã de canela, vá para a laranja. Além disso, sempre gosto de uma desculpa para comer glacê no café da manhã." Eu encolhi os ombros inocentemente. "A seguir, eu escolheria os muffins. O de limão com semente de papoula tem um glacê delicioso de limão, mas novamente, eu adoro glacê."

Nick riu e escaneou as guloseimas deliciosas que estavam na sua frente. "Eles parecem deliciosos, mas vou acreditar em sua palavra. Eu gostaria de um cinnamon roll, por favor."

Despejei um em um prato e entreguei a ele. "Aqui está. Espero que você goste." Dei-lhe um meio sorriso e esperei que ele saísse, mas ele hesitou, como se quisesse dizer algo. Antes que ele pudesse, eu o cortei. "Vou pegar outra caixa de cinnamon roll. Eles parecem ser populares. Devo pegar mais alguma coisa, mãe?" Perguntei-lhe rapidamente.

Sua sobrancelha franziu e ela respondeu lentamente. "Talvez alguns scones? Acho que as pessoas também estão gostando deles." Ela inclinou a cabeça para mim, o suficiente para que eu notasse, mas eu a ignorei.

"Ótimo, eu voltarei." Eu acenei para Nick antes de partir para dentro para pegar algumas caixas extras de produtos assados. Passei pela cozinha onde os chefs estavam limpando o café da manhã e se preparando para o jantar e corri para a sala de jantar, não relaxando até estar do outro lado da parede, sozinha.

Encostei-me à parede, respirei fundo e me recompus. "Este vai ser um longo dia," murmurei. Endireitei minhas roupas e limpei a maquiagem debaixo dos olhos, e então comecei a procurar as caixas certas para levar para a mesa.

Enquanto procurava os scones, vi uma figura de um canto do meu olho e pulei. Concentrei-me e percebi que era Nick, e coloquei a mão no peito. "Puxa vida, Nick," eu exalei. "Acho que acabei de sair da minha pele."

"Não se preocupe, você não o fez. Você quase atingiu o teto, porém, saltou tão alto," ele riu e cruzou os braços. "O que você está fazendo aqui dentro?"

"Pegando mais alguns cinnamon rolls e scones para a mesa," lembrei-o e voltei a procurar os scones.

"Acho que ambos sabemos que essa não é a verdade. Não inteiramente, pelo menos." Ele deu um passo à frente e inclinou sua cabeça para as caixas. "Acho que o usou como desculpa para se afastar de mim."

"Psshh." Eu o acenei, me desfazendo da pergunta e depois gaguejei: "Eu-eu... bem... a mesa estava ficando vazia e nós precisávamos de mais. Afinal de contas, é meu trabalho hoje. Natalie disse que queria ter certeza de que estávamos enchendo as bandejas para que elas ficassem bonitas e cheias," eu o informei o mais exatamente possível e peguei a caixa de scones.

Nick deu mais um passo na minha direção e eu congelei; ele estava a apenas 1,5 metros de distância agora. "Eu não acredito nisso, Rose."

"Bem, o que você quer que eu diga, Nick?" Eu perguntei, exasperada. Ele estava me deixando nervosa, estando na mesma sala *só* com ele.

"Quero que você seja honesta comigo e me diga a verdade," disse ele sem rodeios e deu mais um passo à frente. Agora ele estava a um metro e vinte de distância.

"Nick! Você vai se casar hoje. Estou aqui para

atender e fornecer o bolo. Assim que o bolo for entregue na tenda branca, eu saio daqui e você nunca mais me verá novamente. Não quero que Alisha te veja falando comigo porque não quero que ela desconfie de nada e arruíne suas chances com ela. Então, por favor, volte para seus convidados e se prepare para esta noite," eu implorei e tentei evitá-lo, mas ele se mudou para a minha frente, agora a apenas um metro de distância.

"A maior parte da festa de noivado já se foi. Alisha foi se preparar. Ela não vai reaparecer até que ela desça aquele corredor. Ela é muito rígida comigo em não vê-la antes do casamento. O resto da família está falando em ir à cidade para fazer algumas compras antes do casamento e algumas das damas de honra saíram com Alisha. Oh, e alguns rapazes estão lá atrás jogando basquete. Fora isso, não há ninguém aqui, além dos trabalhadores juntando tudo, e você e eu. Nenhum dos convidados ou familiares vai querer chegar perto de uma cozinha hoje. Todos eles estão ansiosos para serem mimados e não terem que lidar com cozinha ou limpeza," explicou ele.

"Você não acha que as pessoas vão se perguntar onde você está?"

Ele balançou a cabeça. "Eu lhes disse que tinha algumas coisas para cuidar antes do casamento, e que queria passar o tempo sozinho." Ele deu mais um passo à frente e estava a apenas sessenta centímetros de distância.

Eu tremia um pouco, me sentindo desconfortável com o quão perto ele estava. "Nick," eu sussurrei, e ele gentilmente tirou as caixas das minhas mãos e as colocou sobre a mesa. Eu olhei para ele e olhei nos olhos dele, e eles pareciam... calmos.

Ele deu um sorriso torto e tomou minhas mãos nas dele. "Rosie, fuja comigo," disse ele suavemente.

"O quê?" Eu ofeguei, retirando minhas mãos da dele

e cobrindo minha boca, sacudindo minha cabeça. "Você está louco?"

Ele riu. "Bem, talvez. Rosie, eu te amo," confessou ele calmamente. "Eu te amo desde o primeiro momento em que te conheci. Tentei lutar contra isso, e ser respeitoso considerando minha situação, mas não posso mais ignorá-la. Eu quero estar com você."

"Sim, você é louco," eu decidi e me virei, então não consegui vê-lo. Eu não podia acreditar nas palavras que saíam da boca dele. "Não tenho notícias suas há semanas e agora, no dia do seu casamento, você está me dizendo que me ama? Você percebe como isso parece loucura?" Eu virei para ver sua expressão facial.

Ele ainda parecia muito calmo. "Eu sei, eu sei. Eu lhe disse, só tentei fazer o que era certo com Alisha, mas não posso ir adiante com isso. Não posso me casar com ela, sabendo que a amo. Eu questionaria meu casamento para o resto da minha vida. Eu preciso de você em minha vida. Senti sua falta.

"Tentei tantas vezes ligar para você e pegar o telefone, mas não consegui fazer isso. Depois de nossa última conversa, fiquei assustado, mas vê-la novamente acabou de afirmar meus sentimentos por você. Eu te amo, Rosie. Muito. Sei que não nos conhecemos há muito tempo, o que torna isto ainda mais louco, mas quando você sabe, você sabe." Ele deu um último passo em direção a mim e me abraçou.

No início eu estava rígida, insegura de como reagir, mas sentindo seus braços ao meu redor, seu calor me fez derreter como manteiga. Por um momento, tudo estava perfeito, e eu tinha o homem dos meus sonhos. Depois, algo estalou, e lembrei que em poucas horas, ele deveria estar de pé no final do corredor, esperando por Alisha, e casando com ela na frente de seus amigos e família.

"Não!" Eu o empurrei para longe. "Não vou. Não podemos fazer isso. Eu nunca faria isto a ninguém. Não é justo para Alisha, ou para qualquer outra pessoa. Você propôs e concordou em se casar com Alisha. Agora você precisa ir em frente com isso." Eu podia sentir lágrimas nos olhos, mas as pisquei para longe. Queria parecer o mais forte que pudesse, mesmo que eu estivesse desmoronando por dentro.

"Eu estava cego antes, Rosie. Eu estava casando com Alisha por razões que não eram certas. Seria um casamento sem amor, e acho que você viu isso quando ela foi à padaria, a primeira vez que nos conhecemos. Todos vocês notaram que simplesmente não funcionávamos. Mas *eu* não percebi até que a conheci e, agora, sei como é realmente o amor," ele me confessou, mas eu não suportava mais ouvir.

"Nick, eu não posso. Sinto muito." Não quis chorar, mas uma lágrima escapou e eu a enxuguei rapidamente.

"Você não me ama?" Ele perguntou gentilmente. "Eu sei que você me ama. Eu posso ver isso em seus olhos. Você não quer estar comigo?"

Eu fiquei ali e tive um debate interior. Uma parte de mim quis dizer-lhe que sim, pular em seus braços e fugir para a Europa com ele. Seria tão fácil ceder e estar com ele. Era o que eu queria há semanas, mas estava me forçando a ficar longe dele. A parte lógica de mim sabia que isto estava certo; ele havia assumido um compromisso com Alisha e precisava honrá-lo, por mais desagradável que ela pudesse ser. Era a coisa *certa* a fazer.

"Não. Case com Alisha. Vocês dois serão perfeitos juntos." Eu funguei, agora as lágrimas correndo pelo meu rosto.

"Rosie..."

"Depois de hoje, você nunca mais me verá. Essa é minha resposta final," enfatizei e corri da sala antes que ele pudesse dizer outra palavra.

Trombei em alguém enquanto corria e quase caí no chão, mas fui pega a tempo. "Rosie? Você está bem?"

A voz de minha mãe soou nos meus ouvidos, mas eu

não pude responder. Eu saí pela porta lateral e me dirigi para o carro. Por sorte, ainda estava destrancado, então subi na parte de trás e me deitei para que ninguém pudesse me ver chorando.

RECEITA DE CINNAMON ROLL

3 xícaras de leite
1 xícara de manteiga
½ xícara de açúcar
2 ½ colher de sopa de levedura
½ xícara de leite extra
1 colher de sopa de açúcar
1 colher de chá de baunilha
3 ovos
9-10 xícaras de farinha
3 colheres de chá de fermento em pó
1 colher de chá de sal
1 1/3 xícaras de açúcar mascavo
1 xícara de manteiga mais amolecida
3 colheres de sopa de canela moída
1 colher de chá de baunilha

1. Pré-aqueça o forno a 275 graus.
2. Coloque leite, manteiga e açúcar em uma panela no fogão. Aqueça os ingredientes até que a manteiga seja derretida e o açúcar seja dissolvido na mistura leite/manteiga. Não ferva!
3. Enquanto a mistura de leite, manteiga e açúcar está aquecendo, ative a levedura. Aqueça ½ copo de leite no micro-ondas, adicione a levedura e o açúcar. Deixe-o repousar até que a levedura se levante.
4. Assim que a mistura de leite, manteiga e açúcar estiver quente, coloque a mistura em

um recipiente de mistura e coloque o recipiente em gelo para que ele possa esfriar.

5. Quando a mistura estiver fria, adicionar a levedura elevada, assim como ovos e baunilha, e misturar com a batedeira.
6. Colocar o gancho de amassar. Acrescente o fermento em pó, sal e adicione a farinha um copo de cada vez. Assim que a massa parar de se afastar dos lados da mistura, pare de adicionar farinha.
7. Deixe a massa subir até dobrar de tamanho em cerca de uma hora.
8. Misturar manteiga amolecida, baunilha, canela e açúcar mascavo.
9. Uma vez provada a massa, transfira-a para uma superfície enfarinhada e enrole até cerca de 0,6 centímetross de espessura, em um grande retângulo. Espalhe a mistura de açúcar mascavo sobre a massa enrolada.
10. Comece a enrolar a massa pelo lado mais longo, em uma espiral apertada e sele as costuras. Corte em seções de 2,5 centímetros com fio dental liso ou com uma faca afiada serrilhada. Coloque os rolos de massa em uma forma untada com manteiga. Deixe-os repousar por mais 30 minutos.
11. Assar durante 20-25 minutos, até que os rolos fiquem dourados.
12. Uma vez que os rolos estejam quase completamente frios, coloque seu glacê preferido ou cobertura decorativa. Ou, use minha cobertura de buttercream abaixo!

COBERTURA DE BUTTERCREAM DE BAUNILHA

2 xícaras de manteiga amolecida
6 xícaras de açúcar em pó peneirado
2 colheres de sopa de creme de leite
2 colheres de sopa de baunilha clara

1. Bata a manteiga até ficar cremosa.
2. Misturar em açúcar em pó até combinar.
3. Adicione creme de leite e baunilha, e misture até que a cobertura se torne quase branca e fofa.

ão demorou muito para que mamãe me encontrasse. Ela subiu no banco do passageiro e me entregou alguns lenços do porta-luvas. Ela se sentou ali e me deixou chorar por quem sabe quanto tempo. Eu chorei muito. Tinha certeza de que toda minha maquiagem estava escorrendo pelo rosto e meu cabelo era um desastre. A quantidade de dor que eu sentia era indescritível. Meu coração doía e meu estômago ficava atado. Eu não conseguia parar de chorar; sentia que não havia mais esperança neste mundo.

Depois de um tempo, eu me acalmei e respirei fundo. Sentei e olhei para o espelho retrovisor e minhas suspeitas foram confirmadas; eu parecia um palhaço triste. Usei os lenços para limpar meu rosto, mas isso não melhorou meu visual. Agora, eu simplesmente parecia um tomate vermelho, inchado e sem maquiagem.

Eu tive a coragem de olhar para minha mãe. Ela estava me observando com uma mistura de preocupação, aflição e incerteza. "O que você ouviu?" Eu coaxei.

Ela deu um sorriso de boca fechada e depois suspirou. "Tudo. Eu segui você, para te avisar que estavam todos prontos e não se preocupasse em trazer mais scones ou cinnamon rolls. Depois vi Nick na sala de jantar e ouvi vocês dois conversando, e não quis interromper." Ela olhou para baixo, sentindo-se culpada, mas eu não podia ficar brava com ela. Eu quase tinha arruinado este cliente para ela mais de uma vez.

"Bem, eu teria apreciado a interrupção, para ser bem honesta. Essa não foi a conversa mais agradável," murmurei e encostei minha cabeça no encosto da cabeça. "Não sei se posso voltar para lá," admiti. "Acho que não posso vê-lo casar com Alisha."

"Eu não te culpo, querida. Isso foi... alguma coisa." Ela respirou profundamente. "Eu posso ligar para Lily ou Troy, e pedir que eles te peguem," ela ofereceu, mas eu balancei a cabeça.

"Eu tenho que ficar, mãe. Se eu for embora, vai parecer estranho. Alisha já estava olhando para mim de maneira estranha durante o café da manhã. Eu preciso terminar isso. Além disso, não é como se o Nick estivesse por perto. Ele não pode se dar ao luxo de desaparecer de novo assim, ou vai ser pego. Nós só precisamos limpar lá fora, entregar o bolo na tenda e pronto. Então podemos sair e nunca mais terei que ver Nick de novo." Eu tentei parecer corajosa, mas na realidade, eu queria fugir. Eu não tinha vontade de ficar, mas precisava deixar isso de lado. Eu *podia* fazer coisas difíceis.

Minha mãe parecia até mesmo culpada. "Bem..."

"O quê?" Eu perguntei com muita atenção.

"Antes de eu entrar, Alisha tinha vindo até mim e perguntou se podíamos ficar e cortar o bolo para os convidados... e eu disse a ela que podíamos," ela respondeu calmamente.

"Você está brincando comigo?" Eu gritei.

"Não" ela gritou. "Eu não sabia que Nick estava secretamente apaixonado por você e que isto ia se transformar em alguma coisa grande! Eu só pensava que ele tinha um pequeno fraquinho por você ou algo assim."

"Bem, acontece que é mais do que isso," eu bufei e cruzei meus braços. "Tudo bem, eu posso fazer isso."

"Você tem certeza? Você não parece estar bem e eu posso fazer isso sozinha, eu realmente posso," disse ela, mas eu ignorei isso.

"Tenho certeza, mãe. Vou lhe dizer uma coisa. Se algo mais acontecer, ou se eu não conseguir manter a calma, vou ligar para Lily ou Troy e pedir que eles venham me buscar, está bem?" Eu raciocinei.

Mamãe deu um suspiro profundo e sua testa ficou franzida. "Muito bem, se é isso que você quer fazer. Você pode me dizer algo? Você o ama?"

Senti lágrimas bem nos olhos e olhei para minhas mãos, e comecei a me agitar. "Não importa o que eu sinto. Eu me recuso a ser a outra mulher e arruinar um casamento. Especialmente um que ainda nem sequer começou."

Ela estendeu a mão para atrás e a colocou no meu joelho. "Mas, você *o ama*?" A mulher era persistente quando queria saber algo.

Incapaz de falar, eu respondi acenando com a cabeça. "Sim," eu finalmente disse. "Muito. Tive saudades dele como louca." Fiz uma pausa para respirar fundo para não começar a gritar descontrolado novamente. "E isso dói, sabe? Sabendo que ele tem estado com ela ao invés de mim e independentemente de como ele se sente, ele ainda a tem escolhido. Não me entenda mal, eu entendo. Ele queria seguir adiante com seu compromisso, mas ainda dói. E ele deveria, ele a pediu em casamento por uma razão, mas não deveria ter escolhido hoje para desistir e decidir que não pode estar com ela. Hoje de todos os dias, ele decide me dizer agora que me ama...." Eu balancei a cabeça, sentindo a raiva ferver dentro de mim. "Tenho dificuldade com isso, não importa o que eu sinta por ele."

"Eu entendo isso. Eu entendo. Mas não foi você quem lhe disse para ficar longe?" Ela me lembrou e estava certa.

Eu lhe havia dito isso e sabia que ele estava tentando respeitar meus desejos. Ele estava tentando fazer todas as coisas certas com Alisha e comigo, mas eu não pude deixar de me sentir comovida.

"Sim, eu disse," admiti e continuei, "Ele estava tentando fazer todas as coisas certas. Eu só queria que ele tivesse chegado a esta conclusão há alguns dias. Ou há algumas semanas! Agora não," funguei e olhei para ela e sorri suavemente. "Devemos voltar lá para dentro? Deixamos um pouco de bagunça."

"Você está pronta para voltar para lá?"

"Sim," eu confirmei. "Eu posso fazer isso."

"Muito bem, vamos lá."

Entramos novamente na casa e, além do pessoal da cozinha, a casa estava tranquila. Todos tinham desaparecido para fazer suas próprias coisas, o que eu estava agradecida, e isso nos deixou para fazer o que precisávamos fazer. Caminhamos pela casa, até o pátio de trás, e não havia ninguém para ser visto.

O pessoal da cozinha havia quase acabado de limpar tudo das mesas e começamos a arrumar as coisas, então nos apressamos e fomos trabalhar para pegar as caixas e enchê-las com os restos de guloseimas. Por sorte, não sobrou muita coisa; parecia que todos gostaram delas.

Levamos as caixas restantes para a equipe da cozinha e eles as guardaram para nós. Também aproveitamos para ajudar o pessoal da cozinha a limpar as mesas e arrumá-las. Senti-me mal por ter saído abruptamente da festa e realmente queria ajudar. Isso, e que o noivo queria sair comigo e não com a noiva era algo pelo qual eu me sentia culpada. Tomei a liberdade de varrer o pátio, e mamãe ajudou a limpar os pratos para que o pessoal da cozinha pudesse se concentrar no jantar.

Pelos sons e olhares, eles estavam um pouco atrasados e a última coisa que eu precisava era ver Alisha louca. Levei meu tempo varrendo o pátio, me certificando de conseguir até o último grão de sujeira. Quando terminei com isso, voltei à cozinha para ver se eles precisavam de alguma outra ajuda, mas naquele momento, eles não precisavam de mais corpos e expulsaram mamãe e eu.

Decidimos verificar o bolo e ter certeza de que ninguém tinha batido nela, mas isso não demorou muito, então acabamos sentadas na mesa e verificando nossos telefones. Ainda tínhamos mais algumas horas até a cerimônia. Eu ainda não podia acreditar que minha mãe tinha concordado em ficar por aqui e ajudar a cortar o bolo; não era tão difícil cortar um bolo!

Meus pensamentos foram interrompidos quando ouvi minha mãe bufar e bater o telefone dela na mesa. Ela cruzou os braços e continuou a bufar e soprar. Eu jurei, quase podia ver o vapor sair de seus ouvidos.

"Ei, mãe," perguntei devagar. "O que está acontecendo?"

"Nada," ela rosnou.

Eu bufei porque não havia como eu acreditar nisso, então eu perguntei novamente: "Mãe, o que está errado? O auto orretor do seu telefone estragou sua mensagem novamente?" Eu brinquei, tentando aliviar um pouco o clima.

A única reação que tive foi o estreitamento dos olhos para mim. Ela disse: "Ha-ha. É só isto tudo..." Ela moveu suas mãos como se estivesse tentando tirar as palavras do ar, depois desistiu e caiu em sua cadeira. "É Hank. Eu ainda não ouvi nada dele. E estou tentando não ser aquela namorada irritante e mandar mensagens a cada cinco minutos para ver onde ele está, mas ele continua se recusando a responder. Gostaria de saber o que está acontecendo ou se fiz alguma coisa, para poder consertar isso. Não tenho ideia do que fiz de errado."

"Como disse Troy, mãe," comecei: "Os homens são terríveis na comunicação. A maioria dos caras não mantém seus telefones sempre com eles, especialmente os mais velhos. Alguns se esquecem de carregá-los. Talvez deva aceitar isso como se nenhuma notícia fosse boa notícia."

"É meio difícil pensar assim, considerando que estávamos grudados pelo quadril e agora estou sendo deixada de lado," ela gritou, o que eu achava hilariante sempre que ela fazia, mas rir não era a melhor ideia no momento.

"Quando foi a última vez que você lhe mandou uma mensagem?" Perguntei diretamente.

"Ontem à noite," ela respondeu rapidamente.

"Por que você não liga para ele? Você tem tempo; não é como se você estivesse fazendo alguma coisa agora," sugeri, mas ela não pareceu gostar da ideia.

"De jeito nenhum. Vou parecer carente," protestou ela, balançando a cabeça.

"Mãe, não custa tentar. Você gosta dele, certo?"

"Bem, obviamente!"

"Então, ligue para ele. Basta tentar... ver o que ele diz. Você não tem nada a perder." Peguei o telefone dela e o entreguei a ela. "Vá, me avise o que aconteceu. Preciso de algo para me distrair."

Ela olhou fixamente para o telefone e hesitou, como se estivesse tentando decidir se era realmente uma boa ideia. Mas então ela suspirou alto, pegou o telefone e saiu da sala.

Reclinei na minha cadeira, satisfeita comigo mesma por tê-la convencido a ligar para Hank, mas depois percebi que estava sozinha em uma grande casa vazia. Depois de alguns minutos sentada, não suportava mais e decidi passear pelo jardim enquanto esperava que mamãe terminasse sua conversa. Espero que ela estivesse tendo uma e *não* conversando com o correio de voz.

O jardim estava ainda mais bonito do que antes. Flores haviam sido plantadas recentemente em todo o terreno e enormes buquês de flores forraram o caminho até onde a cerimônia seria realizada. Os trabalhadores corriam como abelhas ocupadas, montando cadeiras, amarrando arcos nas costas, acrescentando mais flores aos buquês e forrando o corredor com pétalas de rosas rosa.

No final do corredor havia um belo arco com elegantes rosas cor-de-rosa e pequenas flores brancas penduradas nele, criando um belo pano de fundo. Era a cena perfeita para um casamento. Eu queria continuar andando, mas Natalie apareceu com outras duas mulheres ao seu lado, que estavam inspecionando o trabalho que estava sendo feito. Sem saber se eu deveria estar lá, eu me virei lentamente e me afastei antes que eu pudesse ser vista. Onde eu estava, ouvi-as falar e parei quando as ouvi mencionar Nick.

"Você sabe onde Nick está? Ele desapareceu ontem à noite. Alisha mal o viu esta manhã e, quando chegou a hora do café da manhã, eu o vi por tempo suficiente para que ele limpasse seu prato e depois desaparecesse novamente," disse uma mulher a Natalie.

Eu sabia que não deveria, mas me escondi atrás de uma grande sebe e escutei.

"Eu notei a mesma coisa," disse outra mulher. "Perguntei a Alisha o que estava acontecendo, mas ela não pôde me dar uma resposta direta."

"Você acha que tem a ver com aquela outra garota?" Questionou a primeira mulher.

"Eu não sei. Talvez. Alisha está preocupada com ela?" Perguntou a segunda mulher, curiosamente.

"Espere." Desta vez Natalie falou. "Que *outra* garota?"

"Nick foi visto com alguma garota no cinema drive-in. Estava escuro, então eles não podiam ver quem era, mas Alisha descobriu," explicou a primeira mulher. "Alisha disse que desde então, ele tem agido de forma estranha e mais distante, mas ele ainda está seguindo em frente com o casamento, eu não sei. Quero dizer, chegamos até hoje e ele não desistiu. Talvez tenha sido apenas uma velha amiga."

"Ou talvez não fosse," especulou a segunda garota em voz alta.

"Uau, tem *outra* mulher. Pergunto-me quem ela poderia ser. Pobre Alisha," disse Natalie de forma solene.

Eu não me dei ao trabalho de ficar por ali durante o resto da conversa, já tinha ouvido o suficiente. Apressei-me para longe da sebe, esperando que elas não tivessem notado que eu estava praticamente correndo de volta para a sala de jantar.

Eu estava tendo um leve ataque de pânico, e comecei a andar na sala de jantar. Meus receios tinham sido confirmados; tínhamos sido pegos no cinema drive-in. Alguém tinha nos visto! Por sorte, já estava escuro o suficiente; eles não me reconheceram, senão eu estaria em grandes apuros. Eu me perguntava quem poderia ter nos visto sentados naquele estacionamento escuro, e pensei naquela noite. Meus pensamentos foram interrompidos quando mamãe correu para a sala com um grande sorriso no rosto.

"Você estava certa," exclamou ela. "Não foi nada. Ele acidentalmente deixou cair seu telefone em uma poça, então ele teve que comprar um novo, e foi por isso que ele não atendia minhas ligações, e então ele teve uma visita de família inesperadamente na noite passada. Eu me preocupei por nada." Ela parecia tão feliz e fervilhante, que eu não conseguia estragar seu momento.

Eu forcei um grande sorriso e fingi estar o mais animada que pude por ela. "Mãe, isso é ótimo! Estou tão contente que tenha dado certo. Eu lhe disse; você *não* tinha *nada* com que se preocupar."

"Estamos nos encontrando esta noite para um filme tardio após a recepção! Agora, mal posso esperar para que este dia termine," ela riu.

"Ainda bem que não sou a única agora," murmurei e inclinei minha cabeça para trás na cadeira.

Ficamos em silêncio por um momento, enquanto mamãe estava entusiasmada com as mensagens de texto em seu telefone e eu desejava que o tempo passasse mais rápido.

Ela terminou de digitar em seu telefone, sentou na cadeira e fechou os olhos, sorrindo. "Sabe, Rosie, quando seu pai saiu, fiquei com o coração partido. Ele nem me deu muitas explicações; ele simplesmente não teve problemas para sair de nossas vidas e eu não pude acreditar. Não me entenda mal, você e sua irmã são as melhores coisas que já aconteceram em minha vida, mas não pude deixar de me sentir um pouco solitária. Senti que estava sentindo falta de um parceiro de crime.

"Mas desde que Hank entrou na minha vida, nunca estive tão feliz. Ele me faz sentir confortável, confiante e que tenho um apoio, para não mencionar amada. Espero de todo meu coração que não só funcione, mas que minhas filhas sejam capazes de encontrar o mesmo tipo de amor." Ela olhou para mim pensativamente.

"Você nunca fala de papai," eu disse calmamente. Era verdade; ela nunca gostou de falar sobre ele, e quando o faz, isso significava que estava falando sério.

"Eu sei. Eu só queria ajudar você a entender o quanto amo Hank," ela falou em voz baixa. "E o quanto espero e rezo para que você e Lily encontrem parceiros que fiquem com vocês para sempre, através dos momentos bons, maus e feios.

"Esses dias chegarão e prometo que, ter alguém ao seu lado faz realmente a diferença. Não posso dizer quantas vezes desejei que alguém estivesse lá para me apoiar a criar vocês e estar ao meu lado enquanto eu voltava à escola. Será que eu teria trocado nosso tempo juntos? Claro que não. Mas eu gostaria que alguém estivesse lá para me ajudar nos momentos mais difíceis."

"Quem me dera que houvesse alguém lá para você também, mãe. Eu sei que não deve ter sido fácil nos criar sozinha, mas você fez um trabalho incrível. Espero que Hank possa ser esse parceiro, eu realmente espero. Ele me pareceu incrível no jantar," eu sorri e brinquei, "Apenas certifique-se de que se você decidir se casar novamente, que você não faça seu próprio bolo de casamento."

Minha mãe riu. "Oh, eu tenho alguém em mente para fazer o bolo." Ela piscou o olho para mim e riu novamente. "Mas vamos ver. Não sei completamente onde está a cabeça de Hank, especialmente porque não falei com ele a semana toda. Mas estou muito animada para vê-lo hoje à noite, para ver onde estamos."

"Aposto que você está," eu disse timidamente e ela me deu um empurrão brincalhão.

"Pare com isso." Ela tentou parecer séria, mas riu como uma garota de escola. "Eu ainda sou sua mãe."

"Sim, minha mãe que está namorando um cara," assinalei. "Eu ainda posso lhe dar um tempo difícil."

Ela riu novamente. "Só não faça isso na frente de Troy, ou ele vai achar que está tudo bem também, e nunca mais vai parar."

"Entendido... ele tem gostado bastante de implicar comigo ultimamente. Embora não tanto quanto Lily. Troy adora implicar com a Lily, mas ele não o faz porque ele se acha engraçado... bem, talvez não o tempo todo. Ele gosta de obter uma boa reação de alguém quando ele o provoca. E Lily é sempre uma a ser mais dramática, então naturalmente ela tem as melhores reações."

Ela parecia perdida no pensamento, mas depois falou mais alto. "Lily está bastante apaixonada por ele. Eu acho que mais do que ela estava com Jake. E eu acho que Troy realmente gosta dela. Ou a ama, como ele professou na semana passada. Eu acho que ele faria qualquer coisa por ela. Por baixo de todas as provocações e piadas, ele é realmente um querido e parece tratá-la bem, o que sempre faz uma mãe feliz."

"Sim, eu também acho. Eles são de certa forma perfeitos. Além disso, eu amo Troy e penso nele como um irmão, então eu não me importaria que ele ficasse mais por perto," eu disse.

"Eu concordo. Ele também é um bom trabalhador. Oh, já te disse que decidi deixar Brad ir?" Ela perguntou e depois verificou seu telefone.

"Já não era sem tempo... aquele cara era nojento," eu disse, aliviada.

"Eu sei, eu só queria dar uma chance. Eu..." Ela se voltou para ouvir a conversa barulhenta que estava acontecendo na outra sala.

Ouvi vozes e também prestei atenção.

"Onde ele está? Ele não é visto desde o café da manhã," gritou Alisha. "Eu liguei, mandei uma mensagem de texto, fiz com que a família dele tentasse falar com ele, e não conseguimos nada!"

"Querida, querida," uma mulher falou com um sotaque indiano espesso, obviamente tentando consolá-la. Meu palpite, era a mãe dela. "Ele vai estar aqui. Talvez seu telefone tenha acabado a bateriaou ele tenha ido às compras, porque esqueceu algo para sua lua-de-mel. Há tantas coisas que poderiam explicar porque ele desapareceu, então não se estresse, meu amor."

"Mãe! Os convidados começarão a chegar em breve.

Ele deveria estar aqui! Você não acha que ele está um pouco em cima da hora? Encare isso, ele está me deixando. Ele está partindo no dia do nosso casamento!" Alisha começou a chorar muito alto e várias mulheres começaram a conversar e tentaram acalmá-la.

Pouco tempo depois do pequeno colapso excessivamente dramático de Alisha, sua mãe levantou sua voz acima da de todos os outros para que ela pudesse ser ouvida. "Muito bem, senhoras, por favor, vão dar toques de última hora em seus cabelos, maquiagem, e o que for, e coloquem seus vestidos."

Múltiplos pares de pés saíram da sala. Eu espreitei no corredor e vi duas mulheres mais velhas de pé em lados opostos de Alisha, cujos cabelos estavam presos em belos cachos; ela estava usando uma túnica rosa brilhante com "Noiva" escrito na parte de trás. Eu não conseguia ver seu rosto, porque suas costas estavam viradas para mim, mas eu podia imaginar que ela não parecia feliz.

"Elaine, você sabe onde seu filho poderia estar?" Perguntou a mãe da noiva à mãe de Nick, a voz dela solene.

"Eu não sei. Quem me dera saber. Eu também tentei ligar e seu telefone vai para o correio de voz. Lamento muito que ele esteja causando este estresse em todos. Isto não é nada parecido com ele," insistiu. "Mas se alguma coisa, tenho certeza de que ele vai aparecer. Ele é um homem honrado, que cumpre suas promessas, sem mencionar que eu sei que ele te ama, Alisha."

"Obrigada, Elaine," murmurou Alisha. Pelos sons dela, ela não pareceu muito grata.

"Espero que você esteja certa, Elaine. O inferno não tem fúria como a de uma mulher desprezada," advertiu a mulher mais velha.

Antes que Elaine pudesse responder, uma porta se

abriu e vozes murmurantes se espalharam por toda a casa.

"Nick!" Gritou Alisha. Ouvi-a correr em direção ao som de uma porta sendo fechada.

"Nick, onde você esteve?" Elaine exigiu com seriedade. "Você tinha todas nós, mulheres, muito preocupadas. *Algumas* mais do que outras."

A mãe de Alisha ofereceu um "hmph" alto.

"Tentamos ligar o dia todo e não conseguimos nada! O que aconteceu?" Exigiu Alisha.

"Eu saí para dar uma voltinha, mas depois aconteceu um acidente na rodovia e acabou bateria do meu telefone. Fiquei preso no trânsito por um tempo. Lamento, não queria preocupar ninguém," Nick se defendeu, soando genuinamente sincero.

Ouvir o som de sua voz me fez ansiar por ele de uma forma que eu não sabia que podia.

"Veja, há uma explicação razoável," declarou Elaine, "Nick, vá lá em cima, tome banho e prepare-se!"

A mãe de Alisha limpou sua garganta. "Sim, Alisha, vá lá em cima e veja a maquiadora para retocar seu rosto. Como você disse, os convidados estarão chegando muito em breve."

Ouvi Nick e Alisha subirem as escadas, o que só deixou as mães lá embaixo.

"Veja, Maneet, afinal não há nada com que se preocupar," disse Elaine calmamente.

"Felizmente para ele," Maneet respondeu de forma flácida.

Eu espreitei e vi seus olhos estreitos para Elaine, e Elaine olhou de volta para ela. Pensei que elas iam começar a gritar uma com a outra, mas depois Maneet enfiou o nariz dela no ar, pisoteou, terminando assim a conversa.

"Bem, isso foi interessante," disse minha mãe com uma sobrancelha arqueada.

"Sim, sim, foi," murmurei.

CAPÍTULO 17

Os convidados começaram a chegar e eu estava ficando nervosa. Comecei a andar pela sala de jantar e minha mãe riu de mim. A festa nupcial estava zunindo pela casa, descobrindo a ordem de onde estavam na fila, enquanto os convidados eram levados para seus assentos.

"Você vai fazer um buraco no chão com todo esse ritmo," brincou ela.

"Você soa como a vovó," eu retorqui e continuei andando.

"Não sei se devo ficar ofendida ou aceitar isso como um elogio."

Eu sorri maliciosamente. "Vou deixar você decidir."

Ela fungou. "Você não é divertida hoje?"

"Ouça, eu só prometi ajudá-la e terminar o trabalho. Eu não disse que ia ficar feliz com isso," eu a lembrei e assinei. "Será que todos os convidados apareceram?"

"Você tem a luz verde sempre que precisar ou quiser sair."

"Faltam apenas algumas horas para voltarmos para casa. Eu cheguei até aqui, certo?" Tentei me convencer de que tudo ia ficar bem, mas não fiquei muito convencida.

"Sim, mas em uma hora, ele vai ser um homem

casado. Vai mudar aqui muito em breve," acrescentou ela suavemente, mas isso não ajudou a aliviar o golpe.

"Eu sei, mãe," eu estalei, e respirei fundo. "Eu sei," repeti calmamente e afundei de volta na cadeira.

"Sabe, eu acho que você é muito legal pelo que você fez. Teria sido muito fácil fugir com ele e deixar todos na mão, e você não o fez. Apesar de você não ser uma grande fã deste casamento, você foi muito leal à noiva e eu respeito isso. Isso mostra seu caráter. Você é uma mulher muito especial, e alguém vai te pegar um dia e te tratar como você merece. Eu realmente acredito nisso," disse ela encorajando e colocou a mão na minha coxa.

"Obrigada, mãe," murmurei.

Natalie entrou na sala de jantar e nos cumprimentou com um sorriso muito amigável. "Oi. A cerimônia está prestes a começar, então por que vocês não vão em frente e começam a carregar aquele bolo? Vou manter as portas do pátio abertas, e vamos simplesmente passar furtivamente pela festa de casamento," explicou ela e esperou que nos movêssemos.

Ficamos de pé e pegamos cuidadosamente o bolo de casamento gigante, e o acompanhamos lentamente para fora da sala de jantar. Seguimos Natalie pelo primeiro andar e nos deparamos com as damas de honra e padrinhos de casamento que estavam na fila, em parceria.

Na frente da fila estava Nick. Quando ele me notou, seu rosto corou e me deu um meio sorriso. Imediatamente senti meu próprio rosto ficar vermelho e coloquei minha cabeça para baixo para escondê-lo.

Natalie foi detida por uma dama de honra. Nick tinha notado e saltou na nossa frente e abriu a porta para minha mãe e para mim. Eu olhei para ele e notei tristeza em seus olhos. Senti lágrimas bem nos meus próprios olhos. Ele deve ter notado, porque começou a dizer algo, parecendo culpado, mas eu balancei minha cabeça. A última coisa que eu precisava era que ele chamasse a atenção de alguém.

Saímos pela porta e senti uma lágrima escorrer pelo meu rosto. Natalie ainda não tinha entrado pela porta, então fizemos uma pausa e colocamos o bolo na mesa do pátio. O bolo era incrivelmente pesado com suas seis camadas de bolo, cobertura, recheio, fondant, e pasta de goma.

Quando ela saiu, pegamos o bolo e a seguimos até a grande tenda branca que, felizmente, não estava muito longe, mas a cada passo, o bolo ficava mais pesado nos meus braços. Fiquei grata quando finalmente chegamos à mesa onde Natalie queria que fosse colocado e o colocamos no lugar. Apesar do suor na minha testa e de uma respiração um pouco pesada do esforço, eu me senti relaxada ao saber que o bolo finalmente foi entregue. Agora, tudo o que precisávamos fazer era cortá-lo e servi-lo para os convidados do casal feliz.

Infelizmente, ouvi dizer que a cerimônia começou. Uma vez que a música começou, saí da tenda e me encostei à entrada, e vi o conjunto de cordas tocar. Primeiro, Nick caminhou com duas pessoas que eu supunha serem seus pais; depois, uma a uma, as madrinhas da noiva foram emparelhadas e desceram o corredor, sorrindo, e aproveitando o tempo para brilhar.

Então, quando Alisha começou a caminhar pelo corredor, todos se levantaram e foi quase doloroso assistir. Ela estava linda. Ela estava usando um vestido sereia de renda branca que abraçava cada curva de seu corpo de uma maneira muito atraente. Não só isso, mas sua maquiagem foi aplicada lindamente e ninguém adivinharia que ela tinha estado gritando momentos antes. Seu cabelo estava preso perfeitamente, junto com um longo véu vermelho de noiva que corria pelas costas, o que tinha que ser uma referência para sua herança. Ela se pavoneou naquele corredor, apreciando os olhos que a observavam e sendo dona de seu momento. Ela era como toda garota imaginava no dia de seu casamento.

Ela caminhou até Nick, depois ele pegou a mão dela e a beijou. Eles trocaram algumas palavras íntimas e depois olharam um para o outro. Alisha irradiava. Parecia uma faca no estômago. Era tão doloroso de se ver, mas não conseguia desviar o olhar.

Mamãe apareceu ao meu lado e perguntou gentilmente: "Rose, você tem certeza de que quer assistir a isso?"

"Não consigo parar, infelizmente," sussurrei e fiz uma careta quando o juizcomeçou a falar.

Ela me deu um abraço de um braço e lentamente esfregou meu braço.

"Caríssimos," a voz do juizdisparou.

Parecia que havia um microfone por perto, para que todos pudessem ouvi-lo; eu realmente desejava que eles não tivessem usado um. Eu não queria ouvir nada, mas lá estava eu ouvindo e vendo o homem que eu amava casar com outra mulher. As lágrimas encheram meus olhos, ao perceber que eu realmente o amava e que queria que ele estivesse comigo.

Eu tinha pensado nele todos os dias, pensando no que ele estava fazendo, se eu ia vê-lo de passagem, e se ele sentia minha falta. Infelizmente para mim, ele tinha me escutado e ficado longe. Eu não o havia visto no café ou na cerimônia de formatura, exceto quando ele atravessou o palco e durante as fotos de família, e eu definitivamente não o havia visto na padaria. Agora, depois de todo este tempo, ele estava por perto, de olho em sua bela noiva, prestes a jurar ser seu marido para sempre.

"Nos reunimos aqui hoje," continuou ele, "para testemunhar este lindo vínculo de casal no sagrado matrimônio. O casamento é uma promessa entre duas pessoas que confiarão um no outro, se honrarão e se amarão através dos dias bons e maus, para o resto de suas vidas. O casamento não é para ser tomado levianamente, mas para ser honrado, respeitado e apreciado. Se há alguém aqui que se opõe a este belo casal, fale agora ou cale-se para sempre."

O juiz olhou ao redor da plateia para ver se havia alguém que ousasse falar. Um silêncio ensurdecedor foi a resposta e Alisha irradiou com orgulho. Nick sorria, mas não era seu sorriso completo habitual. Por alguma razão, ele estava se retraindo.

"Maravilhoso," disse o juiz com um aceno de cabeça. "Podemos começar a cerimônia. Nicholas Edward Bryant, você aceita Alisha Kumar, como sua legítima esposa, para ter e manter, a partir deste dia, na riqueza e na pobreza, na doença e na saúde, para amar e cuidar, enquanto ambos viverem?"

Seguiu-se o silêncio e Nick ficou ali parado, atordoado demais para falar. Foi uma pausa suficientemente longa que fez com que todos murmurassem e Alisha parecesse assustada. Eu, eu mesma, comecei a suar e meu coração ficou fora de controle. Olhei para mamãe e ela ficou com um olhar preocupado enquanto encolhia os ombros.

Eu olhei de volta para Nick e Alisha, e as sobrancelhas de Alisha franziram enquanto ela balançava suavemente a cabeça.

"Alisha," Nick falou gentilmente, "Posso falar com você em particular por um momento?" Os olhos de Alisha se alargaram.

"Você está brincando?" Ela gritou, seu olhar de confusão substituído por raiva.

"Vamos lá, Alisha, aqui não," ele suplicou e estendeu a mão até ela, mas ela se recusou a aceitá-la.

"Qualquer coisa que você disser pode dizer na frente de todos!" Ela cruzou seus braços. Ela era realmente difícil de engolir.

"Certo," disse Nick lentamente, parecendo arrependido. "Acho que não devemos nos casar."

"O quê? Por quê?" Ela gritou.

Os convidados foram divididos tão intensamente que alguns se inclinaram para frente, como se estivessem tentando ouvir melhor. Isto não era necessário, no entanto, porque o microfone ainda estava ligado.

Eu ofegava e cobria minha boca com uma mão enquanto olhava para minha mãe e ela olhava para mim com descrença.

"Alisha, acho que você sabe tão bem quanto eu que *não estamos* apaixonados. Na maioria das vezes, preferimos sair com nossos próprios amigos do que um com o outro, e nunca concordamos em nada. Sinceramente, acho que não te faria feliz e, lá no fundo, acho que você sabe disso."

"Você tem um timing muito ruim, Nick! Você deveria ter dito algo mais cedo," ela explodiu e sua mãe veio para ficar ao seu lado e colocar o braço em volta dela.

"Eu sei, e lamento muito. Realmente, lamento. Eu só queria cumprir a promessa que fiz a você quando te pedi em casamento. Mas, como disse o juiz, o casamento é um vínculo entre duas pessoas que confiam, se amam e se honram mutuamente. Não creio que nenhum de nós possa dizer que sim.

"Quando ele disse essas coisas, me ocorreu... que já estaríamos começando esse questionamento sobre o casamento e não acho que isso seja justo para nenhum de nós. Ambos merecemos alguém que sabemos que, no final do dia, nos amará e estará lá para nós, não importa o que aconteça. Eu simplesmente não sou esse cara para você e lamento muito," admitiu ele e pareceu incrivelmente culpado.

Eu não podia acreditar no que ele estava dizendo, nem ninguém mais. As bocas estavam abertas, algumas estavam filmando em seus telefones e outras estavam balançando a cabeça em descrença.

Alisha estava muito atordoada para falar; ela estava

literalmente sem palavras. Por um momento, me senti-memal por ela. Ninguém queria ser negado assim, especialmente diante de uma plateia cheia, no dia de seu casamento. Mas então ela gritou e invadiu o corredor e sua família se apressou atrás dela.

Nick ficou sozinho e olhou fixamente atrás de Alisha, mas não correu atrás dela. Sua família o cercou, os convidados olharam em volta e falaram alto, provavelmente se perguntando o que fazer. Depois de cerca de alguns minutos de confusão, as pessoas se levantaram e juntaram suas coisas para sair. Antes que alguém saísse, no entanto, Natalie agarrou o microfone.

"Olá a todos, meu nome é Natalie e sou a organizadora do casamento. Lamentamos muito o inconveniente do que aconteceu. Devido à situação, o resto da noite foi cancelada, mas como a comida foi preparada, estaremos enviando as pessoas para casa com comida para viagem. Sabemos que vocês provavelmente têm muitas perguntas sobre o casamento, mas neste momento eles não querem ser abordados a menos que venham até você e estejam dispostos a compartilhar detalhes desta infeliz situação.

"Se todos vocês fizerem uma única fila fora das portas do pátio, nós entregaremos a todos as sacolas de comida para viagem. Por favor, saiam do mesmo modo que chegaram ao longo da lateral da casa. Muito obrigada e, mais uma vez, desculpem o inconveniente." Natalie se dirigiu a nós num ritmo muito rápido de caminhada.

Hesitei, me sentindo culpada por termos assistido a tudo, mas achei que agora era tarde demais e fiquei onde eu estava e a vi se aproximar de nós com um olhar muito perplexo no rosto.

"Olá, senhoras, lamento muito o que aconteceu. Acreditem que ninguém previu isto," ela enfatizou, mas eu não acreditei nela, considerando a conversa que eu tinha ouvido antes.

"Não se desculpe. Estas coisas acontecem." Minha mãe sorriu para ela de forma encorajadora, mas Natalie não estava prestando atenção.

Ela estava olhando para seu telefone, mandando mensagens de texto furiosamente, e depois soprando ruidosamente após terminar sua mensagem. "Desculpe, estou tentando tornar isso o mais suave possível, mas a noiva se recusa a falar com qualquer um, então estou tentando me comunicar com sua mãe," ela divulgou e então seu telefone vibrou novamente e ela começou a enviar mensagens de texto.

Eu olhei para mamãe e ela levantou as sobrancelhas e me deu um olhar. "Natalie, o que você gostaria que fizéssemos?" Perguntou ela e não obteve uma resposta imediata porque Natalie estava no meio da mensagem.

Ela terminou a mensagem e olhou para cima. "Desculpe, o quê?"

Mamãe tentou não parecer irritada, mas foi difícil não estar neste ponto. "O que você gostaria que fizéssemos? Você nos pediu para estarmos aqui para cortar o bolo e agora não vai haver uma recepção."

"Ah, certo, vocês duas estão dispensadas. Vocês podem ir para casa. Alisha não quer nada com esse bolo e também não quer que ninguém toque nele. Mais uma vez, lamento muito o inconveniente. Eu tenho que ir. Tenho convidados que precisam sair desta propriedade. As coisas parecem feias por dentro e não quero que eles presenciem mais gritos," ela se afastou, mandando mensagens de texto furiosamente.

Eu a observei por alguns segundos e, finalmente, soltei: "Mãe, você foi paga, certo?"

Ela bufou. "Oh, definitivamente. Eu cobrei a mais pela consulta e pelos produtos assados, e dupliquei o preço da entrega. Então me certifiquei que no momento em que ela pediu o bolo, que ela me pagaria adiantado," ela terminou, parecendo satisfeita, e eu ri.

"Ótimo, mãe, vamos dar o fora daqui. Não quero me

encontrar com ninguém e ouvir mais conversas desconfortáveis," eu lhe disse e verifiquei meus bolsos para ter certeza de que tinha meu telefone.

"Vamos lá. Mal posso esperar para contar ao Hank o que aconteceu hoje. Ele não vai acreditar nisso." Ela parecia um pouco excitada, o que me fez rir. Ela puxou o telefone e as chaves e começou a andar, e eu segui de bom grado atrás.

É verdade que eu estava de muito melhor humor do que havia estado trinta minutos antes. Não que eu quisesse ver o casal se separar, especialmente na frente de todos, e tão dramaticamente, mas fiquei agradavelmente surpresa. Eu estava totalmente preparada para que Nick se casasse agora e nunca mais o visse. Então eu iria para a Europa e encontraria um italiano simpático para me ajudar a esquecer o Nick.

Neste momento, porém, apesar de Nick estar solteiro, eu não ia me aproximar dele de forma alguma. Pelo menos não hoje. Eu já o havia negado uma vez e não tinha a impressão de que ele viria atrás de mim. Eu também não tinha sido gentil com ele na última vez que falei com ele. Meu plano era deixar a casa imediatamente e depois reservar um voo para a Europa o mais rápido possível. Eu queria esquecer toda esta confusão e, esperançosamente, encontrar um bom homem italiano.

Percorremos as multidões de convidados infelizes até nosso carro e fomos embora. Ninguém ia embora sem seu jantar gratuito depois daquele fiasco. Minha mãe ligou para Hank a caminho de casa para avisá-lo que ela estava disponível mais cedo do que o esperado, e eu continuei verificando meu telefone para ver se havia alguém em particular que pudesse me enviar uma mensagem, mas não recebi nada.

Ela nos levou de volta para a padaria. Lily e Troy estavam há muito tempo fora em seu encontro. Depois de verificar o interior, ela me deu um rápido adeus e praticamente correu para o carro dela para se encontrar com Hank. Mais uma vez, fui deixada para dirigir de volta ao meu apartamento, sozinha.

Eu estava dormindo na minha cama, quando minha irmã entrou e me acordou, exigindo que eu lhe contasse sobre o casamento. Ela tinha ouvido um pouco de nossa mãe, então ela veio cheia de perguntas.

Fiz o melhor que pude para responder o melhor que pude, para que ela pudesse sair do meu quarto, mas ela não saiu por uma hora. Infelizmente, depois que ela saiu, levei um tempo para voltar a dormir.

Eu me virei a noite toda, repetindo o dia uma e outra vez. Pensei em Nick me dizendo que me amava e que queria fugir juntos. Imaginei seu rosto, suplicando comigo, e depois seu olhar de dor e desapontamento quando lhe disse não. Imaginei o olhar que ele me deu quando abriu a porta para mim, antes de descer o corredor, e como eu lhe disse não novamente.

Isso me assombrou a noite toda e só de manhã cedo é que finalmente caí em um sono profundo e só acordei muito mais tarde.

CAPÍTULO 18

Semanas passaram e eu não tinha ouvido nada do Nick. Nos primeiros dias, foi completamente enlouquecedor, porque acabei mandando uma mensagem para ele para ver como ele estava e nunca recebi uma resposta. Fui tentada tantas vezes a entrar em contato com ele novamente, mas abstive-me de fazer isso. Eu só podia imaginar que ele estava tentando consertar os danos que havia causado. Ele provavelmente tinha a impressão de que eu não queria ter nada a ver com ele depois de ter dito que não o amava.

O problema é que isso não podia estar mais longe da verdade. Estava com saudades dele como louca. Fiquei pensando se ele iria passar aleatoriamente pelo meu apartamento ou entrar na padaria para me ver, mas ele não o fez. No início, parecia que o tempo estava se arrastando mas, lentamente, à medida que os dias passavam, eu concluí que nunca mais o veria novamente. Mamãe e Lily perguntavam constantemente se eu estava bem e se eu tinha ouvido falar dele, mas minha resposta era sempre a mesma. Eu me sentia bem, mas quanto mais perguntavam, mais eu me perguntava se eu estava deixando transparecer mais do que pensava quando estava perto delas. Eu não me sentia deprimida, mas alguém sabia quando eles estavam realmente deprimidos?

Além disso, não ajudou o fato de que ambos os relacionamentos estavam indo bem. Hank e mamãe estavam sempre ao redor um do outro, passando o máximo de tempo possível juntos quando não estavam trabalhando, e Lily e Troy estavam grudados como unha e carne. Se eu não soubesse, Troy vivia em meu apartamento, exceto na parte de dormir; isso seria sempre uma proibição até que eles se casassem. Os olhares frequentemente roubados às vezes eram demais, mas lá no fundo eu sabia que tinha ciúmes. Esta foi a primeira vez que realmente senti ciúmes de que eles estavam apaixonados e sua relação estava florescendo, e eu não. Eu não gostava da sensação.

Para que eu pudesse me distrair, decidi que era hora de marcar minha viagem à Europa. Minha mãe ainda não estava entusiasmada com a ideia, mas depois da primavera e do verão que eu tinha tido, eu merecia me mimar... sem mencionar que havia, algumas aulas de padaria e pastelaria em Paris que eu ia assistir. Reservei uma semana sólida delas, o que fez com que mamãe se sentisse um pouco melhor.

Eu esperava poder aplicar o que aprendi nessas aulas à padaria e experimentar alguns itens novos em nosso menu de padaria. Assim, após minha semana de aulas em Paris, teria uma semana na Itália onde exploraria Veneza e Roma, alguns dias na Grécia onde me deitaria na praia e nadaria em água azul cristalina, e depois terminaria minha viagem na Espanha, onde depois pegaria o voo de volta para casa. Uma vez descoberto o itinerário, prometi à mamãe uma cópia e que o seguiria exatamente e não faria nenhuma mudança inesperada.

Faltavam apenas alguns dias para o meu voo para Paris e eu estava terminando o trabalho de última hora na padaria com mamãe. Eu estava me certificando de que ela estaria bem abastecida com tudo o que precisava antes de eu partir por três semanas; ela teria então que contar com Lily para fazer as compras de mercearia. Isto sempre fez com que Lily escolhesse os ingredientes mais caros e inevitavelmente faltassem alguns itens na lista. Era especialmente pior quando ela ia com Troy. Eles nem sempre ajudavam um ao outro, se é que podiam focar na tarefa.

Algumas semanas antes eles haviam se voluntariado para ir às compras e Troy pensou que seria divertido experimentar diferentes tipos de Oreos. Isto incluía a compra de vários pacotes de quatro tipos diferentes. Para ajudar a fazer uso de todos esses cookies, tivemos uma "Semana de Oreos," onde mostramos alguns tipos diferentes nos cupcakes. Tivemos um cupcake de Menta Oreo, um cupcake de Ouro Oreo, um cupcake de Chocolate Oreo, e até mesmo um cupcake de Limão Oreo. Parecia absolutamente ridículo, mas os clientes acabaram adorando-os e gostaram de experimentar os diferentes sabores. Troy gostava de ficar com os créditos, mas, na verdade, ele teve sorte de ter sido recompensado.

Eu estava somando a quantidade de pedaços de chocolate que tínhamos quando minha mãe subiu atrás de mim e se encostou à porta. "Ainda não gosto da ideia de você sair sozinha. Você ainda não viu o filme *Busca Implacável*? Ou *Busca Implacável* 2? Coisas assustadoras acontecem o tempo todo com jovens americanas viajando pela Europa." Havia preocupação em sua voz.

"Mãe, eu vou ficar bem. Encontrei um hotel do outro lado da rua de minhas aulas na França, juntei-me a um grupo turístico altamente avaliado com o qual vou fazer turismo e ficar, e haverá muito poucas vezes em que ficarei sozinha. Além disso, não sou como uma atriz estúpida que escolhe fugir com garotos europeus só porque eles piscam o olho para mim. Não é esse o propósito desta viagem," lembrei-a pela milionésima vez.

"Bem, o que é? Por que você tem que ir agora? Por que você não pode esperar para que alguém vá com você?" Ela perguntou.

Eu suspirei. "Porque, mãe, talvez eu não tenha outro momento em minha vida em que possa fazer isso. Porque sinto que mereço uma pausa e não tenho ninguém com quem ir." Eu a olhei nos olhos e vi tristeza nos dela. "Não vou parar de viver minha vida só porque não tenho um homem em minha vida."

"Eu entendo querida, mas..."

"Mãe," eu a interrompi. "Não vou mais falar sobre isso. Eu estou indo. Está pago e eu estou realmente ansiosa por isso, por favor, fique feliz por mim."

"Ok, tudo bem, já terminei," ela se rendeu e foi se afastando lentamente.

Ela tinha se tornado cada vez mais paranoica à medida que minha viagem se aproximava e isso me deixava louca. Entendi a preocupação dela, entendi o *porquê*, mas precisava fazer isso. Nunca fiz nada assim e já era hora de fazer. Não havia nada que me impedisse.

No dia anterior ao meu voo, Troy e Lily estavam no apartamento, me observando fazer as malas. Ambos decidiram que não havia problema em entrar no meu quarto e sentar na minha cama. Era quase inquietante.

"Vocês não têm nada melhor para fazer?" Eu finalmente perguntei depois de quase vinte minutos de silêncio ininterrupto.

Olharam um para o outro e balançaram a cabeça.

"Não," respondeu Lily. "Você não quer passar tempo conosco antes de partir por quase um mês?"

"Não era isso que eu queria dizer e você sabe disso. Você está me observando como se nunca mais fosse me ver ou algo assim. Voltarei dentro de três semanas e então tudo voltará ao normal. Serei a vela de todos novamente," eu atirei nela e ela olhou para baixo com culpa no rosto.

"Você tem..."

"Não, Lily," eu disse, não deixando que ela terminasse a pergunta. "Não, não tive notícias e acho que não vou ter, portanto, por favor, desista. Por favor."

Ela parecia ainda mais derrotada. Me senti um pouco culpada por ser tão rude, mas entre as perguntas incômodas da mamãe sobre ir sozinha para a Europa e Lily me perguntando sobre Nick, eu já tinha tido o suficiente. Eu precisava desta viagem mais do que nunca.

"Ok, desculpe por perguntar," ela murmurou e deslizou da cama e deixou o quarto.

Eu estava sozinha com Troy. Ele estava olhando para mim com uma expressão perturbada.

"O quê?" Perguntei, soando um pouco exasperada.

"Nada," ele encolheu os ombros. "Eu simplesmente não gosto de vê-la assim."

"*Como*? Eu não entendo porque as pessoas continuam me fazendo todas essas perguntas! Por que vocês não podem simplesmente me deixar em paz!" Eu levantei minha voz e pude sentir as lágrimas nos olhos por frustração.

"Porque," respondeu ele calmamente, não intimidado pela minha reação, "todos nós a amamos e nos importamos com você. Sabemos que isto não é seu normal... você tem estado distante desde o casamento, quer você tenha notado ou não. Tem sido difícil ver isso. E agora você está viajando amanhã, sozinha, e eu só me preocupo com onde está a sua cabeça. É só isso." Ele olhou para mim com preocupação e amor.

Eu estava tendo dificuldades em continuar brava. "Eu entendo isso. Mas acho que as pessoas não entendem que eu preciso destas férias para tentar esquecê-lo de verdade. Porque, sim, isso dói. Sinto como se estivesse tentando fazer a coisa certa o tempo todo, não entretendo um relacionamento enquanto ele estava noivo. Ele até se ofereceu para fugir comigo antes de ir ao altar e eu o recusei.

"E agora que ele é um homem livre, eu não ouvi nada dele." Sacudi a cabeça e me inclinei sobre minha mala e olhei fixamente para as roupas bem dobradas, embaladas juntas. "É uma droga." Minha voz quebrou. "Acho que eu realmente o amava."

Eu olhei para Troy e ele tinha uma expressão dolorosa. Eu funguei e engoli minha tristeza. "Mas isso não importa. Se ele me quisesse, eu já teria tido notícias dele a esta altura. Já passou muito tempo e eu só preciso seguir em frente, e esta viagem é exatamente o que eu preciso fazer."

"Também acho que você precisa. A parte difícil é que nós sabíamos que ele a amava. O momento foi simplesmente terrível. Só não faz sentido ele não entrar em contato com você depois de todo este tempo. Se você pensa que fazer esta viagem é o que você precisa, então eu a apoio. Só espero que isso ajude. Isso é tudo." Troy sorriu para mim para me tranquilizar, mas pareceu muito mais pena.

"Obrigada, Troy, espero que também o faça," admiti calmamente e recomecei a encher minha mala com roupas demais.

"É melhor eu ir fazer algum controle de danos com Lily," disse Troy, deslizando da minha cama e saindo do meu quarto.

Eu não tinha certeza se preferia que Lily e Troy estivessem me encarando em silêncio, ou que estivesse completamente sozinha no meu quarto. Eu suspirei e acenei minha cabeça. Ia ficar sozinha nas próximas semanas e achei melhor me acostumar a isso.

CAPÍTULO 19

Na manhã seguinte, acordei, tendo suportado a pior noite de sono que já tinha tido. Eu tinha me revirado a noite toda, pensando se estava tomando uma boa decisão ao fazer esta viagem sozinha. Eu me perguntava se tinha me lembrado de empacotar tudo e continuava checando minha lista para ver se eu empacotei tudo. Então, eventualmente, meu cérebro ia para Nick. Eu me perguntava onde ele estava, o que ele estava fazendo, ou se ele sentia a minha falta.

Dormi duas, talvez três horas no total, e estava tão grogue quando acordei, que não conseguia acreditar que já era de manhã. Voltei para dormir, mas Lily bateu na minha porta e a abriu para ver se eu estava acordada.

"Rose? Você está acordada?" Ela sussurrou.

Eu gemi e levantei minha cabeça para olhar para ela e mostrar que eu estava.

"Uau, você parece bem descansada. Você dormiu mesmo?" Ela perguntou um pouco mais alto.

Eu rolei para ficar deitada sobre minhas costas e esfreguei meus olhos. "Não, na verdade, não dormi."

"Desculpe por continuar incomodando você sobre o Nick. Só queria que tudo terminasse de maneira diferente. Você merece isso, de todas as pessoas." Ela sorriu com um sorriso envergonhado.

"Eu sei, Lily. Obrigada. Desculpe-me por ter sido tão abrupta com você. Tem sido muito para tentar lidar com isso nas últimas semanas," admiti, sentindo-me um pouco mais desperta.

Lily acenou com a cabeça. "Eu sei. Espero que você realmente aproveite seu tempo na Europa e que isso a ajude da maneira que você quer."

"Sim, eu também. Ugh, falando nisso, é melhor eu me levantar. Precisamos partir em uma hora se eu quiser chegar a tempo para o meu voo." Eu gemi e rolei lenta e dramaticamente para sair da cama.

"Você ainda quer que eu e Troy a levemos, certo?" Perguntou ela.

"Sim, se vocês puderem, isso seria ótimo. Eu vou me arrumar." Eu fiquei de pé e comecei a tirar as roupas que havia escolhido na noite anterior para vestir para o voo. Eu sabia que ia ser longo, então eu tinha ido com um confortável par de jeans, e uma camisa de beisebol com sandálias. Eu não queria lidar com o incômodo de decolar e calçar meias e tênis enquanto passava pela segurança.

"Está bem, vou mandar-lhe uma mensagem agora mesmo e dizer-lhe para trazer o traseiro até aqui." Ela puxou seu telefone e saiu.

Troy chegou quinze minutos depois que Lily lhe enviou uma mensagem de texto e parecia que ele tinha acabado de acordar. Não pude deixar de rir do olhar vidrado nos olhos e do cabelo dele, espetado em vários pontos.

"O quê?" Ele perguntou, soando ligeiramente mal-humorado.

"Oh, nada," eu sorri e fiz uma pausa. "Parece que você poderia se juntar a um desses filmes de zumbis agora mesmo." Eu ri e ouvi Lily rir atrás de mim.

"Querido, você realmente deveria fazer algo em relação ao seu cabelo antes de irmos para o aeroporto. Você precisa de alguma cafeína ou algo assim? Acho que tenho um refrigerante que Rose não sabe," acrescentou Lily gentilmente, não querendo perturbá-lo.

"Vou fingir que não ouvi isso," murmurei e entrei na cozinha para comer alguma coisa e pegar alguns petiscos para o voo.

"Não, eu não preciso de um refrigerante," respondeu Troy, ignorando o que eu disse. "Mas vou ao banheiro e arrumar meu cabelo."

Ele foi até o banheiro e fechou a porta atrás dele. Lily e eu nos olhamos e rimos silenciosamente para que Troy não pudesse nos ouvir.

Ele poderia ser alegre e extrovertido em qualquer outra hora do dia, mas nunca havia sido uma pessoa matutina. Tinha sido muito engraçado quando descobrimos que ele não era uma pessoa matutina, porque ele sempre parecia ser a vida da festa. Ver este outro lado de Troy era hilariante e nós adorávamos fazer com que ele passasse um mau bocado.

Assim que comi um pouco, verifiquei minha lista de itens embalados pela centésima vez e Troy finalmente acordou, partimos para o aeroporto. Troy era seu eu tagarela habitual e compartilhou como seus colegas de quarto o mantinham acordado a maior parte da noite jogando um novo jogo Xbox. Aparentemente, era viciante e eles não suportavam desligá-lo, mas isso fez com que Troy adormecesse no sofá, vendo um de seus amigos ter sua vez nas primeiras horas da manhã.

Quanto mais nos aproximávamos do aeroporto, mais nervosa eu me sentia. Jurei que tinha várias borboletas voando em meu estômago, fazendo-me sentir nervosa e ansiosa. Lily e Troy optaram por estacionar na área de estacionamento temporário para que pudessem ajudar com minha bagagem. Tentei dizer-lhes que isso não era necessário, mas eles queriam ter certeza de que tudo corria bem antes de me deixarem em paz. Acho que a intenção era boa, mas eu estava pronta para ficar sozinha.

Fui até a bilheteria para verificar minhas malas e imprimir meu bilhete. Quando a senhora me entregou meu bilhete, ele estava escrito primeira classe e meu coração pulou imediatamente uma batida.

"Um, desculpe-me? Deve haver algum engano. Isto diz primeira classe e eu sei que paguei pela executiva." Me senti tola reclamando que estaria na primeira classe, mas queria ter certeza de que não tinha pago demais por algo que não tinha intenção de pagar, ou que eles não me tinham confundido com outra pessoa. Mas poderia ter sido uma atualização de cortesia; talvez eles precisassem de mais lugares no executivo, pelo que eu sabia.

"Deixe-me ver sua identidade novamente." Ela estendeu sua mão e eu a devolvi para que ela pudesse verificar minha reserva novamente.

Depois de um minuto, a senhora deslizou minha identificação de volta para mim. "Não, você está definitivamente na primeira classe. Parece que alguém ligou ontem para atualizar seu bilhete," ela me informou.

Minha boca caiu e eu olhei para Lily e Troy para questioná-los, mas ambos balançaram a cabeça.

"Bem, então, está bem. Obrigada," murmurei e fui embora com meu bilhete muito caro de primeira classe, olhando para ele em confusão.

"Quem você acha que atualizou meu bilhete?" Perguntei à Lily e Troy fora da linha de segurança.

"Acho que sei," disse uma voz profunda atrás de mim e eu congelei. Eu me virei lentamente e com certeza, era quem eu pensava que era.

"N-nick?" Perguntei. "O que você está fazendo aqui?"

Ele estava de pé diante de nós, usando um par de jeans escuro, uma camisa leve com fecho éclair e uma mochila estava pendurada sobre seu ombro. A expressão em seu rosto era calma, ligeiramente humorada, como se ele soubesse uma piada interna que desconhecíamos. Que claramente não conhecíamos!

"Estou aqui para pegar um voo," respondeu ele e sorriu, o que me fez o coração palpitar.

"Ah, sim? Onde você está indo?" Eu perguntei. Não pude evitar minha curiosidade. Fiz questão de cruzar os braços e enfiar meu quadril para fora, para que eu parecesse irritada. No entanto, isso foi realmente difícil de conseguir no momento, porque eu estava realmente mais confusa do que qualquer outra coisa.

Ele olhou para seu bilhete como se não soubesse e olhou de volta para mim. "Parece que estou indo para Paris primeiro."

Minha boca caiu novamente, o que só fez com que seu sorriso crescesse.

Eu mostrei meu bilhete. "Você me atualizou?" Perguntei, soando levemente irritada.

Ele riu e acenou com a cabeça. "Claro que sim. Achei que você merecia voar através do Atlântico com o maior conforto possível."

"Certo. O que está acontecendo? Vocês dois?" Apontei para Lily e Troy, que tinham os maiores sorrisos aquecendo seus rostos. "Vocês sabiam sobre isso?"

Troy ergueu as mãos em rendição e eu revirei meus olhos. Eu não estava com disposição para brincadeiras.

Ambos continuavam sorrindo como idiotas e balançavam a cabeça.

"Na verdade, não tínhamos ideia," respondeu Lily.

"O que provavelmente também é uma coisa boa, porque teríamos deixado escapar com certeza." Troy riu e continuou olhando de Nick para mim.

Comecei a perguntar: "Bem, então como..."

"Sua mãe ligou há alguns dias," explicou Nick. "Tivemos uma longa conversa, e ela convenientemente tinha seu itinerário... o que facilitou alguns ajustes... e fez com que eu pudesse copiar tudo o que estava nele para minhas próprias reservas."

"Ela fez o quê? Você fez o quê?" Pude sentir minhas mãos começarem a tremer e meus olhos ficaram largos. "Você está indo... você está indo para a Europa comigo?"

"Oh, sim!" Troy aplaudiu, bombeando seu punho no ar.

Eu olhei para ele para dar o olhar desaprovador, mas ele apenas sorriu para mim.

"Não tenho notícias de você há semanas," eu estava praticamente gritando, o que fez com que algumas cabeças se voltassem em nossa direção.

"Eu sei." Seu rosto caiu um pouco, mas ele continuou falando. "Aquela primeira semana após o casamento foi dura. Você não acreditaria no drama com Alisha e sua família, sem mencionar minha família, embora minha mãe não parecesse tão chateada como eu pensava que ela estaria. Ela parecia mais aliviada do que qualquer outra coisa. Uma vez que eu finalmente suavizei tudo ao máximo, finalmente me despedi da Alisha e nunca mais a vi desde então.

"Então comecei a trabalhar com meu pai, o que me manteve ocupado, e não estava exatamente certo de como você estava se sentindo. Achei que você não queria ter nada a ver comigo. Você continuava me dizendo para ir e que eu não voltaria a vê-la."

Meu coração caiu um pouco. Meus piores medos foram confirmados. Eu o havia afastado. Ele achava que eu não o amava.

"Mas então sua mãe me ligou e me falou de você. Ela disse que você estava chateada há semanas e ela sabia que sentia minha falta. Ela me contou sobre esta viagem que você estava fazendo, e o fato de que você estava indo sozinha, então a resposta pareceu clara. Eu rapidamente fiz alguns telefonemas e aqui estamos nós." Ele sorriu para mim, mas minha boca estava tão aberta que eu juro que as borboletas poderiam ter voado para dentro e para fora.

Eu sussurrei: "Então, o que você está dizendo é..."

Ele soltou um suspiro brincalhão e exasperado.

"O que eu estou dizendo é o seguinte." Ele deslizou de sua mochila e a colocou no chão, andou até mim e colocou suas mãos suavemente sobre meus ombros. "O que estou dizendo é que eu te amo, Rose. Amo você desde o momento em que te conheci. E eu não deixei de amá-la. Tenho sentido cada vez mais a sua falta a cada dia que passa. Mas eu não sabia o que você sentia por mim e, depois de nossa conversa no dia do casamento, tomei isso como se você não quisesse ter nada comigo e não quis insistir, por isso mantive minha distância. Mas quando sua mãe ligou, isso me deu esperança de que você pudesse realmente ter sentimentos por mim.

"Você tem? Você me ama?" Sua voz havia caído em um sussurro e eu estava sem palavras. Aqui, este belo homem estava diante de mim, professando seu amor e disposto a viajar pela Europa comigo, e eu não conseguia fazer um som.

De repente, uma voz sobre o intercomunicador do aeroporto anunciou que meu voo, bem, *nosso* voo iria embarcar em breve. Isto me tirou do meu transe e eu olhei para ele. Sua expressão era ao mesmo tempo esperançosa e triste, e eu percebi que se não dissesse nada agora, iria perdê-lo para sempre, e o pensamento disso me trouxe lágrimas aos olhos.

Eu acenei e respondi: "Sim, sim, eu te amo."

"Bem, graças aos céus por isso; caso contrário, eu teria gasto muito dinheiro para nada," ele riu e eu ri em silêncio.

"É a única coisa com que você estava preocupado?" Eu provoquei, e ele balançou a cabeça.

"Não. Na verdade eu estava preocupado em perder algo que valia muito, muito mais para mim," ele respondeu e envolveu seus braços em torno de mim, pressionando lentamente seus lábios suavemente para os meus.

Era como se eu estivesse vendo fogos de artifício

explodindo em meu cérebro. Meu corpo derreteu no dele e eu estava perdida em um mar de emoções.

Fomos interrompidos pela voz de uma mulher sobre o interfone, avisando-nos que o voo estava agora embarcando. Ele se afastou, mas apenas o suficiente para colocar sua testa contra a minha.

"É melhor irmos andando, senão vamos perder nosso voo. Não quero perder nossa aula de pastelaria," ele sorriu e eu ri.

"Sim, isso não seria bom." Afastei-me, mas agarrei a mão dele. Não havia como eu deixá-lo ir novamente.

Ele pegou sua mochila e nós dois nos despedimos rapidamente de Troy e Lily, que estavam gravando em seu telefone. Ela deve ter decidido tirar seu telefone quando percebeu o que estava acontecendo. Eu imaginei que eles estavam filmando para nossa mãe.

Rapidamente fugimos para a segurança, e corremos para nosso portão.

"Não posso acreditar que você está aqui," disse uma vez que nos acomodamos em nossos confortáveis assentos de primeira classe.

"Não há outro lugar onde eu preferiria estar," respondeu ele e beijou a palma da minha mão.

EPÍLOGO

A DOCE VIDA

A Europa era um sonho! Era tudo o que eu esperava que fosse, e mais um pouco. Obviamente, eu não tinha previsto que Nick apareceria para me acompanhar por toda a Europa. Isso tinha sido uma grande vantagem.

Ele também foi um perfeito cavalheiro o tempo todo. Ficamos em quartos separados, ele abriu portas para mim e me tratou com mais amor e respeito do que eu jamais havia experimentado. Depois ele me surpreendeu na Grécia enquanto estávamos deitados na praia e me pediu em casamento. Portanto, não só não antecipei ninguém que iria viajar comigo, como definitivamente não esperava estar noiva três semanas depois. Cheguei em casa com familiares muito animados.

Troy aproveitou a primeira oportunidade para provocá-lo e perguntou: "Então, Nick, você vai seguir em frente com este desta vez?"

Lily acertou-lhe rapidamente no braço, seguida por minha mãe dando-lhe um olhar. Eu olhei para Nick, preocupada com sua reação, mas ele apenas sorriu.

"Oh, sim, pretendo terminar toda a cerimônia com esta." Ele olhou para mim e beijou minha cabeça. "Desde que ela me queira."

"Sempre," eu sorri de volta e demos um beijo rápido um ao outro, o que fez minha mãe e Lily gritarem.

Após cerca de uma semana voltando para casa e finalmente me sentindo como se eu tivesse superado meu jet lag, minha mãe teve outra surpresa para mim. Eu tinha decidido tirar uma semana adicional de folga da padaria, só para que eu pudesse me acomodar novamente na vida, incluindo meu horário de sono, o que Nick sugeriu, já que eu não estava acostumada a viajar como ele estava.

Eu estava feliz, mas estava ansiosa para voltar à padaria para praticar a confecção de macarons e eclairs das aulas de pastelaria que eu tinha tido em Paris.

Eu estava preparando todos os meus ingredientes quando minha mãe entrou na sala e sentou na cadeira oposta ao lugar onde eu estava trabalhando.

"Ei, querida, você tem um minuto?" Perguntou ela, o que tirou a minha atenção do meu trabalho.

"Sim, sim, eu tenho. O que está acontecendo?" Sentei na cadeira oposta e esperei pelo que ela queria me dizer.

"Bem, acho que é hora de eu finalmente me afastar das Criações de Karen e deixar você tomar as rédeas," ela me informou com um grande sorriso, e eu fui completamente surpreendida.

"Oh, mamãe! Sério? Você tem certeza?" Eu questionei, mas ela só riu.

"Sim, querida, está na hora de eu diminuir a velocidade, não trabalhar tanto, me preparar para alguns futuros netos e aproveitar a vida com meu futuro marido," explicou ela.

"Bem, se é isso que você quer fazer, eu não a censuro. Você trabalhou tanto por tanto tempo e...espera, o quê?" Eu guinchei e espreitei para baixo na mão dela.

Em seu dedo anelar esquerdo, com certeza, havia majestosamente sobre ele, um enorme diamante.

Eu olhei para ela, minha boca aberta. Finalmente, exclamei: "Mãe! Hank propôs? Oh meu Deus!

Parabéns!" Eu corri em volta da mesa e dei-lhe um grande abraço. "Quando ele te pediu em casamento?"

"Oh, ontem à noite. Eu meio que sabia que estava chegando, mas não quando, e isso me fez perceber que eu queria um pouco mais de flexibilidade em minha vida. Além disso, você faz um trabalho tão incrível aqui, que eu quase não faço mais nada. Você vai fazer coisas incríveis. E não se preocupe, eu ainda virei de vez em quando e vou assar um pouco. Na verdade, estou ansiosa para fazer seu bolo de casamento. Você já começou algum tipo de planejamento do casamento?"

Eu encolhi os ombros. "Não muito. Eu estava tão cansada na semana passada, que não fiz muito. Pretendo começar em breve. Sei que falamos em ter um casamento em dezembro, então faltam quatro meses... Isso é possível, certo?"

"Oh, claro, claro que é. Desde que você esteja bem se eu e Hank nos casarmos primeiro. Não queremos fazer nada grande, apenas algo pequeno, uma vez que todas as folhas mudam de cor. Acho que estávamos pensando em outubro. Então, apenas um rápido noivado de dois meses. Isso a incomodaria?" Perguntou ela e eu rapidamente balancei a cabeça.

"Isso não me incomodaria em nada! Acho que é uma ideia maravilhosa. Mal posso esperar! Vamos ter um par de meses ocupados, você e eu," eu apontei e mamãe acenou com a cabeça, de acordo.

"Com certeza estamos. Especialmente desde que Troy me pediu permissão há alguns dias para casar com Lily. Acho que todas nós vamos acabar nos casando em datas muito próximas," ela riu e eu bati palmas com as mãos em excitação.

"De jeito nenhum! Oh, meu Deus... isso é uma loucura! E incrível! Quando ele vai fazer isso? Eu preciso ligar para ele. Eu quero estar lá quando ele o fizer!"

"Você faz isso e me avise também. Não é incrível? Há

alguns meses atrás, mesmo há algumas semanas você estava por aqui, tão triste como poderia estar e..."

"Parece que toda minha vida foi virada de cabeça pra baixo, mas da melhor maneira possível," interrompi. "É bastante surpreendente. Pensei que não ficaria noiva durante anos. Mal namorei e agora encontrei o amor da minha vida em um dos meus lugares preferidos no mundo, fazendo o que amo. É incrível como as coisas podem mudar rapidamente e agora tenho esse sentimento de esperança."

"Eu sei, isso faz você apreciar o que tem, porque as coisas podem mudar em um momento. E agora, não tenho dúvidas de que você vai viver uma vida maravilhosa e plena com Nick. O pensamento de você ser amada e cuidada pelo resto de sua vida, do jeito que você merece, só me faz tão feliz, que você não tem ideia," disse ela com lágrimas de alegria enchendo seus olhos.

"Sim, estou pensando que a vida de agora em diante vai ser muito doce." Eu sorri para minha pequena piada, e mamãe revirou os olhos e riu.

"Sim, eu também acho."

Caro leitor,

Esperamos que você tenha gostado de ler *A Reserva da Padaria*. Reserve um momento para deixar uma crítica, mesmo que curta. A sua opinião é importante para nós.

Atenciosamente,

Morgan Utley e Next Chapter Team

AGRADECIMENTOS

Quando comecei a escrever, nunca imaginei a quantidade de tempo e trabalho que levou para terminá-lo de fato. Depois de terminar meu primeiro romance, *Uma Segunda Chance*, fiquei tão entusiasmada, que terminei de escrever este livro em três meses. Entretanto, não poderia tê-lo feito sem algumas pessoas maravilhosas em minha vida.

Primeiramente, tenho que agradecer ao meu marido John, que no meio de todas as suas horas na faculdade ainda encontra tempo para me ajudar com a minha escrita. Ele ajuda com as crianças, limpa a casa e faz panquecas incríveis quando eu não consigo me virar para fazer o jantar. Seu nível de apoio não passa despercebido e eu não sei o que eu faria sem ele.

À minha família, por me encorajar e por serem meus amigos para toda a vida. Aos meus maravilhosos pais, Jeff e Susie, que me amaram, me apoiaram e me encorajaram. Aos meus sogros, Wendy e Chad, que me amam como uma deles e que se tornaram uma grande parte do meu sistema de apoio.

Para minhas irmãs, que lidaram comigo durante toda a minha infância e me amam, não importa o que seja, através do bem, do mal e do feio. Elas foram uma enorme inspiração para este livro e sem elas eu não poderia tê-lo escrito. Elas são verdadeiramente minhas melhores e mais íntimas amigas.

Finalmente, a todos aqueles que se dispuseram a ler meu livro e me ofereceram sugestões, Sherrida Bryant, Kirstin Glenn, Susie Glenn, Wendy Utley e Sarah Villarreal. Obrigada por tudo o que vocês fizeram.

BIOGRAFIA DA AUTORA

Morgan Utley nasceu e foi criada fora da cidade de Portland, no exuberante estado verde de Oregon. Morgan reside atualmente em Orem, Utah, onde está criando quatro meninos bonitos, enquanto apoia seu marido para a faculdade de medicina. Ela considera sua fé e sua família como sendo as partes mais importantes de sua vida. Se ela não está perseguindo seus meninos por aí, você pode encontrá-la do lado de fora aproveitando uma corrida, ou na cozinha fazendo algo doce. Morgan também é a autora de *Uma Segunda Chance.*

A Reserva Da Padaria
ISBN: 978-4-82410-611-7
Livro de Bolso

Publicado por
Next Chapter
1-60-20 Minami-Otsuka
170-0005 Toshima-Ku, Tokyo
+818035793528

15 setembro 2021